Out Of Africa

走出非洲

[丹麦] 卡伦·布里克森 著
周国勇　张鹤 译

译林出版社

卡伦·布里克森
（1885—1962）

1885年4月17日，卡伦·布里克森生于丹麦西兰岛伦斯特德一个贵族家庭，早年在哥本哈根、巴黎、罗马攻读艺术。

1914年，她随男爵丈夫旅居当时的英属肯尼亚，在双方家长的共同出资下经营一个咖啡种植农场，并从此开始了十七年的非洲生活。

1918年，她遇到了后来成为知己和情人的英国猎人戴尼斯·芬奇-哈顿。

1921年，她与男爵丈夫分开，后于1925年正式离婚，从此独立经营咖啡种植农场。她从丈夫那里感染梅毒，并终身不育。

1931年，卡伦的农场被强制出卖。同年，戴尼斯·芬奇-哈顿因飞机失事身亡。她一无所有，被迫返回丹麦的家中。

1934年，她开始同时用英语和丹麦语写作，取笔名为伊萨克·迪内森，出版第一部作品《七个哥特故事》。

1937年，她出版了《走出非洲》，将广袤而神奇的非洲大陆呈现在世人眼前。1962年9月7日，遭受疾病折磨的卡伦·布里克森死于伦斯特德家中。

1985年，《走出非洲》被搬上银幕，并于次年获得了包括“最佳影片”在内的七项奥斯卡大奖以及另外四项提名。

写给非洲的情书

（代序）

呈献在你眼前的是丹麦女作家卡伦·布里克森的名著《走出非洲》，这不是一本寻常的散文集——将分散发表的单篇作品汇编成册，或按题材的门类分辑结集，而是一部精彩纷呈、风格独特的散文长卷，各篇既单独成章，具有相对的独立性，又内含着统一性，共同构成一个不可分割的整体。

卡伦·布里克森以其在东非肯尼亚十八载的风雨历程为基础，从咖啡庄园这一基点辐射、生发开去，描绘了非洲大自然的一幅幅胜景，非洲乡镇的一组组风情画，非洲男女老少的一张张剪影，以及她自己与其他外来移民在非洲大陆上独特的生活经历和微妙的感情世界。雄奇瑰丽的景物与多难的人和事融为一体，撼人心神的非洲众生相与带有神秘色彩的传奇故事交相辉映。作者的思绪在现实与历史之间跳跃、穿梭，作者的视野由东非高原扩展到欧亚大陆。时空的跨度如此宏大，人事景物如此丰富，作者在作品内在统一性的把握中却如此驾轻就熟，游刃有余。她匠心独运，以咖啡庄园的兴衰作为各种人、事、景、物的联结点，形成一种辐射形的艺术布局，全面展现出那一片热土上的风情、世情与人情，足见作者在散文长卷上的独到功力。

当然，布局的匠心毕竟还是体现在表层结构上的巧思经营。真正使《走出非洲》中的各篇构成浑然的艺术整体的，乃是融会于字里行间的、作者对非洲与非洲人民怀有的真挚情感。正如《企鹅当代名著丛书》的编者所评论的：这是卡伦·布里克森写给非洲人民的“一封情书”。这种强烈而深沉的情愫表现为对非洲人品格、尊严及创造才能的尊重与赞美，对非洲民族命运的深切同情，对他们疾苦的热忱关注。在《走出非洲》的篇章中，非洲的人、事、景、物常常通过作者丰沛的情感获得升华，进入一个隽永、肃穆、富于启迪的哲理世界。

毋庸讳言，作者对非洲人民的认识、判断、见解并非都是完全正确的，但她至少是善意而公正的。《走出非洲》得以在全世界，特别是在肯尼亚等东非国家畅销不衰，不正是其内涵丰厚、以情相归、足以引起读者心灵共鸣的明证吗！

这本书的艺术魅力还得力于作者在表现手法上的不同凡

响。每当我们试图对此作出恰当的评价时，不知怎的，总会联想起东非高原上的一种珍奇动物：角马——俗称四不像。这种动物身躯似马，线条俊美，却长着一对弯如新月的牛角；它的面庞黝黑瘦小，胡须蓬松，酷似温良的土羚羊；而当它扬蹄奋击，与猛兽格斗时，那强劲的后肢又恰如长颈鹿。

《走出非洲》堪称散文领域中的“四不像”，兼有游记、速写、抒情小品、小说等各种文体的表现手法，但又突破了其中任何一种文体的固有格局。作者以游记的手法写景状物，描摹非洲景物中原始的、充满生机的风采，流美而富神韵。她以速写之笔出色地捕捉瞬间即逝的绚丽场面，声貌飞动，“定格”于读者之脑际。她以小说的手法，描述非洲的众生相，不但有情节、有悬念、有结局，而且刻画出一群极富个性、呼之欲出的人物形象。她又利用散文的抒情手段，注入自己的灵性与情感，道出人、事、景、物之底蕴，使作品弥漫着浓重的诗情氛围。

卡伦·布里克森不愧是大手笔，博采众长，熔铸一炉，写出独具魅力的《走出非洲》，吸引着亿万读者神游其间，流连忘返。她对非洲的感情，已经融于血液。她对土著发自内心地喜爱、理解和尊重，土著身上与自然的融合力和对天地万物的顺从就这样从她的笔下一点一点地流露开来。土著对自然的信任与归属感让卡伦着迷，他们是真正的自然的一员，而不是独树一帜的统治者。他们尊重自然，接受自然给他们的安排；他们跳属于自然的舞蹈，歌咏自然；他们把自己死后的尸体祭献给老鹰，想和自然永远融为一体。他们深远的世界观很大程度上改变了卡伦，使她有了对万物的笃定，使她有了对命运的坦然。

问世四十多年后，《走出非洲》在二十世纪八十年代被改编成同名电影，依然光彩照人，一举荣获第五十八届奥斯卡“最佳影片”等七项大奖，并在戛纳电影节获奖。相信这部作品的魅力，会使它能永远流传下去。

周国勇　张　鹤

根据PENGUIN BOOKS

1981年版本译出

目 录

第一辑

卡曼坦与鲁鲁

在黎明宁静的时光里，我时常，几乎总是梦到我听到了鲁鲁清脆的铃声，在我的睡眠里，我的心欢快地搏动。我醒来，期望十分离奇而又甜美的事情发生——快快发生，马上发生。

恩戈庄园

我的非洲庄园坐落在恩戈山麓。赤道在这片高地北部的一百英里土地上横贯而过。庄园海拔高达六千英尺。在白天，你会感到自己十分高大，离太阳很近很近，清晨与傍晚那么明净、安谧，而夜来则寒意袭人。

地理位置和地面高度相结合，造就出一种举世无双的景色。这里的一切并不丰饶，也不华丽。这是非洲——从六千英尺深处提炼出来的——浓烈而纯净的精华，质地如此干燥，像是经过燃烧，如同陶器一般。树木挂着轻盈而微妙的叶片，枝叶的形状显然与欧洲树木相异，不是长成弓形或圆形，而是一层一层地向水平方向伸展。几株高树，孤零零地兀立，犹如伟岸的棕榈。那骄矜而又浪漫的气势，俨然一艘艘八面威风的舟楫，刚刚收拢它们的风帆。树林边缘的线条别具韵致，仿佛整个林子在微微颤动。弯弯扭扭的老荆棘树，枝杈光秃，星星点点地散布在辽阔的草原上。不知名的蒿草送来阵阵香波，如同麝香草、爱神木。有些地方的香气浓烈得能扎痛你的嗓子。那些花儿，不论是草原上的，还是原始森林藤葛上的，都使人感觉即将凋谢，点点簇簇，不胜纤弱——只有在大雨季开始时，莽原上才绽开一丛丛硕大、馥郁的百合花。在这里，你的视野开阔、高远，映入眼帘的一切，汇成了伟大、自由与无与伦比的高尚。

在这样的景色以及这里的生活中，最使人难忘的便是天空。当你回首在非洲高原度过的日日夜夜，一种感觉倏然而过：自己恍若曾一度生活在空中。天空不是浅蓝色，便是紫罗兰色。大片大片的云彩，轻柔而瞬息万变，在空中升腾、飘荡。苍穹充满着蓝色的活力，将近处的山脉与林莽涂上了鲜亮、深沉的蓝色。正午的天空十分活跃，像喷薄而出的滚滚岩浆，又像一池碧水潺潺流动，闪耀着、起伏着、放射着。它返照出的一切景物都放大了，变幻出奇妙的海市蜃楼。在这样高渺的天空，你尽可自由自在地呼吸。你的心境无比轻松，充满自信。在非洲高原，你早晨一睁眼就会感到：呵，我在这里，在我最应该在的地方。

恩戈山长长的山脊自北而南，绵延伸展。它那四座王冠般庄严的顶峰，像青黑色的波峰凝固在蓝天下。恩戈山海拔八千英尺，东侧高出周围原野两千英尺，而西侧的山势却陡然下降，分外险峻，猛地跌入东非大裂谷。

高原的风，总是从北面、西北面吹来。就是这股风，直下非洲海岸与阿拉伯半岛，人们称之为季风。这里的大地向浩茫的穹宇铺展，像是对天庭的抗衡。季风迎面吹拂恩戈山，那一处处山坡是我停放滑翔机的理想场地。乘着风势，滑翔机腾空直上，飞向山巅。随风飘游的云彩，常萦绕着山峦，或静悬于半空，或积聚于峰顶，化为雨水。而那些飘浮在更高处的云朵，无拘无束地作逍遥游，最终在恩戈山西侧——大裂谷炙热的大漠上空消融殆尽。多少次，我从我的住处远眺，追踪这些阵容强大的队列行进，我惊异地看着它们在空中壮游，看着它们登上峰巅，然后消逝在蓝天深处。

我庄园外的山峦，在一天中不时地交叉变换它们的性格，时而显得如此亲近，时而又那么遥远。薄暮时分，天色渐暗，当你凝视群山，天空好像有一条细细的银边勾出茫茫峰峦的轮廓。随着夜幕低垂，那四座顶峰又磨掉了棱角，依稀圆润起来，仿佛是由于山脉自己的舒展伸长而致。

登上恩戈山，放眼望去：南面，是广袤的平原，野生动物聚居之处，直逼乞力马扎罗山；东面和北面，是秀美如公园的原野，远处山脚下有一大片森林，吉库尤[1]自然保护区起伏蜿蜒一百多英里，与肯尼亚山相连——其间错落着一块一块的玉米田、香蕉园和牧草地，这里、那里，飘绕着浅蓝色的炊烟，还有一丛丛丘陵；可是西面大地骤然下跌，横亘着非洲盆地——一片干燥、月球般的景象。褐色的大漠不规则地点缀着小小的圆点——荆棘丛、弯弯曲曲的河床连着一条条暗绿色的带子，那是含羞树的林带——树冠如盖，枝条四展，荆刺如针。这里是仙人掌的家园，也是长颈鹿和犀牛的故乡。

山野——当你深入其中——寥廓、神秘，美丽如画，而且极富变化：有时是漫长的峡谷，有时是一片灌木丛，有时是绿草茵茵的山坡，有时是嶙峋遒劲的巉岩。有的山峰上甚至还簇拥着茂密的修竹。山中也不乏清泉、水井，我曾在那里野营。

我在的时候，恩戈山聚居着野牛、旋角大羚羊、犀牛等。在土著老人的记忆中，还曾有大象出没。恩戈山区未能全部列入野生动物保护区，不能不说是一种遗憾。划归保护区的一小部分以南峰上的灯塔标志为限。随着肯尼亚这块殖民地的繁荣，

---

1 吉库尤：东非民族，分布在肯尼亚中部，人口约四百万，主要从事农牧业。

首府内罗毕发展为大城市，恩戈山区完全可能规划为无与伦比的野生动物园。我在非洲的最后几年里，许多在内罗毕经商的年轻人，每逢星期天便骑着摩托车进山，随意打猎。我想，那些大动物是远离山区，穿过荆棘灌木丛和石质地带，往南迁徙了。

在山峦的边缘或四座山峰上，步行并不难。那里的草短短的，犹如草坪，灰色的岩石也多见风化。环着山边，峰顶上下，有一条野生动物踩出的小径，有如平缓的S形。野营的一个清晨，我来到这里，沿小径信步，发现一群大羚羊新踩出的脚印和冒着热气的粪便。这些温和的大家伙一定是日出时来到山边，排成一长溜散步。你难以想象，它们来此唯一的目的只是俯视足下的大地。

我们在庄园里种植咖啡。对咖啡来说，这儿的地势略高了些。维持咖啡园，要付出艰苦的劳动。我们从未因此发财，但它却足以把你死死粘住，总有活等着做，没有空闲的时间，而一般来说，你总是落后一步。

在荒芜、凌乱的莽原上，开拓出一片土地，按规矩种植、照料，是令人神怡的。在以后的岁月里，当我乘飞机飞越非洲上空，一见到这片土地和我所熟悉的自己庄园的风貌，心中就充满骄傲——它静卧在灰绿色的原野里，显得那么鲜艳、青翠。我蓦地领悟到人类的心是怎样思慕有规则的几何图形。内罗毕四周的田野，特别是城区北部，展现出相似的风采。这里生存着这样的人民：他们想的、谈的、做的，是咖啡的种植、修枝、摘果，就连夜里躺在床上，考虑的也是如何改进加工咖啡的设施。

咖啡生长非一日之功，并不如你想象中那样一蹴而就。在你年轻、充满希望的年华里，你冒着淅淅沥沥的雨水，从苗圃里搬出一盆盆鲜绿的咖啡幼苗，与庄园里的帮工们一起，把它们栽在一排排湿润的土坑里——它们将在此扎根生长。你还得到野地里砍些树枝，为咖啡苗搭架遮阳——小苗需要在温馨、朦胧的环境里予以特别的关照。四五年后，咖啡树才开始结果。与此同时，你可能会遇到旱灾、病虫害，还有，那些顽强的野草会在你的田里骚扰——有一种叫“海盗旗”的野生豆类，外壳扁长、多刺，一碰上就缠到你的衣服、袜子上。有些咖啡苗移植不当，主根受伤，正当含苞欲放时，却枯萎夭折。一英亩地要种六百多株咖啡。在我那六百英亩的咖啡园，耕牛拖着爬犁在田间来来往往劳作，坚忍不拔地走着成千上万英里的路程，耐心地期待着未来的犒赏。

咖啡园里也时常呈现一片赏心悦目的美景。雨季初始，咖啡花盛开。细雨霏霏，薄雾蒙蒙，垩白色的花朵，犹如一片白云覆盖在六百英亩土地上，光彩动人。咖啡花有一股黑刺李般的淡淡的、略带苦涩的香味。一旦咖啡豆成熟，园里就变得一片艳红。这时节，妇女和孩子们随同男人一起，前来采摘咖啡豆。四轮车、两轮车吱吱呀呀地把咖啡豆拉到河边的加工厂去。我们的机器算不得上乘，但加工厂毕竟是自己规划、自己建设的，我们十分珍爱。它曾经毁于大火，我们又重新修建起来。巨大的咖啡干燥器转动着、转动着，咖啡豆在它的铁肚子里“嚓啦啦嚓啦啦”地翻滚，恰如卵石在海滩上经受波浪的冲刷。有时，在半夜里，咖啡豆干燥了，就得马上把它们从大罐里取出来。那真是有声有色的时刻——昏暗的大厂房里，点着许多盏防风灯，每个角落都悬挂着蜘蛛网，遍地是咖啡豆荚。在灯光的辉映下，一张张黝黑的脸庞充满期待、神采飞扬地围着干燥器。整个加工厂——你会感到——在这不寻常的非洲之夜，就像一颗明灿灿的宝石，镶嵌在埃塞俄比亚王的耳坠上。之后，咖啡豆要去壳、定级，手工整理分类，装入麻袋，用缝马鞍的大针缝口。

最后，在凌晨，天色尚暗，我在半睡半醒之间，忽听得吆喝声、四轮车轱辘声、车夫前后跑动声四起。一辆辆大车摞满咖啡豆麻袋——十二袋一吨——每辆车由十六头牛拉着，沿着上坡路向内罗毕火车站进发。我感到庆幸的是他们途中只有这一段上坡路，因为庄园的海拔比内罗毕高出一千英尺。傍晚时分，我走到外面迎接归来的车队。牛累了，在空车前低垂着脑袋，一个小孩有气无力地引着它们。车夫们乏了，在道路上的尘土里拖着他们的鞭子。至此，我们做了力所能及的一切。咖啡在一两天内便送往港口海运出去。我们只有企望在伦敦的大拍卖市场上能交上好运气。

我的六千英亩土地，除了种咖啡，零零散散还有一部分是天然森林，还有一千英亩分给佃农，他们称之为“夏姆巴”[1]。这些土著佃农，每人在白人庄园里占上几英亩地，然后每年为庄园主无偿劳动一段时间，作为回报。对于这种关系，我觉得佃农们并不这样想，因为他们大部分，甚至他们的父辈都生于斯，长于斯，他们更愿意把我视为他们庄园里的高级佃农。在我的庄园里，佃农的土地显然更有生气，随着季节的更替呈现不同的景象。你走在踩得十分坚硬的小路上，两旁是沙沙作响的绿色帷帐，当玉米长得高过了你的头时，不久就要收获入仓了。田里的芸豆熟了，妇女们前来采撷、打壳，豆秧、豆荚堆在一起，就地燃烧。在

1　夏姆巴：斯瓦希里语，意为“农田”。

一年的某些时节，庄园里四处腾起缕缕青烟。吉库尤人也种白薯。白薯秧子像葡萄，在地上蔓生，犹如一张密密缠结的草席。田野里还可见到品种各异的大南瓜，黄澄澄的、绿油油的，夹杂着点点花斑。

不论什么时候，你穿行在吉库尤人的"夏姆巴"间，首先扑入你视野的总是一位老农妇弓腰翻地的背影，就像鸵鸟埋首于沙土。每个吉库尤家庭，都有几幢圆顶的茅屋和粮仓。茅屋间的空地热闹而繁忙，地面硬如水泥，大人们在这里碾米、挤牛奶，孩子们则追逐着小鸡奔跑。在蓝色的黄昏，我常到佃农茅屋周围的白薯地里打野禽。扁嘴鸽在枝干高大、叶片如穗的树上咕咕地清唱。我的庄园最初是一片大森林，这些树木是当年拓荒开田时留下来的，散立在"夏姆巴"四处。

我庄园里还有两千多英亩的牧草地。这里，高高的牧草在劲风中海浪般起伏腾跃。吉库尤小牧童放牧着他们父亲的牛群。在凉季，他们随身带着小小的旧柳条筐，里面装着从家里带来取暖的炭火，有时免不了使草地失火，给庄园牧场招来灾祸。干旱的年月，斑马和大羚羊常下山来光顾牧草地。

我们的城市内罗毕坐落在群山中的一块平地上，距庄园十二英里。城里有政府大厦和许多大的中枢办公室。人们在这里管理着整个国家。

一个城市对你的生活不可能不产生影响，你对它是褒是贬倒无妨。根据精神上的万有引力法则，它能将你的心吸引过来。夜晚内罗毕上空发亮的雾霭——我可以在庄园的某些地方眺望——使我浮想联翩，回忆起欧洲的一些大城市来。

我初来非洲时，肯尼亚还没有汽车，我们骑着马或驾着六头骡子拉的两轮车去内罗毕，到了城里，把牲口安置在高原运输公司的马厩里。我在那儿的时候，内罗毕还是一个混杂的城市——有富丽的石砖新建筑，有一大片瓦楞铁屋顶的老店铺、办公室，以及带廊子的平房。尘土飞扬的马路两旁是长长的两排桉树。高级法院、土著事务部、兽医站，都是乱糟糟的。我真钦佩那些政府官员，他们居然能在炙热、阴暗的斗室中办理一切公务。

尽管如此，内罗毕毕竟是一个都市。在这里，你能买东西、听新闻，在饭店进午餐或晚餐，或者，在俱乐部跳跳舞。内罗毕是生机勃勃的地方，它在运动，有如流动的水；它在发展，有如新生事物。它的面貌，一年一改，甚至你远足打猎归来，都会感到其变化。新的政府大厦盖起来了，这是一座堂皇、阴凉的建筑，里面有精美的舞厅，秀丽的花园。大饭店建起来了，大型的农业展览会令人印象深刻，姹紫嫣红的花卉展览叫人流连忘返，本殖民地的准雅座剧社还时常上演小情节剧，为城市增添几分情趣。内罗毕在对你说："充分利用我，充分利用时间——无拘无束地，贪婪地！"一般来说，我与内罗毕互相理解，颇为默契。有时我驾车穿过城区，忽然产生一种奇怪的想法：没有内罗毕的马路，也就没有世界。

土著和有色人种移民的居住区，与白人区相比，要大得多。

斯瓦希里区处在通往姆萨依加俱乐部的路旁，从任何意义上来说，名声都不太好。那是一个喧闹、脏乱、俗气的地方，一天到晚都有一系列的事情发生。绝大部分房屋是用敲平了的煤油箱铁皮搭起来的，锈蚀程度不一，酷似珊瑚石。在那化石般僵固的结构中，一度发展的文明精神正渐渐消逝。

索马里区位于内罗毕远郊，我猜想这与索马里人幽禁妇女的习俗有关。那时有几名俏丽的索马里少妇——全城闻名——来市场街居住。她们聪慧而令人迷醉，可把内罗毕的警察折腾坏了。正经的索马里妇女从不在城里抛头露面。索马里区四面受风，无遮无挡，尘土飞扬。这种情景，大概能令索马里人回忆起自己帝国的沙漠。多年来，甚至几代以来，居住在这里的欧洲人，对于游牧民族无意将住宅环境建设好这一点，是极为反感的。索马里人的房屋，拉杂地搭设在光秃秃的场地上，看上去好像是用一堆四英寸的铁钉钉在一起的，只能维持个把星期。然而，奇怪的是，无论你进入其中哪一间，都会惊喜地发现里面竟如此整洁、清新，洋溢着阿拉伯熏香的气息。室内有考究的地毯、帘幔，摆着铜器、银器和锋利的象牙柄短剑。索马里妇女举止端庄，生性好客，乐观豁达，她们的笑声如银铃一般悦耳。我的索马里仆人法拉赫——我在非洲期间，他始终与我在一起——常带我去索马里村做客，我感到十分舒心，就像在自己家里一样。索马里人的盛大婚礼是一个丰富多彩的传统节日。我作为贵宾，被引进新房。四壁和婚床上挂着闪光的古老编织物和刺绣。黑眼睛的新娘，好似元帅的军杖，直挺挺地站着。她身披丝绸，戴着沉甸甸的黄金、琥珀首饰。

全肯尼亚的索马里人都做牲口买卖。他们在村里饲养一批灰色的小毛驴作为运输工具，我在那里还见到过骆驼——大沙漠傲慢与艰难的产物，像仙人掌一样，经受得起地球上的一切磨难。索马里人就是骆驼。

部落间可怕的纠纷，是索马里人自己惹来的横祸。在这一点上，他们的感受、观点与众不同。法拉赫属于哈布尔-尤尼斯部落，这使得我在纷争中站在他们一边。有一段时间，索马里区的两个部落——杜尔巴-汉蒂斯与哈布尔-查奥罗——发生大规模械斗，枪声四起，火光闪烁，约有十至十二人身亡。这场火拼迫于政府的干预而终止。那时候，法拉赫有个同族的年轻朋友，名叫赛义德，常来庄园看望他，是个很潇洒的小伙。当仆人们告诉我赛义德出了事，我委实痛惜。原来，那天赛义德在哈布尔-查奥罗部落的一户人家做客，恰巧杜尔巴-汉蒂斯部落一个怒气冲冲的族人打那里经过，随心所欲往墙上放了两枪。子弹穿墙而入，不偏不倚把赛义德的一条腿骨打断了。我向法拉赫表达对他朋友不幸遭遇的慰问。

“什么？赛义德？”法拉赫声嘶力竭地喊道，“赛义德算是万幸了。他为什么要到一个哈布尔-查奥罗人家去喝茶呢？”

内罗毕的印度人控制着市场街的大部分商店。那些印度巨商在城外修了小别墅，诸如杰瓦杰、苏莱曼·费杰、阿里丁那·费思拉姆等。他们都有一种癖好，喜欢雕花的石头台阶、栏杆、瓶饰，它们由肯尼亚出产的软石雕刻而成，工艺十分拙劣——就像孩子们用粉红色的积木搭起来的屋架。他们在花园里举行茶会，用印度糕点招待宾客，那风味和他们的别墅一样。这些印度人很机敏，见多识广，彬彬有礼。在非洲的印度人，都是抱成团的商人。和他们打交道，你永远不知道你面对的是个人，还是代表公司的头目。我曾去过苏莱曼·费杰的住宅。一天，我发现他大库房上的旗帜降了半旗，便问法拉赫：

“是不是苏莱曼·费杰去世了？”

“他半死。”法拉赫回答说。

“怎么？半死也降半旗吗？”我认真地问。

“苏莱曼死了，”法拉赫说，“费杰还活着。”

我在接管庄园前，酷爱打猎，经常外出旅行。可是我忙于庄园的事务后，就把来复枪搁置一边了。

马赛依人——拥有牛群的游牧民族——是我的邻居，住在河的对岸。他们常有些人到我家来，抱怨狮子吃了他们的母牛，求我去为他们除害。只要可能，我总应允下来。多少个星期天，后面跟着一大帮吉库尤少年，我徒步在奥龙基草原上行猎，打一两匹斑马给庄园劳工解馋。在庄园里，我打野禽、石嘴鸡、珍珠鸡——都是美味佳肴。但后来有好多年我不曾外出行猎。

尽管如此，在庄园里我们常谈论起过去狩猎的经历。那些野营过的地方，在你心中永难磨灭，似乎你一生中有很长一段时光在那里度过。你会清晰地记得四轮车在草原上轧出的曲线，就像记着一位友人的面容特征一样。

外出行猎时，我曾见到过一群野牛，在古铜色的天空下，它们一个接一个地从晨雾中走出来，一共有一百二十九头。这些魁伟、铁铸般的动物，长着水平弯曲的犄角，仿佛不是向我走来，而是在我眼前浇铸着，铸成之后就走过去。我也曾见到一群大象，在密密的丛林里穿行。阳光洒落在浓密的蔓藤之间。象群挺进着，似乎在赶赴世界尽头的约会。那是一块巨大的、珍贵无比的波斯古毯的边缘，点染着绿色、黄色和深褐色。我还一次次地观望过长颈鹿横穿原野的队列。它们的风度是何等古怪、和蔼，充满生命力，使你感到这不是一群动物，而是一组珍奇的长茎、色斑点点的巨大花卉在缓缓移动。我尾随过两头在清晨悠闲散步的犀牛。它们正在凛冽刺鼻的空气中嗅嗅闻闻，喷着鼻息。它们恍若两块有棱有角的石头在狭长的山谷里嬉戏，共享天趣。还有，我曾在日出之前，一弯下弦月下，见到一头雄姿英发的雄狮，它正横越灰蒙蒙的平原，走在捕猎的归途中，在闪着银辉的草丛间投下浓浓的阴影。它的面孔一直红到耳根。非洲狮的乐园挺立着枝干粗壮的金合欢树，那微妙的、弹簧似的绿荫下，有一片低矮的草丛。中午休憩时分，雄狮踌躇满志地蹲坐在它的家族之中。

在庄园那些单调乏味的日子里，每每回想起这一切，总是令人欢欣鼓舞。庞大的野生动物群依然在它们的领地里。只要愿意，我可以去看望它们。它们近在咫尺，给庄园增添了活跃、欢畅的气氛。法拉赫——虽然有时对农事兴趣颇浓——像其他和我行猎过的土著用人一样，都时时渴望再次远行。

在莽原里，我学会了谨慎行事，防止突如其来的意外。你正在打交道的生灵，虽然小心翼翼，胆小害羞，可它们的天赋是在你意料之外突然发起袭击。没有一种家畜能像野生动物那样静如处子。开化的人们已经失去了静谧的天性，他们只有向野生动物学习，补上这个空白，才能为其接受。

轻轻地移动，不做任何突然的举动，是猎人的第一课，拿照相机的猎人更需这样。猎人们不可自行其是，必须顺应原野里的风、色彩与气味，必须统一行动。如果野生动物多次重复一种动作，猎人也要随着它动作。

你一旦掌握了非洲的节奏，就会发现在它的一切乐曲里，都有着相同的音符。我从野生动物那里学到的东西，在同土著打交道的时候也不无用处。

爱女人及其气质，是男人的特征；爱男人及其气质，是女人的特征。同样，对南欧国家与民族敏感多情，也是北欧人的脾性。诺曼底人注定爱上异国他乡，首先是法国，然后是英国。这些北欧老派绅士——在十八世纪的史书和小说中时有出现——经常云游意大利、希腊和西班牙，他们没有丝毫南方血统，却迷恋南方与自己迥然相异的事物。昔日斯堪的纳维亚的画家、哲学家和诗人初到佛罗伦萨和罗马时，对南方是何等顶礼膜拜！

这些脾性急躁的人们，对于遥远世界却表现出离奇的、不合逻辑的耐心。如同真正的男子汉几乎不可能被女人激怒，男人，只要保持男子气，就绝不会受到轻视，也绝不会被拒之门外。那些性情急躁、一头红发的北欧人对赤道国家和民族有同样的恒久忍耐，长期的无限量的忍耐。他们不能容忍自己国家或亲属的无聊之举，却可以屈从地忍耐非洲高原的干旱，烈日下的中暑，给牛群种痘，以及土著用人的无能，他们的个性意识已失落，只是不停寻找一切可能性，融入不友好的人群，与对方打成一片。南欧人和混血种人不具备这一品质，相反，他们谴责之、蔑视之。因此，那些鄙夷多愁善感的情人的男人和那些对自己的男人缺乏耐心的理性女子，不约而同地对格林赛尔达[1]愤愤不平。

1　格林赛尔达：《十日谈》中的人物，已成为温顺、忍耐的女性的代名词。

至于我，从来到非洲的最初几周，就对土著萌发了深厚的感情。这是一种面向男女老少的非常强烈的情感。假设一个生来就同情动物的人，在没有动物的环境里成长，忽然与动物又有了接触；假设一个天生热爱树木森林的人，到二十岁时才第一次进入森林；假设一个和音乐有奇缘的人，偏偏到长大成人后才第一次听到音乐——那么，这些人便是现在的我。与土著相识后，我将日常生活的主要内容转为管弦乐。

我的父亲是丹麦、法国军队的军官。作为杜帕尔驻军的一名年轻的中尉，他在家信中说："回想在杜帕尔，我一直是纵队的一名军官，这固然是份苦差事，但十分荣耀。如同其他欲望一样，对打仗的盛情也是一种欲望。你爱士兵，就像爱年轻女郎——爱得发狂，姑娘们最清楚。但是爱女人在一定时期只是爱一个人，而对你的士兵的爱，却十分广泛，遍及全团，而且只要可能，你还愿扩大。"我和土著之间正是这样。

了解土著并非易事。他们听觉灵敏，感情细腻。你要是吓唬他们，他们就会缩回自己的世界，之后在一秒钟之内像野兽那样突发一个动作，旋即消失得无影无踪。除非你很了解那个土著，否则想从他口中得到直率的回答几乎是不可能的。比如，你提一个直接的问题："你有多少头牛？"他的回答永远叫人捉摸不透:“跟我昨天告诉你的一般多。”这样的回答,无疑有伤欧洲人的感情,正像提出那样的问题,同样会令土著在感情上为难一样。如果我们劝说或逼迫他们,以获得对他们行为的解释,只要有可能,他们便尽量退让,还会用古怪、幽默的想象,将我们引入错误的轨道。在这种环境里,甚至连小孩都具有玩扑克的老手的素质——不在乎你猜测他手中的牌是高是低,只要你捉摸不透真正的底牌。当我们一经突破他们的防线,探入他们生存的里层时,他们的行为宛如蚂蚁:你把小棍捅进他们的蚁丘,他们则以不屈不挠的毅力,迅捷地、默默地将蚁丘的损坏部分清除干净,仿佛要抹掉不体面的行为。

我们无从了解,也难以想象,他们对我们手中的牌究竟有什么可惧怕的。我个人认为,他们对我们的行为举止更为惧怕——因为你怕吃苦、怕死,但更怕突如其来的恐怖之声。尽管如此,有时很难分辨,因为土著精于以假象惑人。在“夏姆巴”,有时清晨你会遇到石嘴鸡从你马前穿过,好像它的翅膀已经折断,生怕被猎犬捕获。而实际上,它的翅膀安然无恙,也不曾担心会被猎犬追捕——它能选择适当的时机“呼”地一下子飞走,转移我们的注意力,以便让它们的一群雏鸡安然地待在附近什么地方。和石嘴鸡一样,土著出于其他一些更深的、我们难以预料的原因，也会假装害怕我们。或者说到底，他们对我们的态度，也许竟是某种奇异的戏谑。这些腼腆的人们根本不怕我们，跟白人相比，土著对于生活中的危险简直算是毫无知觉。有时在狩猎中或庄园里，逢到紧张的关头，当我的目光与土著伙伴的目光相遇的一刹那，我感到了彼此间有很大的距离。他们对我甘冒风险漠然不解，这使我得到反思：在生活中，他们本质上也许更喜欢深水下的鱼——我们永远不会这样——他们一辈子也不会理解我们对溺水的恐惧。我觉得，他们之所以有这种信念，有这般游泳的艺术，乃是赖于他们保持着我们祖辈早已丧失的一种常识。非洲，较之其他大陆，更能给我补上这一课：上帝和恶魔是同一的永恒、并存的权威，不是彼或此的永恒，而是同进共退的共同永恒。土著既不混淆不同的个性，也不分割本质。

在游猎中，在庄园里，我渐渐对土著熟悉起来，并结成了稳定的个人关系。我们是好朋友。我不能不正视这样的事实：虽然我永远不可能深刻地了解或理解他们，但他们对我却看得很透很透。在我自己尚未下定决心的时候，他们就悟出了我将要作出的决定。有一个时期，我在吉尔吉尔地区有一处小庄园，住的是帐篷，我坐火车往来于恩戈与吉尔吉尔之间。吉尔吉尔一下雨，我会突然决定返回恩戈。正当我抵达吉库尤车站之际——离庄园还有十英里——我的一个用人会牵着一头骡子来接我回家。我追问他们何以得知我归来的消息,他们转过脸去,显得特别不自然,好像是受了惊吓或是被惹恼了。这种神情我们也会有的,如果一个聋子执意要我们向他解释交响乐的话。

每当土著面临突发的事件或声响,却因我们而产生安全感时,他们会无拘无束地与我们倾谈,其坦率程度远超过欧洲人之间的交谈。他们并不是可以依赖的,但极为真诚。一个好名声——威望——对于土著是举足轻重的。有的时候,他们似乎是共同编排一套对我们的溢美之词,事后也没有一个伙伴出尔反尔。

庄园生活往往是孤独的。在夜的寂静里,分分秒秒从时钟滴下来,生命也恍如伴随着分分秒秒从你身上滴落。你是多么渴望与白人侃侃而谈啊。但我始终感到这沉寂掩盖了土著的存在——他们好像与我分乘两架飞机,平行飞翔,回音此起彼伏。

土著从肉体到血液都是非洲的。高耸在大裂谷里的龙戈诺特死火山,河岸边一棵棵粗壮的含羞树,大象与长颈鹿,所有这些都比不得土著——寥廓风景线上的渺小生灵,他们才是真正的非洲。一切都是同一意念的不同表述,一切都是同一主题的不同表现。这不是异类原子的同类汇聚,而是同类原子的异类汇聚——恰似橡树叶、橡树果与橡树制品的关系。而我们自己，穿着长靴来去匆匆，与大地景观不时地发生冲突；土著与风景则协调一致。这些高大、瘦削、黑肤、黑眼的人们旅行时，总是一个接一个地行走，因为土著的交通要道也都是狭窄的小径。他们翻地，放牧，举行盛大的舞会，给你讲故事。这是非洲在漫游，在起舞，这是非洲在给你欢娱。在这高原之上，你想起了诗人的佳句：

我发现
土著之伟大高贵
移民之枯燥乏味

自从我来到这里，这块殖民地已经或者正在发生变化。我尽可能精确地写下我在庄园的经历，写下有关这块国土以及栖息在高原、森林的人与动物的轶事，而所有这些，也许会有一种历史的意义吧。

一个土著小孩

卡曼坦是个吉库尤小孩，我佃农的儿子。我对佃农家的孩子们很熟，因为他们也在庄园里为我干活。他们喜欢在我房子四周的草地上放羊，因为他们相信这里总会有趣事发生。在我认识卡曼坦之前，他肯定已在庄园里住了好几年，我猜想他过着一种离群索居的生活，就跟一头病兽似的。

我是有一次在庄园里骑马时遇见他的，他正在那儿放羊，是你所见到的最可怜的土著。他脑袋大大的，身子出奇的瘦小，胳膊肘和膝盖鼓出来，俨若木棍上的痈疮。与大草原相形之下，显得格外渺小，给你一种奇异的印象：如此深重的苦痛也可以浓缩成一个小不点儿。我停下来同他说话，他一声不吭，似乎对我视而不见。他的脸扁平、瘦削，饱经折磨而极富耐心。他的双眸黯然无光，像死人一般。看这副模样仿佛他活不了几个星期，你甚至依稀看到专与死尸为伴的秃鹫从浅蓝的、炙热的空中冲下来，在他的头顶上盘旋。我让他第二天早晨到我家来，我好想法子治疗他的脓疮。

几乎每天上午九点到十点，我给庄园里的土著看病，就像所有的江湖医生，我也被一大堆病人围着，一般都有一二十人。

吉库尤人惯于承受不测之事，对意外变故习以为常，泰然处之。他们与白人不同，绝大部分白人都竭力逃避未来的厄运。黑人对命运女神十分友善，安于一辈子在她手心里。在某种意义上，命运女神是他的家——茅屋里那熟悉的黑暗的、他扎根的深坑。对于生活中的任何变化，他镇定自若。他在主人、医生及上帝那里寻找的禀性之中，我想当首推想象力。也许正是基于这种力量，哈里夫·哈龙·拉希迪[1]才得以在非洲及阿拉伯人的心中保持着理想的统治地位。和他在一起，预料不到下一步将发生什么，也不知道在何处能见到他。当非洲人谈及上帝的个性时，他们就像在讲述《天方夜谭》，或是在叙说《约伯记》的最后一章。恰恰是这些无穷的想象力，给人们留下了深刻的印象。

我也沾了土著这一特点的光，享有“医生”的美誉。我第一

---

1 哈里夫·哈龙·拉希迪：《圣经·旧约·约伯记》中的人物。

次来非洲时，曾与昔日的一位伟大的科学家同乘一艘汽船。这是他第二十三次出门，进行睡眠症的医疗实验。汽船上有他随身携带的一百多只兔子和天竺鼠。他告诉我，他与土著打交道的困难绝不是他们缺乏勇气——面对病痛和大手术，他们很少流露出惧怕心理——而是他们对常规的极为厌烦，不论是周而复始的疗程还是整个操作的规范化。德国名医对此百思不得其解。可是，当我渐渐了解土著后，他们的这一素质也成为我最欣赏的禀性之一了。他们具有真正的勇气：对危险由衷的热爱，对宣布他们命运的创造性的回答——大地对天堂之声的回音。有时我猜想，在土著的心底，真正值得忧虑的倒是我们卖弄学问的习气。在自诩为能者的那些人手中，他们死于悲伤。

我的病人等候在我房间外的平台上。他们蹲伏着——瘦骨嶙峋的老人，一个劲儿咳嗽，眼珠骨碌碌转；苗条的年轻妇女，示意嬉闹的孩子保持安静；这些嘻嘻哈哈的儿童，眼睛黑亮，可惜嘴角擦伤了；母亲背着发烧的孩子，像晒蔫的花儿挂在颈子上。我常给一些烧伤病人进行治疗。吉库尤人夜里睡在茅屋里的火堆旁。那些燃烧的干柴或木炭会滚坍下来，滑到他们身上。有时我的药库里断了药，我会觉得蜂蜜不次于治烧伤的油膏。平台上的气氛活跃，惊心动魄，犹如欧洲的夜总会。我一走出屋子，窃窃私语的声浪渐渐平息。安静孕育着种种不测的可能，而此刻，不测之事来到了他们面前。土著总是顺从地任我自己挑选第一位就诊的病人。

我并不精于医道，只是知道一些急救常识而已。我这医生的名望是因为碰巧治好的几个病例而传播开来的，而且并不因我犯下的灾难性失误而减弱。

说是我在每个病例中都能保证病人康复，又有谁晓得他们的健康周期在我的治疗下，也有缩短的时候呢？那个时期我真该获得专业特许——明摆着我是一位来自伏拉维亚的“高明医生”。他们确信上帝与我在一起吗？有关上帝的信念来自那些大旱之年，来自夜间大草原上的狮群，来自在孩子们独处的房屋附近转悠的花豹，来自降落在大地上的蝗虫群——无人知晓它们从何而来，它们所过之处，片叶不留。他们对上帝的信念，也来自神秘莫测的欢乐时光——蝗虫群飞过玉米田竟未曾停留，或者春季雨水来得早、来得多，原野花草茂盛，五谷丰登。于是，我这个来自伏拉维亚的“高明医生”在真正的生活大事中，不过是个旁观者而已。

出乎我的意料，卡曼坦果真在第二天早上出现在我的房前。他直挺挺地站在那里，与另外三四个人稍稍隔开。那张半死的脸似乎流露出他毕竟留恋生活的某些情感，现在决心碰碰运气，做一次最后的尝试，以争取留住生命。

随着时间的推移，他显示出自己是一个优秀的病人。叫他什么时候来，他就什么时候来，从未错过。告诉他隔三四天来，他一准来。能记住这个数，在土著中可谓出类拔萃了。他以我前所未见的淡泊与坚忍承受着治疗痈疮的痛苦。在这些方面，我也许早该将他树为榜样，但我没能这样做，因为与此同时，他给我带来了许多忧虑和不安。

极少，我极少遇上这么一个充满野性的创造物，一个如此与世隔绝的人，以某种坚定的、执着的顺从，脱离周围的生活，把自己封闭起来。我能够让他回答我的问题，但他从不主动说一个字，也从不正面看我一眼。他没有任何怜悯心，总是带一点儿轻蔑的嘲笑，说明他比别人懂得多一点儿。当其他病孩流着泪清洗、包扎伤口时，他从来不屑一顾。他无意与周围世界发生任何接触，他经历过的接触把他伤得太重了。他在痛苦中所显示的灵魂之刚毅，乃是古代武士的那种刚毅。再没有比惊吓他更坏的了。他的放牧职能、他的哲学，使他对最坏的可能持有充分的准备。

所有这些都体现于高贵的举止中，使人想起普罗米修斯的宣言:“痛苦是我的要素,恰如仇恨是你的要素。今日你将我肢解,我也不屑一顾。”“啊,你把最坏的事都干出来吧,你是万能的!”但对于卡曼坦这小小的躯体,这是令人不舒坦的,令人寒心的。上帝面对着这个小人物所表现出来的风度,又意下如何?

我清晰地记得他第一次看着我,向我叙述他的经历时的情景。这该是我们相识一段时间之后,我已经放弃了第一种治疗手段,正在尝试新的办法——我在书中查到的热泥敷法。我急于求成,以至将泥弄得太烫。当我把热泥糊在他的腿上,绑纱布时他叫了一声“姆沙布”,并扫了我一眼。土著借用这个印地词语来称呼白人妇女,只是发音稍有不同,又赋之以不同的含义,变成了非洲语汇。此刻,卡曼坦口中发出的是求助的声音,也是警告的声音,就像一个忠实的朋友在劝阻你不要再干那些事。事后,我是怀着希望回味这一幕的。我有当医生的雄心,我为泥敷得太烫而不安,但我毕竟还是高兴的,因为这是野小子与我之间的第一次理解的目光。这位沉溺于苦难中的不幸儿,所能期望的除了苦难还有什么呢?而今,从我的身上,他所期望的却不再是苦难了。

然而,虽然我给他的治疗有进展,可情况却不见转机。很长一段时间，我一直为他清洗、包扎腿疮，但这种腿疮远远不是我所能治愈的。常常是一处腿疮稍有好转，不久，在新的部位又长出脓疮。最后我决定送他到苏格兰教会医院去就诊。

这一决定是至关紧要的，它孕育着充分的希望，给卡曼坦的触动很大——他并不愿上医院。他的牧童天职、他的哲学造就了他的与世无争。我坚持开车送他去教会，将他安排在一长溜的病舍之中。他在这全然新奇、神秘的环境里，禁不住瑟瑟发抖。

苏格兰教会的教堂临近我的庄园，在西北十二英里处，海拔高出五百英尺。而法国的罗马天主教会在庄园以东十英里处，地势较为平坦，低出五百英尺。我对这两个教会都没什么偏见，个人关系上都很友好，但对它们互相之间那种无法调和的仇视感到遗憾。

法国教士们是我最好的朋友，我常与法拉赫一起骑马到那里去，参加礼拜日早晨的弥撒，一则可以讲讲法语，二则是去教堂的路上，骑马别有一番兴味。这中间有很长一段路穿过森林局种植的金合欢树林带。在早晨的空气里，这些树散发的新鲜、雄浑的松树般的芬芳，甜美得令人雀跃。

真是超群绝伦，罗马教堂不论在哪里，都笼罩着自己特殊的氛围。教士们自行设计、修建了教堂。土著团体给予了协助，他们为此感到自豪。这里有一座巧夺天工、灰色的大教堂，配带一座钟楼。大教堂矗立在开阔的庭院里，上面有平台和阶梯，周围是教会种植的咖啡园。这是本殖民地最古老的教堂，管理上也颇见功力。庭院两侧是带拱顶的餐厅和修道院建筑。教会学校和面粉厂位于河畔。你得登越拱桥才能进入教堂前的马路。教堂全由清一色的灰色石块砌成。当你骑马下坡来到它跟前时，它显得那么整洁、富有魅力，仿佛应该坐落在瑞士的南方州区或意大利的北部。

弥撒做完时，我的教会朋友们会聚集在教堂门口等候我，邀我到庭院对面那宽敞、阴凉的餐厅小酌。在那里，听他们纵论本殖民地的种种现状，以至僻远角落里的奇闻，挺有意思。在亲切、仁慈的交谈中，他们也会神不知鬼不觉地从你那儿掏走你可能有的任何新闻，就像一群活泼、棕色、多毛的蜜蜂——他们都留着又长又浓的胡须——停落在花朵上吮蜜。他们虽然对殖民地生活如此津津乐道，却始终过着法国式的海外生活，而对于某些高层次的神秘性，则颇有耐心，颇为敬慕而且达观。你会感到如果不是那个未知的权威的安排，他们不会在这里，那带有高高钟楼的灰色教堂，那拱顶回廊，那学校，还有他们那整个的种植园及教会所在地，也都不会出现在这里。一旦调令下来，他们所有的人都会撂下殖民地的种种事务，像蜂群似的飞回巴黎。

在我巡游教堂，出入餐厅时，法拉赫一直牵着两匹小马。在我们回庄园的路上，他能感觉出我欢快的情绪——他本人是个虔诚的穆斯林，滴酒不沾，但他将弥撒与饮酒视为我宗教的协调仪式。

法国教士们有时骑摩托车来庄园做客，与我共进午餐。他们给我讲拉封丹寓言故事，并对我的咖啡园予以指导。

苏格兰教会我不太了解，教区的上方以及周围的一大片吉库尤土地，风景都很壮观。可是苏格兰教会给我一种盲目的印象，它似乎对外界的一切视而不见。该教会费了不少力气让土著穿欧式服装，我认为无论从哪个角度看都于土著无益。但它有一所很不错的医院。我在庄园的时候，这医院由慈善家、聪敏的主治医师阿瑟博士负责。他们挽救了庄园里许多人的生命。

卡曼坦在苏格兰教会医院住了三个月。他住院期间，我去探望过一次。有一回我骑马去吉库尤火车站，路过教会，那里有一条路曾一度通往医院花园。我发现卡曼坦一个人在草坪上站着，不远的地方还有几伙正在养病的人。那时候，卡曼坦好多了，能奔跑了。他见到我，便跑过来，隔着篱笆与我赛跑。他在篱笆里头小跑，就像围场里的一匹小马驹，眼睛老盯着我的小马，但没说一句话。到了花园的角上，他不得不停下来。我继续打马前行，回过头去见他像根木桩似的站着，仰着脑袋，目光追逐着我，酷似小马驹离开母马的神态。我频频向他挥手，开始他无所反应，继而突然高高扬起一只手臂，就像一支矗立的长矛。可惜他再没有举第二回。

卡曼坦在复活节的礼拜日上午返回庄园，交给我一封医生写来的信，内称患者大有好转，基本痊愈了。他一定知道信中的部分内容，在我读信时，他凝视着我的脸，但又无意向我谈他的身体状况，他心中有更重要的事哩。他总是很含蓄地保持着他的尊严，可这回却神采飞扬，透着抑制不住的胜利的喜悦。

所有的土著对急剧的效果具有强烈的意识。卡曼坦仔细地用旧绷带把他的双腿从下包到膝盖，存心要让我大吃一惊。很显然，他不是从自己幸运的角度来看待这一激动人心的时刻，而是出自忘我，愿给我以欢乐。也许，他依然记得我是怎样一次次因治疗失败而陷入苦恼的，他也深知医院的疗效是令人惊喜的。他慢慢地、一层一层地揭开绷带，从膝盖到脚踝展现出一双平滑的小腿，只有几块淡淡的灰色伤疤。

当他以其特有的冷静风度，足足让我乐不可支之后，他又一次令我高兴得目瞪口呆。他宣布他已经是基督教徒了！“我喜欢你！”他说，又补充说他想我会奖他一个卢比，因为这一天恰巧是基督升天之日。

他转身离开，去拜望自己的亲友。他的母亲是个寡妇，住在离庄园很远的地方。从事后我从他母亲那里听到的情形来看，我相信那一天是他性格发生变化的转折点。他对母亲畅叙了医院里的奇人异事之后，回到了我这儿，好像他理所当然是属于庄园的。此后，整整十二年，他一直是我的仆人，直至我离开肯尼亚。

我第一次遇到卡曼坦时，他看上去好像才六岁，可他有个兄弟好像已经八岁。他的兄弟们说他是老大，那么，他起码九岁了，一定是由于长期患病，他的发育才如此缓慢。现在他长大了，但给人的印象还是一个矮个儿，或者说在某些方面的发育有点畸形，虽然谁也说不确切。日复一日，他枯槁的脸圆润了，走起路来也灵便多了。我并不认为他丑陋，但也许我是以创造者的目光审视他的。他的双腿永远细如木棍。他的形象总是令人疑惑，一半是滑稽的小丑，一半是神秘的魔鬼，稍加修饰，他完全可以坐在巴黎大教堂顶上俯视下界。他内心具有某些闪光及充满活力的东西，在一幅油画中，他可以成为浓墨重彩、不同凡俗的一个斑点。基于此,他在我家庭的画面上是别致的一笔。他的头脑并非总是那么清楚,至少在白人看来是异常古怪的。

卡曼坦是一个富于思想的人。也许他常年在磨难中生活,养成了一种对一切事物的反应能力以及做出自己结论的习惯。他一生都是一个孤独的特殊人物。他即使和别人做一样的事,其方式也是与众不同的。

我为庄园的农民办了一所夜校,有个土著教师执教。我还从教会轮流聘请教员。我在的时候,那三家教会——罗马天主教会、英格兰教会、苏格兰教会都曾派教师来过。肯尼亚土著教育在宗教界很活跃。据我所知,那时除《圣经》和赞美诗集外,还没有什么书被译成斯瓦希里语。我在非洲期间,曾计划翻译《伊索寓言》,但总抽不出时间实现这一计划。尽管如此,夜校对我来说不失为庄园的一块乐土、我们精神生活的核心。我在这狭长的瓦楞铁顶的仓房里,不知度过了多少美好的夜晚。

卡曼坦会与我一起来夜校,但他不和其他孩子一道坐在课椅上。他站得稍远,似乎有意识地捂住耳朵不听讲课。他为这些孩子的纯真而感到欢欣,他们是心甘情愿被送来听讲的。我曾见到卡曼坦一个人在厨房里,郑重地、慢慢地回忆、摹写他在夜校黑板上看见过的字母和数字。我心里明白,他不会和其他人一起上夜校，即便他很想上。在他生活的早年，他内心有些东西是扭曲的，或封闭的；而现在，可以说正常的事也非正常了。他以自己孤傲的心灵感觉到这种隔膜。当他发觉自己与整个世界不协调时，便认定世界是扭曲的。

卡曼坦在钱上挺精明。他花销很少，曾与其他吉库尤人做了一系列合算的羊交易。他早早完婚。婚事在吉库尤世界里是十分昂贵的。我听到过他对钱财之无价值发表的颇有哲理的、高妙的见解。从总体来说，他与存在保持着奇异的关系，他能驾驭存在，却并不看重存在。

他的天性里缺乏钦佩。他承认、赞赏动物的智慧，但在我与他相识的全部时日里，我只听到他称赞过一个人。那是一个索马里少妇，曾在庄园里居住过。他在任何环境里，特别是面对他人的自信与自夸时，常常发出一种轻轻的嘲笑。所有的土著对于事情出了毛病或失败，总是怨天尤人或幸灾乐祸，这使欧洲人很反感，也很伤感情。卡曼坦则将这种个性发展到登峰造极的地步，甚而至于自我嘲讽，无论是对别人或他自己的挫折、患难，他都异乎寻常地高兴。

我发现吉库尤老年妇女也有这种心理。她们曾多次被篝火灼伤，备受命运的创伤。无论何时何处遇到命运的捉弄，她们总是万般情愿，似乎这种命运是其他姐妹的。在庄园里，我常让小男仆在礼拜天早晨向老太太们出售鼻烟，每逢这个时候，往往我还没起床，房子四周就有不少顾客拥着挤着，俨然一个陈旧的、乱哄哄的、光秃秃、干巴巴的家禽饲养场。她们压低嗓门嘀嘀咕咕的声音——土著很少高声喧哗——从开着的窗户传进我的卧室。有一个礼拜日早上，吉库尤人轻柔、活泼的交谈声突然升调，变为欢快的潺潺流水、哗哗的瀑布般的音调。屋外准有可笑的事情发生了。我把法拉赫叫进来询问。他不太愿意跟我直说，因为这一切是他忘记买进鼻烟引起的。老太太们从老远赶来，扑了个空。这件事后来成了她们取笑的话柄。有时我在玉米田的小路上遇到一个老太太，她也会直挺挺地站到我面前，对我伸出一根尖细弯曲的手指，黝黑、苍老的脸上堆起笑容，皱纹都缩在一起，好像被一根神秘的线绷着。她准告诉我，那个星期天她和老姐妹们一起，走了多么长的路到我那儿寻觅鼻烟，结果我忘了采购，以至她连点烟末都没买到——“哈哈，姆沙布！”

白人常抱怨吉库尤人不懂感恩，可卡曼坦绝不是那种不知报答的人，他甚至在言谈举止中就表达了自己的感恩之意。我们相识多年后，他曾一次又一次别出心裁地为我做一些我并未要求过他的事。我问他为什么这么做，他说，要不是我，他早就死了。当然，他也用别的方式表达谢意。他对我特别仁慈，特别乐于帮忙，或者更准确地说，他对我特别克制。也许他心中对于我与他归属同一宗教念念不忘。在愚人世界里，对他来说，我是白痴之一。自从他来我这里当仆人，将他的命运依附于我，我感到他那双专致的、富于洞察力的眼睛在注视着我，期待着清晰、公正的批评。我相信，从一开始，他就将我为他治病所经受的烦难视作一种毫无希望的古怪举动。但他不论何时总对我表示出莫大的兴趣与同情，他竭尽全力引导我走出无知的境地。在有些场合，我发现他对问题进行长时间的思考，并且细心解释他的指点，以便使我更容易理解。

卡曼坦在我庄园上的仆人生涯始自照管家犬，以后又成为我看病的助手。我这才发现他的双手是怎样的灵巧，虽然那双手从外表看很难使人得出这种印象。之后，我派他进厨房当老厨师爱萨的帮手；爱萨被人杀害后，他取而代之，一直是我的厨师。

土著通常对动物的感情很淡漠，但卡曼坦却与众不同，他在其他方面也是如此。他堪称养狗专家，与我家的几只狗相处得很融洽，还经常向我通风报信——狗在想些什么，想要些什么，或对外界有什么反应，等等。他养的狗从不长虱子。不知有多少回，我与他半夜里被狗的嗥叫惊醒，然后借着一盏防风灯的光亮，从狗群身上一个个地把“希亚福”——非洲大蚂蚁捉下来。“希亚福”专注地向前继续进军，一路上遇到什么就吃什么。

卡曼坦在教会医院住院时，也一定是留心观察——哪怕是与他直接有关的事，他也既不敬畏，亦无成见——他是个爱动脑筋、有创造才能的医生助手。离开诊疗所后，他还常常从厨房里过来，参与诊治，向我提供很有益的建议。

但作为厨师，他又判若两人。在他身上，自然力向前飞跃了一步，摆脱了才能与天赋的序列限制。事情变得神秘、不可思议，犹如你与天才打交道那样。在厨房，在烹饪世界，卡曼坦具有天才的一切禀赋，甚至天才的厄运——在自己的力量面前却无能为力。如果卡曼坦生在欧洲，并师承明智者，他极可能成为名人，以怪才留名青史。而在非洲的此时此地，他鹤立鸡群，在自己这门做饭的艺术上，堪称大家。

我对烹饪颇有兴趣，我第一次返回欧洲游历时，曾在一家有名的饭馆拜法国名厨师为师，学习掌灶。我觉得，在非洲能做一手好饭菜，是很有意思的。由于我对烹调艺术这么入迷，这位皮罗切特破例允许我与他合营饭馆。现在，眼前的卡曼坦也如此热衷此道，不禁又勾起我的兴致。与他合作，证明了我眼光之远大。我想，没有什么能比这种对掌勺儿的艺术如醉如痴更神奇的了。不管怎么说，它在某些方面是神授的、命中注定的。我觉得就像一个重新皈依上帝的人，颅相学者向他指出人类头脑中神学理论的位置。如果神学理论得到验证，那么，神学本身就能成立，最终，上帝的存在也就确定无疑。

卡曼坦的手在烹调上之灵巧令人惊奇。厨房里那些诀窍、门道，那些绝技，对于他这双黑黝黝、弯曲的手来说，如同变戏法一般。这双手无师自通，精于炒鸡蛋、烙馅饼、调卤汁、制蛋黄酱。他具有一种特殊的化繁为简的天赋，就像传说耶稣小时候用黏土捏成小鸟，让它们飞上天一样。所有复杂的炊具他都不放在眼里，似乎老用这些东西很不耐烦。我给他一个打蛋器，他搁在一边任其生锈，而将我修整草坪用的除野草的刀子拿来打蛋白。他打出的蛋白蓬松高耸，好像一片片轻巧的白云彩。作为厨师，他的眼光锐利，极其敏感，他能一眼挑出养鸡场里最肥的鸡。他用手掂一下鸡蛋，就能知道是什么时候下的。他琢磨出一整套改善伙食的方案，还通过某些关系从远方一位替医生干活的朋友那里，为我搞来了正宗莴苣种子，而这正是我多年来未能觅到的优良品种。

他对食谱的记忆力极强。他不识字，也不懂英语，那些烹饪书对他毫无帮助，他一定是运用自己特殊的系统化方式——对此我永远无从懂得——将学到的一切储存在他那其貌不扬的脑袋之中。他给每道菜都起了一个与请客时节有关联的名字。他把有的卤汁称为“劈树的闪电”，有的则冠以“死去的灰马”，奇妙的是他从不将这些东西混淆。只有一样，我试图让他记住但未成功，那就是每顿饭上菜的次序。为此，在晚宴前我必须给我的厨师画一张示意图：第一是汤，第二是鱼，第三是鹧鸪或洋蓟。我不太相信卡曼坦的这一失误是记忆缺陷所致，我觉得，他心中肯定坚持认为一切事物都有限度，在那些无足轻重的事情上，不必浪费自己的时间。

与一个怪才共事是令人激奋的。名义上，这厨房是我的，但在我们合作的过程中，我感到不仅是厨房，而且整个我们合作的世界，都转移到了卡曼坦手中。在这里，他透彻地理解我对他的希望，有时不等我说出来，他就把我的愿望变成了现实。但是说句实话，他究竟怎样或为什么干得如此出色，我还不得而知。一个人能在一门艺术上如此出类拔萃，可实际上却并不真正理解这门艺术的真谛，而且对它除了轻蔑之外，毫无感情可言，这真令我感到莫名其妙。

卡曼坦可能对我们欧洲菜的味道究竟应该如何没有概念。尽管他的言谈、他与文明的联系并不逊色，可从心灵上来说，他毕竟是不折不扣的吉库尤人，扎根于自己部族的传统，扎根于他对传统的信念，这是唯一有价值的做人之道。他有时也品尝自己烹制的饭菜，但脸色马上变得充满怀疑，就像一个巫婆从自己的煮皂大锅里蘸一点巫水尝尝。他专爱吃土著祖传的食物——玉米。在这方面，他有时也会忘乎所以，给我送来一份吉库尤风味——烤白薯或一团羊脂——活脱像一条文明的狗，因为长期与人相处，会衔一块骨头来放在地板上作为礼物。我感觉得出，他在心灵深处将我们极端讲究地烹调食品视作绝顶愚蠢的行为。有时我试图从他嘴里套出他对这些事情的看法，但每次都没有结果。他虽然在许多问题上都极为坦率，但在某些方面又守口如瓶。这样，我们在厨房里充分合作，求同存异——而将各自对烹饪的看法束之高阁，不去论它了。

我曾派卡曼坦去马莎依加俱乐部、我在内罗毕的朋友们的厨师那里学习——只要我发现他们那里有什么新鲜菜。所以在他当厨期间，我家在整个殖民地总是以美味佳肴著称。这使我无比愉快。我渴望有人品尝我的艺术，很高兴有朋友来共进晚餐。卡曼坦却对任何人的赞誉都不动心。不过，他能记住常来吃饭的朋友们各自的口味。“我给伯克里·考尔先生做白葡萄酒炖鱼，”他说得很严肃，似乎说的是一个狂人，“他给你送来了炖鱼的酒。”为了得到权威的意见，我邀请我的老友、内罗毕的布尔帕特先生来庄园吃饭。他是老一辈大旅行家，费尼思·福格家族的后裔。他周游全世界，遍尝各地美食佳肴，他从不为未来伤脑筋，只要现在能尽情享受。五十年前的体育及登山书籍，叙述了他运动家的业绩，也谈到过他在瑞士和墨西哥的登山壮举。有一本专述打赌之最的书叫《来得容易去得快》，里面可以读到他为了打赌怎样穿着晚礼服、戴着高帽子横渡泰晤士河；继而又更浪漫地畅游赫勒斯滂海峡，像林达尔、拜伦那样。我是多么高兴他来庄园与我共进私人晚餐。为一个你十分崇拜的人物奉献亲手制作的佳肴，怎么不令人兴奋呢！作为酬谢，他谈论起对饭菜以及其他世事的见解。他告诉我，他在别处从未吃到过比这更好的晚餐。

王尔斯王子驾临庄园晚宴，是我的极大荣耀。他对坎伯兰卤汁大加赞赏。这是唯一的一次，我向卡曼坦转达王子对他手艺的表扬时，他兴致勃勃地听着，十分入神。土著对国王不胜景仰，也喜欢谈论他们。好几个月以后，卡曼坦还很想再听听王子的赞扬，突然问我，就像法语读本的句子那样：“那个苏丹王的儿子喜欢猪肉汤吗？他全喝下去了吗？”

卡曼坦在厨房之外，也处处表现出对我的关心。他总是愿意根据他对生活中的祸福利害的特有观念与判断，助我一臂之力的。

一天夜里，午夜之后，他突然蹑手蹑脚地走进我的卧室，手里提着一盏防风灯，好像在巡夜一般。那还是他来我家帮工不久的事，他还很小，站在我床边就像一只迷失方向飞进来的黑蝙蝠，一双大耳朵张开着，那盏小灯像是一小簇非洲磷火。他讲话的神情特别严肃。

“姆沙布，”他说，“我想你最好起来。”

我起身坐在床上，十分窘迫。我想，要是有什么大事发生，该是法拉赫来接我。可我第二次让他离开时，他仍站在那儿。

“姆沙布，”他又说，“我想你最好起来。我想是上帝来了。”

一听他这么说，我真起来了，问他为什么这样想，他郑重其事地领我走进面向西侧山峦的餐厅。此刻，透过窗户，我见到了一幅奇特的画面：外面的山上，一片大火正在从山顶蔓延到平原，荒草漫天燃烧。从我宅子看去，山火好似一条垂直的线，看着真像是某种庞然大物在行进、朝我们走来。我伫立良久，注视着山火，卡曼坦在我旁边观察着。后来，我向他解释山火的起因,我意在安慰他,因为我感到他十分害怕。但我的解释没能让他真正信服。显然,他来叫我,是在执行某种使命。

“是的,”他说,“也许是这样。但我想你还是起来好,万一真是上帝来了呢?”

庄园里的狂暴斗士

有一年，大雨季久久没有被盼来。

那真是可怕的、惊心动魄的经历，所有体验过这一天灾的农民都不会忘怀。即便是多年之后，远离非洲，当他置身于北欧潮湿的气候环境，偶尔在夜间听到蓦然而至的雨声，他也会在梦中惊醒，高喊："盼到了！盼到了！"

在正常的年头，大雨季始于三月的最后一周，持续到六月中旬。雨季降临前，天气一天比一天热，一天比一天干燥，其灼热的程度，较之欧洲大雷雨来临之前有过之而无不及。

马赛依人——我对岸的邻居——每当这个时候，就放火烧荒，待第一场雨下来后，才能有新鲜的绿草供牧牛吃。草原上的大火在风中摇曳。长长的、闪烁着彩虹的青烟在草丛间弥漫。烧草的热气和焦味，就像从火窑中飘散出来，笼罩在耕地上空。

极目远望，大片大片的云彩汇聚在一起，转瞬间又消逝得无影无踪。淡淡的雨雾给地平线涂上一道蓝色的斜线。整个世界只有一个念头。

在傍晚，日落之前，大自然的景色靠得更近了，山峦也近了。在那清晰的青蓝、翠绿的色调之中，显得生意盎然，意境隽永。一两个小时后，你走出屋子，星星隐退了，夜间的空气如此轻柔、深邃，孕育着无尽的善举。

当那急促的、由弱而强的声响掠过你的头顶上空时——那是高高的树林里的风，不是雨；当它贴着地面席卷而去时——那是灌木、草丛间的风，不是雨；当它在低处沙沙作响时——那是玉米田里的风，它的动静酷似雨点儿，时不时使你真假难辨，甚至从声音中领受到雨水的些许润泽，仿佛，至少是在舞台上展现了你向往已久的东西，但这也不是雨。

然而，待到大地像一张音响板，发出深沉凝重的回响，世界在你的四周上下齐声轰鸣时，那才是雨。这雨就像要奔腾归海，如此急切；又像投入了久别情人的怀抱，如此真切。

但是那一年，大雨久久没有被盼来。那时候，似乎整个宇宙都与你离异。有时天气变得凉些，有几天还很冷，但大气中没有湿润的征兆。一切的一切，变干了、变硬了，恍若这个世界上的一切力量和优雅都泯灭了。无所谓坏天气还是好天气，而是对一切天气的否定，好像雨季被无限期地推迟了。阴沉沉的风像一股细细的气流掠过你的头顶，万物的全部色彩都消退了，田野、森林的一切气味也消散了。一种失宠于巨神们的感觉缠着你。南方，横亘着火烧之后的草原，黑乎乎的，荒凉极了，到处是一条条灰白色的灰烬。

盼不到雨，庄园的前景和希望日益暗淡，终成泡影。最后几个月的翻耕、修枝和栽种，都无异于傻子的劳作。庄园的活计渐渐停顿下来，寸步难移。

草原、高山的泉眼干涸了，许多陌生的野鸭、野鹅飞临我们的池塘。在庄园边缘的池塘畔，斑马们赶在清早和落日时分前来饮水，一大排，足有两三百匹；野禽乱哄哄地拥着踩着，当我骑着马在它们当中穿行时，这些小生灵竟毫无畏惧。但为了我们的牲口，我们得想方设法把它们轰走，因为一方方池塘的水位在下降。尽管如此，到池塘去仍不失为赏心悦目之事，那里，泥水间的喧闹似乎给褐色的景观打上了绿色的补丁。

土著在旱灾之中变得沉默。关于雨水的前景，我从他们嘴里听不到只言片语，虽然你会认为他们比我们更懂得天气的征兆。他们的生死存亡全系于天气如何。对于他们，乃至他们的祖辈，在大旱之年丧失十分之九的牲畜的事并不罕见。他们的“夏姆巴”龟裂了，只有稀稀拉拉枯萎的白薯苗和玉米苗匍匐在地。

过了一段时间，我从土著那里了解到他们的行为准则，在他们面前只字不能提起或抱怨灾难，就像切不可对蒙受耻辱的人提起往事一样。但我是欧洲人，在这里的日子还不长，不像在这儿生活了几代的某些欧洲人，能学会土著的这种听天由命的消极性。我还年轻，会本能地自我保护，我得把精力集中于某些事业上，如果我不想随同庄园路上的尘土、草原上的青烟一起飘逝的话。我开始在夜间写小说、神话和爱情故事，这能使我的心力远远地转移到其他国度、其他年代。

我对一个常住在我庄园的朋友讲了不少故事。

当我起身外出时，无情的风吹着，天空碧澄，闪着无数颗冷酷的星星。一切都是干枯的。

开始，我只在夜间写作，后来，也常在早晨写。在田间，我很为难：要不要再翻一遍土地，再种上一次玉米？要不要摘掉那些凋零的咖啡果，保住咖啡树？日复一日，我犹豫不定。

我习惯在餐厅里写作，把纸张摊在餐桌上，写作间隙，我还要做庄园的账，做估算，还有一些农场主的信函要回复。我的用人们问我在干什么，我告诉他们，我在试着写一本书。他们把这本书当作拯救庄园的最后一项努力，非常关注书的进展。后来，他们常打听这本书怎么样了。他们会走进来，久久地站在一旁看着我写作。在嵌板的房间里，他们脑袋的颜色很接近嵌板，在夜晚，他们似乎只剩下一片白大袍，靠着墙与我做伴。

我的餐厅朝西，有三扇长窗，对着整个的平台、草坪和树林。地势渐降，直至河边。河水成了我与马赛依人的分界线。你从屋子里望不见河水，但可以从岸边高大、墨绿的金合欢树的分布上，了解河的曲折走向。在河的对岸上，又升起一片树木覆盖的大地。森林过去，便是青色的草原，一直延伸到恩戈山脚下。

“精诚所至能移山，山能朝我走过来。”

风从东方吹来，我餐厅的门在下风口，总是开着。因为这个缘故，土著很熟悉这屋子的西侧。他们在周围铺了路，时常与房间里进行的一切保持联系。出自同一动机，小牧童们也把羊群赶来，任其在草坪上吃草。

这些小男孩赶着父辈的山羊、绵羊在庄园转悠，给羊群寻找一方嫩草地，这就在我文明的房子与野生动物之间架设了一条生命的纽带。我的用人对牧童不太信任，不愿他们走进我的房间来。但孩子们对文明具有真正的爱与热情。文明对于他们构不成危险，因为他们随时可以离开。在他们眼里，文明的典型象征是挂在餐厅里的一座德国制造的杜鹃自鸣钟。钟在非洲高原纯属摆设，一年到头，你完全可以从太阳的位置得知时辰。既然你不跟铁路打交道，可以根据你自己的意愿安排庄园的生活，钟的存在与否也就无关紧要了。但这座钟工艺颇为精细。每走一小时，粉红色玫瑰丛中便会有一只杜鹃撞开小门，蹦出来以清脆、高傲的鸣啭报告钟点。这神乎其神的机关，每回都能激起庄园儿童的兴奋感。根据太阳的位置，他们能精确地判断即将来临的午时打鸣时刻。十二点差一刻，我可以见到他们从四面八方汇集到我家来，后面跟着羊群——他们不敢把羊群留在远处。孩子们和羊群的脑袋，透过灌木丛和蒿草聚在一起，就像池塘里成群的青蛙的头一样。

他们将各自的羊群留在草坪上，光着脚丫，轻手轻脚地走了进来，大的有十来岁，小的才两岁。他们举止庄重，保持着某种自行设计的来访仪式——他们可以在屋子里自由走动，只要不触动任何东西，除了回答问题，不能说话，也不能坐下。当杜鹃跳出来与他们见面时，孩子们爆发出一阵狂喜与抑制的笑声。有时还有这样的事：一个很小的牧童，他对放羊还没有什么责任感，却会在第二天一早一个人赶来，在钟前——此时机关闭合，并无鸟鸣——站立许久，用吉库尤话轻声曼唱对钟的热爱，然后规规矩矩地走出去。我的仆人笑话这些孩子，向我嘲笑说他们太无知，还真相信杜鹃是活的。

此刻，我的仆人们自己进来看我打字。有的傍晚，卡曼坦倚着墙，默然不语。他的眼球滴溜溜转，就像睫毛下有一对黑色水滴。他的神色似乎是一定要把这机关学到手，不但能拆开，而且会装上。

一天夜晚，我伏案疾书，偶一抬头，正遇上这对凝聚着丰富思索的眼睛。

“姆沙布，”过一会儿他问，“你自己相信你能写一本书吗？”

我答道：“我不清楚。”

任何人要与卡曼坦谈话，必须设想在每一个词组前有一个长长的、含蓄的、似乎是很经心的停顿。所有的土著都是停顿艺术的大师，停顿，乃是为交谈开拓更广的言路。

卡曼坦此刻做了长长的停顿，又说：“我不相信你能写。”

我没有其他人可以和我一起讨论我的书，便放下稿纸，问他为什么。我这才发觉他早就在考虑今天的谈话，并且已经做了充分的准备。他站着，手背在身后拿着《奥德赛》，又慢慢把书放在桌上。

“瞧，姆沙布，”他说，“这是一本好书。从这头到那头订在一起，就是你举得高高的，使劲摇晃，它都不会散开。那个写书的人是非常聪明的。可你写的，”他继续说着，带着轻蔑，又带着某种友好的同情心，“有的在这儿，有的在那儿。要是别人忘了关门，就吹散了，掉在地板上，你又生气。这不会是本好书。”他断言。

我于是向他解释，在欧洲自有人能把所有的纸装订在一起。

“装订完了，你的书有这本沉吗？”他边问边掂掂《奥德赛》。

看我没有马上回答，他索性将书递给我，以便我自行判断。

“不，”我回答，“不会这么重，可图书馆里有些书，你也知道，轻得多。”

“那么，也很硬吗？”他又问。

我告诉他，把书装得这么硬，是很贵的。

他默默地站了一会儿，又表示他对我这本书抱有更大的希望。也许是出于他对此书产生怀疑，随后又悔悟，他把散落在地的稿纸一页页捡起来，码放在餐桌上。他仍没有离开，依然立在桌旁，好像在等待什么。良久，他一本正经地问我：

“姆沙布，书本里讲的是什么？”

作为解释，我给他讲了一段《奥德赛》中主人公与独眼巨人的故事。讲奥德修斯怎样自称“非人”，怎样把独眼巨人的眼睛剜出来，又怎样逃脱被绑在羊腹下的厄运。

卡曼坦兴致勃勃地听着，并发表自己的见解：那头羊一定与朗先生的绵羊是一个品种，他在内罗毕畜展上见到过。他又反过来提起独眼巨人，问我那是不是吉库尤那样的黑人。我说不是。他又想知道奥德修斯是否与我同一部族或是一家人。

“他怎么说，”他问道，“这个词，‘非人’，用他自己的土语吗？请你说一遍。”

“他说‘欧蒂斯’，”我告诉他，“他自称‘欧蒂斯’，在他土语里的意思就是‘非人’。”

“你也得写同样的事吗？”他问。

“不，”我说，“人们可以写任何他们喜爱的事，我可能会写你。”

刚刚打开话匣子的卡曼坦，这会儿又闭上了嘴。他低头看着自己，悄声问我写他的哪个部分。

“我可能写你患病的事，写你怎么出去放羊，”我说，“你觉得怎么样？”

他的眼睛在房间里扫视，最后含含糊糊地回答“西求伊”[1]。

---

1 西求伊：斯瓦希里语，意为“我不知道”。

“你害怕吗?”我问。

停了半天,他肯定地说:“是的,草原上所有的牧童有时总会害怕的。”

“你怕什么?”我追问。

他默然不语,过一会儿,他望着我,脸色变得镇定而沉重,两眼灼灼闪光:

“我怕欧蒂斯。草原上的牧童害怕欧蒂斯。”

没几天,我就听到卡曼坦向其他仆人讲述,我正在写的书到欧洲可以装订在一起,还说要做得像《奥德赛》那么硬实,得花好多好多钱。说话间还把那本书拿出来展示。然而他不相信我这书的封面能制成蓝色。

卡曼坦有一种天赋在我家显得很有用。他什么时候想哭——我相信——他就一定会哭。

要是我很认真地斥责他,他会笔直地站在我面前,注视着我的脸,神色专致而哀伤。这样的伤神在吉库尤人是偶尔才显露出来的。接着,他的双眼鼓起来,充盈着泪水。慢慢地,大泪珠一滴一滴地从眼眶滚出来,顺着脸颊流淌。我知道,这纯粹是鳄鱼的眼泪,换了别人,我根本无动于衷,可是对卡曼坦则另当别论。在这种时候，他扁平的、木头般的脸，仿佛又陷落在黑茫茫的、无限孤独的世界里——他曾在这个世界里漂泊多年。如此沉重、无言的眼泪，他会像放羊娃那么擦拭。这泪珠使我不安，并从知罪感的角度看待他的过失，无形中缩小了他的过失，我也就不忍再继续数落他了。在某种程度上，这是令人心烦意乱的事。但我相信，基于我们之间存在的人类真正的了解，卡曼坦心里明白，我看穿了这些后悔的泪水，并无一丝一毫过高的估价——而实际上，他自己与其说是把眼泪看作哄骗的手段，倒不如说是在更高的权威面前摆出的一种仪式。

卡曼坦宣称自己是个基督教徒。我不知道他对这一名词寓以什么含义。我曾有一两次试图询问他，可他却回答说，我信什么，他就信什么；更绝的是，他说我本人一定明白我信的是什么，既然如此，我再问他就毫无意义了。我认为，这不是一种遁词，在某种程度上，倒真是他的信仰的袒露。他将自己置于白人的上帝之下。在服侍人的工作中，他随时准备执行任何命令，却不屑于去探究工作的制度是否合理——这制度恰恰很可能被证实为不合理的，如同白人自己的制度那样。

有时碰上我的行为与他皈依的苏格兰教会的教诲有了冲

突，他会问我究竟是谁对谁错。

土著处世不执偏见，真令人吃惊，因为你满以为能在未开化的人们中发现愚昧的禁忌。我以为个中原因是他们对各种民族、部族都不陌生，也有赖于非洲地区人际交往频繁，首先是古老的象牙商人与奴隶，我们的时代乃是移民与狩猎大动物的猎人的时代。几乎每个土著，乃至草原上的小牧童，在他的岁月里都与一系列的不同民族面对面打过交道，从西西里人到爱斯基摩人、英国人、犹太人、布尔人、阿拉伯人、索马里人、印度人、斯瓦希里人、马赛依人、卡维罗多人等等。随着不断接受种种外来思想，土著遂成为具有世界性的人，而不是乡下佬、省城人或传教士——这些人是在一个统一模式的社会里成长，养成了一套固定的观念。白人与土著之间的误解，大都源出于此。

以你个人的名义向土著表示你代表基督教，是颇有风险的。

有一个名叫基他乌的年轻吉库尤人。他来自吉库尤自然保护区，在我家当仆人。他是一个爱观察、爱思索、细心的用人，我很喜欢他。三个月以后，有一天他求我为他写一封推荐信给我的老朋友谢赫·阿里·比·萨里姆——蒙巴萨沿海县县长。基他乌在我家见过此人。现在他说他愿意去那边干活。我不高兴他刚熟悉了家里的常规便匆匆离去。我对他说我宁可给他加工资。不，他说他离去不是为了更高的工资，而是他不能再待下去了。他告诉我，他的决心已定。早在自然保护区，他就打定主意，要么信基督，要么当穆斯林，只是还不知道究竟该信哪一位。为此，他来我庄园干活，因为我是基督教徒。他在我家干了三个月，考察基督教徒的行为与习惯。他准备再到阿里那儿干三个月，考察穆斯林的情况，然后再作抉择。我相信，即使是主教遇到了这样的事，也该与我同感："我的上帝，基他乌，他应当在来到这儿时就告诉我呀。"

按传统观念，穆斯林不吃任何外人宰杀的肉类。外出狩猎，这就成了一个难题：你只能带少量的干粮，仆人的食物要靠你打到的猎物。你击中一只羚羊，你的穆斯林仆人飞也似的冲上去，以便赶在羚羊咽气前亲手割断它的喉咙。你注视着他们燃烧起来的眼睛，内心十二分的不安。如果你看到他们站住，双臂和脑袋耷拉着，那就意味着羚羊死在他们动刀之前，而你必须另找一只，不然你的搬运夫们要挨饿。

第二次世界大战初期，我坐着牛车外出，在我出发前的夜晚，我碰巧在基加贝遇到穆罕默德·谢里夫。我问他是否能依照法规豁免一下我的仆人，待我们射猎归来再说。

谢里夫是位年轻人，但很明智。他同法拉赫与伊斯梅尔谈了谈，宣布："这位女士是耶稣的门徒。她开枪时会说或至少在心里说'以上帝的名义'，这就使她的子弹与正统穆斯林的刀一样干净。在这次旅行中，你们可以吃她打的东西。"

基督教在非洲的优势被各教会之间的互不容忍削弱了。

在非洲时，每逢圣诞之夜，我总骑马去法国教会望午夜弥撒。一般这个时候天气很热。当你穿过金合欢树林带，你能听到远处教堂悠扬的钟声在清新、郁热的空气里荡漾。当你到达教堂，愉快、活泼的人们已聚在四周，内罗毕的法国和意大利店主也都携家带眷赶来了，修道院的修女们也全都到场了。成群结队穿着色调明快的服装的土著拥着挤着。壮观的大教堂燃起几百支蜡烛，辉映着教士们自制的彩色玻璃画。

卡曼坦来我家后的第一个圣诞节来临时，我告诉他，作为教友，我将带他一起去望弥撒，我还以教士的口吻向他描述了在那里能看到的种种美丽景观。卡曼坦听了显得很激动，穿起了最好的衣服。可是当车到门口来接我们时，他焦虑不安地折回来，说不能跟我走了。他不肯向我透露原因，而且回避我的追问。是的，他不能去，他发现我带他去的是法国教会，而他住院时苏格兰教会曾严厉警告他不得与之来往。我告诉他，一切都是误会，他得马上跟我走。一言未尽，他在我的眼前忽然变得石头般僵硬，昏迷过去，翻着白眼，满脸冷汗。

“不，不，姆沙布，”他喃喃地说，“我不跟你去。在大教堂里，我知道，有一个姆沙布很坏很坏。”

我听了这话，感到非常伤心，但我想还是应该把他带上，圣母玛利亚能打通他的思想。教堂里有一座真人大小的圣母塑像，蓝白相间。土著一般对雕像印象很深，因为绘画对他们是难以理解的。于是，我许诺一定保护他，才把他带上了车。当他紧随着我步入教堂时，他的忧虑烟消云散了。这刚好是法国教会首次举办的圣诞弥撒。教堂里还有一尊巨大的雕像——耶稣出世，那是一个神龛，里面是圣神家族，它刚从巴黎运来，沐浴着蓝天那闪闪的星光。雕像周围有一百多只玩具动物、木牛以及洁白的棉毛羊羔，所有这些都丝毫没有考虑到它们尺寸的大小，一定在吉库尤人心中激起阵阵狂喜。

卡曼坦信奉基督教后，不再害怕接触死人的身体。

在这之前，他怕死人。当人们用担架把病人抬到我房前的平台上，那个不幸的病人死在那里时，他不像其他人搭一把手帮着把死者抬回去，也不随同别人退回到草坪上。他纹丝不动地站在路边，俨如一尊小小的黑黑的碑。我不明白，为什么不怕死的吉库尤人却一点不敢碰尸体，而怕死的白人倒敢于搬动尸体。这里，你又一次感到他们在现实生活中与我们大相径庭。所有的农民都知道，这是你难以支配土著的一个领域。要是你能马上放弃这个念头，无疑可以免去不少麻烦，因为土著的确是宁死也不改变自己的方式的。

而今天，恐惧感已从卡曼坦心中消释，他的害怕死人的亲友也遭到他的数落。他甚至当众炫耀，以夸示他的上帝的力量。偶尔遇到机会，我也考验他一番。在庄园那段日子里，我和他曾抬过三次死人。一个是吉库尤姑娘——在我屋外被牛车轧死；第二个是位吉库尤小伙子——在森林砍树时被砸死；第三个是白人老头——他曾在庄园住过，为庄园出过力，又死在那里。他是我的同乡，这位双目失明的老丹麦人，名叫克努森。那一次在内罗毕，他跌跌撞撞摸到我的车前，自我介绍之后，央求我在庄园里给他一间房子，因为他在世上无立身之地。那时我正在裁减咖啡园里的白人职员，有一间空平房可以租给他。他在庄园安顿下来，住了六个月。

在高原上的庄园里，他可谓独一无二的人物。他是地地道道的大海的创造物，好像与我们在一起的是一只折了翅膀的信天翁。他整个被生活磨垮了，又是患病又是酗酒，佝偻着背，红头发转白，变成一种奇异的颜色，仿佛是灰烬撒落在他的头上，又像是在盐里渍过，显出点点花斑。但他身上迸射的火焰，却是任何灰烬都不能掩盖、压抑的。他出生于丹麦的一个渔民世家，当过水手，后来成为非洲探险的先锋之一——且不论是什么风将他吹来的。

老克努森这一辈子尝试过不少事业，比较起来，他更喜欢同水、鱼、鸟打交道，但哪一样他都没弄好。有一次，他告诉我，在维多利亚湖畔，他曾经营过水平很高的捕鱼企业。绵延几十英里，张着世界上最好的渔网，还有一艘摩托艇。但是在二战时，他失去了一切。他追忆的悲剧中，最伤心的是一场致命的误会，或者说是一位朋友对他的背叛。我不大清楚究竟是哪一种情形，因为这个故事他给我讲了很多遍，几乎每遍都有所不同。每讲到此处，老克努森的心境都异常沉重。不管怎么说，他的故事里总有些是真实的。为赔偿他的损失，在他居住在庄园期间，政府每天支付他一先令的养老金。

所有这些，都是他来我这儿拜访时讲的。他在自己的小屋里感到不舒适，常常到我这儿来散散心。我派去侍候他的土著小孩，一次又一次地逃离他。他时不时拄着手杖，踉踉跄跄地一头扎向孩子们，把他们吓坏了。但他兴致高的时候，常坐在我的阳台上，边喝咖啡边给我唱丹麦民歌，显得神采飞扬。讲讲丹麦土语，对他对我都不失为一件乐事。庄园里发生的事，哪怕无关宏旨，我们也交换看法，目的无非是享受谈话的乐趣。但我对他并不是总有耐心，因为他话匣子一打开，就很难截断。他坐下来就不想走。在日常交往中，不难想象他是一位古代航海家或《老人与海》中的主角。

他编织的渔网，可谓精美绝伦——他自诩那是世界上最精致的渔网。在庄园的小平房里，他编结皮鞭子——土著用的鞭子，材料是河马皮。他从土著或那依万霞湖边的农民那里买一张河马皮，如果运气好的话，可制成五十根鞭子。我至今保存着一根他送我的马鞭，精巧而又实用。他这活计，弄得平房周围恶臭难闻，就像某些专食腐肉的鸟的巢窝四周一般。后来我在庄园里挖了个池塘，总见到他站在池塘边陷入沉思，身影倒映水中，就像动物园里的海鸟。

老克努森胸膛凹陷，看上去虚弱不堪，却有一颗野孩子的心：单纯、暴躁、鲁莽、燃烧着好斗的火焰。他霸道十足，是一个罗曼蒂克的角斗士。他也是别具一格的卓绝的衔恨者：他对几乎所有他接触过的人、所有的机场都愤恨、暴跳如雷。他呼唤上苍降大火、下硫黄雨在这些人头上，用我们丹麦的说法，“把魔鬼画在墙上”，叫仇人们心惊肉跳。无论什么时候，他只要能煽动别人争吵斗殴，就十分开心，如同小男孩逗引两条狗或狗与猫撕咬那般。令人望而生畏又难以忘怀的是，他经历了漫长的艰难岁月，最终被生活的激流冲到宁静的小河滩上，本该收拢风帆颐养天年，可他依然孩子般地为自己的地位与逆境愤愤不平，大声疾呼！对此，我肃然起敬，并想起了北欧传说中的狂暴斗士。

他总是以第三人称“老克努森”称呼自己，也从不停止炫耀与夸示，人世间没有老克努森干不了的事、通不过的路，也没有一个桂冠斗士不能被老克努森击倒。对于他人，他是个极端悲观主义者，他预见这些人终将因他们的所作所为而招致理所当然的、灾难性的下场，可对他自己，他又是个狂热的乐观主义者。他临终前，在我为他保守秘密的许诺下，向我透露了一个宏大的计划。这一计划的实施将使老克努森最终成为一个百万富翁，而令他所有的敌人都无地自容。他告诉我，他将从那依万霞湖底打捞成千上万吨创世纪以来水禽积存的鸟粪。作为最后一次巨大的努力，他曾从庄园跋涉到湖畔，去考察，制定他伟大计划的细则。他在宏愿的玄光中溘然长逝。这计划包容着他最心爱的一切：深水、鸟类、隐秘的宝藏。所有这些，真切到甚至散发出不可言传的女子的神奇气息。在这项夙愿的顶端，他心灵的眼睛看到了老克努森手持海神的三叉戟，脚下踩着被征服的海涛。至于怎样把鸟粪从湖底打捞上来，我记不清他是否向我泄露过。

老克努森的伟大探险与成就、他对一切事物所显示的超绝——他对我讲的这一切——明显地带着老人的种种弱点与力不从心之虞。于是，你会感到，你交往的是两个迥然相异的个人，背景上崛起的是老克努森的巨大形象——不可击败的胜利者、探险的英雄；而我熟识的却是他那佝偻着背、老态龙钟的仆人形象，就是这个“仆人”不断地向我唠叨老克努森的故事。这位矮小、卑贱的老“仆人”，一生中执行了老克努森的使命：维护、颂扬老克努森的威严，直至生命的最后一息。唯有他——除了上帝之外——真正见到过老克努森，因而他死后，那个离经叛道的家伙在任何人的心目中也就不复存在了。

只有一次，我听到老克努森使用第一人称代词讲他自己。那是他死前两个月的事。他患有极其严重的心脏病——最后也死于此病——那时整整一周我没在庄园见到他，便到他的小平房里去探望。在河马皮的阵阵恶臭中，我发现他躺在床上，屋里空荡荡的，十分肮脏。他面如死灰，眼睛也深深凹下去。我跟他说话，他不搭言，也不出声。只是好久之后，我起身要离开时，他突然轻轻地、含糊地说了句："我病得很重。"此时，听不到老克努森的口若悬河——他是永远不会病倒、不会被征服的。这是他作为另外一个人，他的"仆人"，仅有的一次允许他表达自己个人的苦难与哀伤。

老克努森对庄园感到十分乏味，他常常锁上小屋外出，从我们的视野里消失掉。我猜想，这多半是他得到了消息：其他一些拥有光辉的过去的开拓者来到了内罗毕。他会出走一两个星期，直到我们将要忘记他的存在时，他又会回来，那么憔悴疲乏，几乎拖不动病弱的身躯，也打不开门上的锁。而后，他独处几天。我相信，在这些日子里，他怕见我，他一定认为我不赞成他不辞而别，而且会利用他的体弱来压倒他的精神优势。老克努森虽然时时歌唱水手的豪情，热爱着大海的波涛，但在心灵深处，他对女人十分不信任，视之为男人的敌人，认定她们的天性与原则就是要阻止他的人生探险。

他死的那天，人们已有两周不见他的人影，庄园里无人知晓他外出是否归来。但这一回，显然他自己下定决心要干出破例的事，因为他是在到我住处的途中，一条穿过咖啡园的小道上突然倒下辞世的。我和卡曼坦是在傍晚去草原采蘑菇时，发现他躺在道上刚长出来的矮草丛中——时值四月，大雨季之初。

确切地说，是卡曼坦发现他的。在庄园所有的土著中，唯有卡曼坦同情他，甚至关心他，这也可谓寻常之中的不寻常。卡曼坦常主动给他送鸡蛋，并监督服侍他的那个小仆人，以防其溜走。

这位老人仰躺着，帽子在他倒下时滚在一边，他的双眼没有完全闭上。他死了，却显得那么充实丰满。啊，老克努森，你终于找到了归宿！我想着。

我想把他抬到他的平房里，但我知道，叫旁边的或在近处"夏姆巴"干活的吉库尤人来帮忙，是无济于事的，他们弄清我为什么叫他们时，会马上跑开。于是我吩咐卡曼坦赶紧跑回去，把法拉赫找来帮我。可卡曼坦却一动不动。

"你为什么让我跑开？"

"嗯，你自己明白，"我回答，"我一个人哪抬得动老先生？你们吉库尤人都是蠢货，连死人都不敢抬。"

卡曼坦露出一丝无声的讥笑："姆沙布，你又忘了，我是基督教徒哇。"

说着，他抬起老人的双脚，我抬脑袋，向老人的平房走去。我们不时地停下来，把老人放下，歇歇脚。卡曼坦挺挺身子，直视老克努森的双脚。那模样，我看完全是从苏格兰教会里学来的。

把老人安置在床上后，卡曼坦在屋里转了一圈，又走进厨房，想找条浴巾之类遮盖老人的脸，可他只找到一份旧报纸盖上。“基督教徒在医院里都是这样做的。”他解释道。

这之后很长时间，卡曼坦一想到我在这件事上的无知，就好像分外满足。有时他和我在厨房里干活时，他心中充满兴奋，会突然笑出声来。“姆沙布，你记得吗，”他说，“那次你忘了我是基督教徒，以为我害怕帮你抬那老人的尸首哩。”

卡曼坦信教后，也不再怕蛇。我听到过他对其他男孩炫耀说，一个基督教徒在任何时候都敢踩住蛇头，踩扁它。我没有见到他这么干过，但有一回，一条鼓蝮毒蛇在厨师房间的屋顶上出现时，我见到他在距屋子很近的地方，直挺挺地站着，表情沉着，双手交叉背后。我家里所有的土著小孩就像风吹稻草般散开来，围成一个大圈，口中尖叫着。法拉赫进屋取来我的猎枪，把鼓蝮蛇打死了。

事后，余波平息，赛爱思的儿子尼约莱问卡曼坦：“卡曼坦，你为什么不踩住毒蛇头，踩扁它？”

“因为它在屋顶上。”卡曼坦答道。

有一次我想试一试用弓箭射击。我体质健壮但很难拉开法拉赫给我搞来的硬弓。经过多日的练习，我终于成了一名出色的射手。

那时卡曼坦还很小，常看着我在草地上弯弓射箭，似乎对我摆弄这玩意疑虑重重。一天，他终于开口了："你拉弓射箭，还配当基督教徒吗？我想基督教的方式是用来复枪。"

我打开《圣经》，指着哈加儿子的故事插图："上帝和这位少年在一起，他长大了，住在旷野里，成了一名射手。"

"好，"卡曼坦说，"他跟你一样。"

卡曼坦诊治土著病人和医治病兽都有一套。他曾从猎犬脚上取出过无数破碎的木头、玻璃硬片，还曾医好了一只被毒蛇咬伤的狗。

有一段时间，我在家里养着一只断了一只翅膀的鹳。它堪称从容勇敢，它在各个房间里穿行，到了我的卧室，便投入一次次的决斗：时而与挂在墙上的短剑，时而与镜子里的自己。它跟着卡曼坦进进出出，使人不能不信服，它是在有意识地模仿卡曼坦呆板的步态。他们的腿几乎一样细。土著小孩很善于发现这种滑稽的模仿，见到他和它过来，便高兴地叫唤。卡曼坦知道这种玩笑，却从来不太计较别人对他的捉弄。逢到这种时候，他就吩咐孩子们去泥沼地捉青蛙给鹳吃。卡曼坦也是羚羊鲁鲁的总管。

羚羊鲁鲁

鲁鲁从树林里来到我家的时候，卡曼坦早已从草原来到我的庄园，进入我的生活。

庄园的东面，是恩戈森林保护区。那时候保护区里几乎都是原始林子。说心里话，把古老的林木砍倒，换种桉树之类，是一件悲伤的事。古老的森林本可以成为内罗毕一个风情独特的胜地。

非洲的原始森林是一块神秘的土地。你骑着马进入这古老的织锦深处，有的地方有些褪色，有的地方因年深而黯淡，而奇妙的是绿荫如此浓密。在那里，你见不到太阳，只是阳光穿过树叶，玩着种种游戏。灰色的真菌如一缕缕长长的胡须低垂在树上，蔓藤纵横交错，互相盘绕。这一切给原始森林平添一层玄妙、幽渺的氛围。每逢礼拜日，在庄园里无事可做，我常与法拉赫骑马到这里来，坡上坡下盘桓漫游，间或跨越一条条曲曲弯弯的林间小溪。林子里的空气清凉似水，洋溢着植物的芳馨。当大雨季初临，藤葛盛开鲜花之际，你骑着马穿行在一团团缭绕的花香之中。有一种非洲月桂树，它那奶白色的细小花朵有点粘手，散发出极为浓烈的甜香味，犹如紫丁香及峡谷里的野百合。随处都可以见到一节节空心树干用皮绳挂在枝杈上，这是吉库尤人为了采蜜而吸引蜜蜂作蜂房用的。有一次，我们刚从林子里拐出来，便见到一头挂毯似的花豹横卧在道路上。

这里，在森林的半空，聚居着一个喧闹而不知疲倦的家族——小灰猴。只要一群猴子走过林间道路，那里的空气中便久久地弥漫着它们的气味——干燥、腥臊、耗子般的气味。你继续向前行进，会突然听到头顶上“嗖嗖”的匆匆的跑动声，那是猴群在赶路哩。如果你停在原处，静候一会儿，你会瞥见一只猴子正端坐树上；再过片刻，你又会感到周围整个林子都活跃起来了，这个大家族的成员们像果实悬挂在枝头。光线或明或暗，它们有的呈灰色，有的呈青黑色。它们发出一种奇特的声音，就像响亮的吻，紧接着一小阵咳嗽。如果你在下面模仿这种声音，便可以看见群猴亲昵地左右晃悠着脑袋。可是你若突然一动，那么一瞬间，它们便都逃散了。你只能追逐着那渐渐减弱的窸窸窣窣的声响，眼睁睁地看着它们在树顶上拨开枝叶夺路而去，像一群鱼蹿入波涛之中，消失在林木深处。

一个炎热的中午，在恩戈森林，我穿过茂密的树丛，在狭窄的小道上，还见到了极为罕见的大野猪。它从我跟前倏然掠过，带着它的母猪与三只小猪，整个家族就像黑纸的剪影，形状相同，大大小小，背后是一片阳光照射的绿色。这是绝妙的景致，像森林池塘中的倒影，又像千年之前发生的奇景。

鲁鲁是一只小羚羊，属于南非羚羊种。这个品种也许是非洲羚羊中最漂亮的。它们比欧洲黇鹿略大一些，栖息在树林或灌木间，性情羞涩，四处流动，不像平原羚羊那么常见。恩戈山及其周围地域却十分适合这种羚羊居留。你若是在山地野营，清晨或黄昏出去行猎，常会见到它们从灌木丛中蹿出来，闪进林间通道，在阳光下，它们的皮毛闪着红铜似的光泽。雄羚羊有一对奇妙的旋角。

鲁鲁是这样成为我家的一个成员的——

一天早晨，我坐马车从庄园去内罗毕。前不久，我的碾面厂失火被毁，我得一次次进城打官司，索取保险赔偿。那个清晨，我脑子里装满了数字与估算。当我沿着恩戈路行进时，路边有一小群吉库尤儿童朝我呼喊，循声望去，他们举起一只小小的羚羊给我看。我知道他们一定是在野地里发现这只小羚羊的，现在他们是想将它卖给我。可内罗毕那头的约会我已经迟到了，哪还有心思想这类事，于是我继续赶路。

等我傍晚从城里归来，路过老地方时，又听到那熟悉的呼叫，那伙孩子还在那里，显得有点疲乏、失望。他们也许整整一天都在想法儿把小羚羊卖出去，此刻，更是急不可耐，要在太阳下山前达成交易。他们把羚羊举得高高的引诱我。但我在城里待了整整一天，保险金又遇到一些麻烦，所以顾不得停下来搭话，只是扬长而过。回到家里，我也没想这些，吃了晚饭便上床了。

可是，我刚合上眼，就被一种恐怖感惊醒。那些男孩和小羚羊的形象——此时已纷纷汇聚成形——站立在我面前，那么清晰，像画出来的似的。我起身坐在床上，惊骇得像有人要掐死我一样。我想，那在它的捕捉者手里的小羚羊该怎样了呢？那些孩子整整一天冒着酷暑站在路边，将小羚羊双腿交叉高高举起。小羚羊还小，不能自己觅食。我自己一天路过两次，既像祭司，又像利未人[1]，根本不顾及小羚羊。而此刻它在哪里？我惶惶然起床，把所有的仆人叫醒。我命令他们，必须找到这只小羚羊，

1　利未人：古以色列人的一个支派，在公共礼拜上从事祭司以下的次要工作。

早晨给我送来。他们马上开动脑筋。有两个小仆人那天曾同我坐在一辆车里，对外面的孩子与羚羊也都没在意。可现在他们站了出来，详详细细地告诉别人时间、地点和那些小孩的家庭情况等。那是一个月色皎丽的夜晚，我的仆人们都走出屋子，分散在田野里，热烈地议论着。我听到他们在计较一个事实：如果找不到羚羊，谁都保不住饭碗。

第二天一早，法拉赫给我送早茶时，朱玛跟进来，双臂抱着小羚羊。那是一只雌羚羊，我们给它起了个名字：鲁鲁，据说是斯瓦希里语，意即珍珠。

那时候，鲁鲁才有猫那么大，长着一双又大又文静的紫色眼睛。它的双腿那么纤细伶仃，以至使你担心它一蹲一起时，怎能经受得住一屈一伸。它那光滑如丝绸的耳朵，极富表现力。它的鼻子黑亮亮的，犹如长在地下的块菌，而那小巧的蹄子又活脱带有旧私塾里中国小姐的风采——一双玲珑的缠足。抱着这样完美无瑕的艺术品，乃是罕有的机遇。

鲁鲁不久便适应了这房子和房子里的人，它的行为举止如同在自己家里一般。在最初的几个星期里，房间里的打蜡地板成了它生活中的难题。它一离开地毯，前后腿便往四面滑，看似岌岌可危，它却毫无惧色。后来，它学会了在光溜溜的地板上走路，发出一种连续的就像生气地敲桌子的声音。出奇地整洁、有条理，是它的习性，它又像小孩那样任性，可当我阻止它干那些它想干的事时，它的行为似乎在说：和为贵。

卡曼坦用奶瓶喂它，夜间还得将它关在屋里。天黑后，豹子常在我住所四周出没，我们要非常小心地照管鲁鲁。它跟卡曼坦的关系很不错，老跟在他后面。卡曼坦不赞成它干什么事情时，它常常用小小的脑袋往他的腿上抵撞一下。它是那般漂亮，当你看到它与卡曼坦在一起时，你会情不自禁地把它和他视作美与善的绝妙的新图解。正因为这出众的美与潇洒，鲁鲁在我家为自己赢得了支配的地位，每个人都很敬重它。

在非洲，除了苏格兰猎犬外，我从不养其他种类的狗。再没有比苏格兰大猎狗更忠实、更通人性的狗了。它们一定与人类相处几百年了，深谙我们的环境及生活，懂得怎样在其中周旋。你还能在古代绘画和花毯中找到它们的形象，它们的容貌、举止随着环境多见变化，但始终带有某种封建气息。

我的第一条苏格兰猎犬名叫达斯克，是我新婚时收到的礼物。我一开始非洲生活——可以这么说，在“五月花”轮船上——它就伴随着我。它生性活泼、慷慨。在二战最初的几个月，我为政府搞运输，它总跟着我随牛车穿越马赛依保护区。可惜两三年后，它被斑马伤害致死。那时鲁鲁已来我家，我还养着达斯克的两个儿子。

苏格兰大猎犬对于非洲水土、非洲土著都能适应。这也许应该归功于海拔——高地赋予这三者的主旋律。大猎犬在蒙巴萨的海平线上就显得不谐调。高原上雄奇、寥廓的风景线，有了山峦，有了草原，有了江河，倘若没有大猎犬，似乎就不是完美的。大猎犬都是狩猎能手，虽然嗅觉比灵缇更灵，却主要凭视力捕捉动物。观赏两条大猎犬合作捕猎，是极为新奇的事。我骑着马，带它们闯入野生动物保护区——按规定这是不允许的。在那里，它们会惊扰一群群狮子、角马，在草原四处迅跑，就像天堂所有的星星在空中东蹿西跳。我在马赛依区打猎，只要身边有大猎犬，从未漏掉过一只击中的动物。

它们在原始森林里也显得很美，深灰的身影镶嵌在一片暗绿的树荫下。有一条大猎犬，单枪匹马咬死一只庞大的雄狒狒。在格斗中，它的鼻子被狒狒咬穿了，使其高贵的气质受到了损伤。然而，庄园里每个人都视之为光荣的伤疤，因为狒狒是害人之兽，土著对其深恶痛绝。

大猎犬很聪明，知道仆人中谁是穆斯林，不得接触狗类。

我初到非洲时，有一个索马里扛枪夫，名叫伊斯梅尔，他过世时，我还在非洲。他是旧时扛枪夫之一，如今没有这种职业了。他是那些本世纪初的狩猎行家培养出来的——那时非洲是真正的行猎乐土。伊斯梅尔对文明的了解全限于猎场，他讲的是行猎世界的英语，对我的猎枪，无论新式老式都能评论一番。他返回索马里后，曾给我来过一封信，收信人写的是"母狮布里克森"，信的开头是"尊敬的母狮"。他是一个地地道道的穆斯林，一辈子都不肯与狗接触，这给他的职业生活造成不少忧虑。但他对达斯克例外，从不计较我把它装在有他乘坐的同一辆骡车上，他甚至允许它和自己同住一个帐篷。他说这是因为达斯克认得出穆斯林，不会碰他、摸他的。实际上，是伊斯梅尔让我确信达斯克能一眼看出谁是真正的穆斯林。他曾对我说："我现在知道了，达斯克与你属一个种族，他总是对人欢笑。"

鲁鲁在我家的权利和地位，现在连我的大猎犬都明白。这两位行猎大将的傲气，在鲁鲁面前化为乌有了。它们在自己最爱待的牛奶盆前、火炉前受到鲁鲁的排挤。我在鲁鲁的颈圈上系了一只小铃铛，有一度，猎犬们一听到丁零声从别的房间传来，就会顺从地从炉前温暖的地方爬起来，躺到其他地方去。当然，鲁鲁的举止风度优雅、洒脱，也实在无与伦比。它走来，卧下，完全像一位姿容秀美的大家闺秀，娴雅地提一提拖地的长裙，落落大方地坐下。它以彬彬有礼、略带挑剔的神采喝着牛奶，仿佛因女主人过分的恩宠而有点不安。它总是要人搔它的耳朵背，那种富于自制的神态，就像年轻的妻子娇嗔地任丈夫抚爱。

鲁鲁长大了，像一枝充满朝气的可爱的花朵，亭亭玉立。它苗条而又丰腴，从鼻子到脚，透出一种难以置信的美。它的形象就像是海涅一首诗的工笔插图：恒河水畔，有一群聪敏、温柔的小羚羊。

但鲁鲁并非真正温柔，其内心隐藏着所谓的邪魔。它具有最典型的女性特征，全副身心地进行自卫，以保护自己的完美无缺，同时又全力以赴，决意进攻。它对抗谁？对抗整个世界，如果我的马惹它不高兴，它的情绪会失去控制，一头撞过去。我记得汉堡的海根贝克老人曾说过，在所有的动物中，包括食肉类，鹿是最不可靠的动物。你可以信任花豹，但你若是对牡鹿不备戒心，则或迟或早会遭到它从你背后发起的袭击。羚羊鲁鲁有的也正是这种气质。

鲁鲁是我家的骄傲，即使当它的行为如一个真正不知耻的风骚娘们那般。尽管我们对它呵护备至，也未能使它高兴。有时，它一连几小时或整个下午外出。有时，它像中了邪一样，对环境的不满达到了高潮。为了寻求自己心灵的满足，它会在房前草坪上跳起武士舞，就像撒旦跟前转圈狂舞的祈祷者。

“啊，鲁鲁，”我心潮起伏，“我知道你出奇地健美，你能跃过你自己的高度。而此刻你是在向我们发怒，希望我们都死去。实际上，只要你下得了手，我们一定会死的。但使你烦恼的不是你此刻想象的那样：我们设置了过高的障碍阻碍你跳跃。我们又怎么可能那样做呢，你这个伟大的跳高能手？事实是我们任何障碍都没设置。伟大的力量在你体内，鲁鲁，种种障碍也都在你的身上。关键是时机尚未到来。”

一天傍晚，鲁鲁没有回家。我们在外面找了整整一周都没找到。这对我们所有的人无疑是一个沉重的打击。我们张贴了布告，可别人家也没见到它。我想到了河边的豹子。一天晚上，我向卡曼坦说起了豹子。

他照例停顿了一会儿，没回答我，大概在消化我所缺乏的洞察力。几天后他才来找我谈这件事：“你相信鲁鲁死了，姆沙布？”

我不愿说得如此直率，只是告诉他我奇怪鲁鲁为何久久不归。

“鲁鲁，”卡曼坦说，“它没死，但它嫁人了。”

这是个惊人的喜讯，我问他是如何得知的。

“嗯，是的，”他说，“它结婚了，它与它的波瓦拿（斯瓦希里语，意即先生、丈夫、主人）一起住在森林里。不过它没有忘记我们。早晨它常回到这里来。我在厨房后头的地上给它撒了一些玉米粒，在太阳出来时，它从树林那边回来吃玉米。它的波瓦拿跟它一起来，但怕见人，波瓦拿跟这里的人不熟，站在草坪另一头的大白树下，始终不敢接近我们的房子。”

我吩咐卡曼坦下次见到鲁鲁来时叫我。没过几天，日出前他来叫我出去。

那是个可爱的早晨，我们等候的时候，最后一些星星消失了。天空碧澄澄的，而我们周围的世界仍是一片暗淡，分外寂静。草是潮湿的，树下的坡地上闪着露珠，犹如发出淡光的银子。早晨的空气带着寒意，我感到脸上有些许刺痛，这要是在北欧，就意味着快要霜冻了。不管你有多少回经验，我想，这仍然是难以置信的，在这凉意与树荫之中，再过一两个小时，太阳的炎热、天空的光亮都会令人忍受不了。灰蒙蒙的雾笼罩山峦，勾勒出奇异的形状。这时候，野牛若在山边吃草，就像在云里一样，会感觉十分寒冷。

我们头上的天穹渐渐地变得透明，就像一只盛着葡萄美酒的酒杯。刹那间,山顶轻轻地披上了第一束阳光。慢慢地,随着地球向太阳倾斜,山脚的草坡变成一片瑰丽的金黄,马赛依树林显得低矮了。河岸这一边,高树的顶端涂上了深褐色。此刻正是树林里的野紫鸽腾飞的时候,它们在河彼岸巢居,飞到我庄园的林子里寻觅野栗子。它们一年只有短短一段时间栖息在这里。这些野鸽子来得出奇地迅捷,简直像空中铁骑发动的袭击。我内罗毕的朋友们常到庄园来,趁早晨打野鸽。为了在太阳刚刚升起时赶到这里,他们常很早出发,到达时车灯还亮着哩。

伫立在清澈平静的树荫下,眺望金色的山峦、明净的天空,你会有这样一种感觉:实际上你行走在海底,水流从身边淌过去,你仰望着海面。

一只鸟开始鸣叫。接着我侧耳聆听,在树林不远处,传来铃铛的丁零声。啊,喜从天降,鲁鲁回来了,回到它的老地方了!它近了,更近了,我能从它的节奏中获悉它的动作:它走走,停停,又走走,停停。拐过一所茅屋,它奇迹般出现在我们眼前。见到羚羊离房子这么近,我们一下子变得兴奋难抑。此刻,鲁鲁一动不动地站在那里,似乎对见到卡曼坦有足够的思想准备,而见到我却感到意外。但它没离去,它望着我,不害怕,没有任何对过去小小冲突的记忆,也忘记了自己不知感恩、不辞而别的行为。

树林里的鲁鲁，自强自立，层次更高了。它的心灵发生了变化，具有一种占有感——波瓦拿。假设我偶尔认识一位流亡之中的年轻公主，当时她还是一个王位的觊觎者，而后来我再遇见她时，她已经获得了她的权力，成为名副其实的王后。我与鲁鲁的重逢正带着这种色彩。当年路易斯·菲利浦国王宣称法国国王对奥林斯公爵不记恨，而今鲁鲁并不比路易斯更具有内疚之情，它现在是彻头彻尾的鲁鲁了。进攻精神在它身上已消逝。它进攻谁？为什么要进攻？它安稳地自立于神圣的权利。它完全记得我，并不感到可怕。它凝视我约有一分钟，那紫色的朦胧的双眼，十分冷峻，一眨也不眨。我想起来了，唯有上帝或圣母才不眨眼。我感到自己面对的是牛眼海拉。它从我身旁走过，轻轻地勾了一片草叶儿，又向前跃了一小步，继续往厨房后院走，那儿的地上有卡曼坦撒的玉米。

卡曼坦用手指碰了一下我的臂膀，接着指向树林。顺着他指的方向，我看见一棵高高的野栗树下，有一只雄羚羊——像一幅茶色的小剪影衬在林子的边缘——长着一对漂亮的旋角，纹丝不动，木桩般立在那里。卡曼坦观察它一会儿，笑了起来。

“你看这儿，”他说，“鲁鲁向它的波瓦拿解释，房屋那边没有什么可怕的东西，但雄羚羊仍不敢过来。每天早上，它想，今天一定要走近一些，可是一见到房子、人群，它又像肚子里落下一块冰冷的石头，”——这是土著世界的习语，常用来形容庄园农活的棘手——“于是，便又停留在树下。”

很长一段时间，鲁鲁一清早就来到我的宅子，它那清脆的铃铛声预示太阳出山了。我常假寐以待，倾听着它的铃声。有时候一两个星期不见它来，我们很挂念它，便开始打听谁进山里打过猎。可不久我的仆人又通报：“鲁鲁来了。”就像是出嫁的女儿回娘家一般。我几次见到树丛中雄羚羊的剪影。卡曼坦是对的，它还没有足够的勇气一直走到房子跟前来。

一天，我从内罗毕归来，卡曼坦正在厨房外瞭望。他迎过来，神色激动地告诉我鲁鲁来了，而且带着它的“托托”——小羊羔。几天后，我也幸运地在仆人的茅屋外遇见鲁鲁。它很警觉，不许人们靠近，足下有一只小小的羊羔，其动作之缓慢、美妙，恰好与我们初识时的鲁鲁一模一样。那天正值大雨季结束不久。在那些热季的日子，每逢黎明和下午，总能见到鲁鲁在住宅附近。有时连中午它也来，在茅屋的阴凉处休憩。

鲁鲁的小羊羔不怕猎犬，任它们上下嗅闻。但它还不习惯与土著或我接触。要是我们试图抱抱它，母子俩会迅即离去。

鲁鲁由于一度较长时期地离开我们，再不会靠得我们很近，让我们抚摸它了。但在其他方面，它仍是友好的。它理解我们想看看羚羊羔的愿望，也愿意接受一节喂它的甘蔗。它会走到餐厅敞开的门前，若有所思地张望朦胧之中的房间，但再没有跨进过门槛。那时它已丢失了小铃铛，来来往往，悄然无声。

我的仆人请求我允许他们把鲁鲁的托托抓回来，像当初收养鲁鲁那样喂养它。但我总觉得，这样会糟蹋鲁鲁对我们的君子式信任。

我还觉得我家与羚羊之间的自由联合乃是罕见的、弥足珍贵的事。鲁鲁从野性世界来到这儿，是来表示对我们的友好的怀念。它的到来，将我的屋舍与非洲自然景观融为一体，所以没有人能辨别在什么地方，一种景观消逝，另一种景观开始。鲁鲁知道森林里的野猪窝在哪里，也曾见到过犀牛交配。在非洲，有一种杜鹃鸟，每当热季的正午在森林深处鸣唱，就像世界心脏的铿锵有声的搏跳。无论是我，还是我认识的任何人，都一直无缘见到这种杜鹃。没人能告诉我它的模样。但是鲁鲁也许曾在细长的、绿色的小径上行走，头顶的树杈上正好有杜鹃栖息。那时我正在读一本书，写的是中国古代女皇的故事，其中说到生了皇子后，这位年轻的叶赫那拉氏衣锦还乡。她从紫禁城出发，坐在金色、绿色相间的轿子里，好不威风。我想，我的庄园现在也酷似年轻女皇的娘家了。

两只羚羊，一大一小，整个热季都在我房舍周围转悠，有时间隔两三个星期，有时天天见到。在下一年雨季开始时，仆人们告诉我，鲁鲁这回又带了一只新生的羊羔来，我没见到，因为那时它们回来，距我家较远，但后来我在林子里见到了它们三个。

鲁鲁及其家庭与我家的关系持续了好多年。这些羚羊常来邻近我宅子的地方，它们在树林里进进出出，似乎我的庄园是野生动物园的一个省份。它们来的时间，绝大多数是落日之前。开始，它们走进树丛，像精巧暗淡的投影，背景是深绿色；而当它们步出树丛，来到草坪，在夕照下觅食时，它们的皮毛又如红铜般闪光。其中之一便是鲁鲁，它走得更近，步态安闲，车辆驶来或窗户打开时，它会竖起耳朵倾听。猎犬也辨别得出它来的动静。随着岁月的推移，它的皮色渐深。一次，我与一个朋友驾车来到房前，见到三只羚羊在平台上围着盐巴——我撒在那里给母牛食用的。

令人称奇的是，除了那只大雄羚羊——鲁鲁的波瓦拿站在野栗树下，昂着头——以外，来这里的没有一只雄羚羊，似乎我们在与森林中的母系氏族打交道。

本殖民地的猎手和自然学家们对我们的羚羊颇感兴趣，野生动物监察官专程驱车前来看望它们，他还真见到了。一位记者采写了它们的通讯发表在《东非旗帜报》。

鲁鲁及其一家来与我们做伴的那些岁月是我在非洲生活中最愉快的时光。出于这个原因，我终于将自己与森林羚羊的交往视为上天的一种莫大的恩惠、非洲友谊的标志。整片山野都处于这种温馨的气氛之中，吉祥的兆头，古老的契约，还有那首歌：

快来，快来
我的爱
随你喜欢——
美丽的牡鹿还是
飘香的山坡上
年轻的雄鹿

我在非洲的最后几年里，鲁鲁和它的家属越来越少见了。在我离开非洲的前一年里，我认为它们已有很久不曾来过了。世事变了。我庄园南边的土地被分给了农户，森林被砍伐、清理了，一幢幢房子盖起来了。许多新来的移民都是些瘾头很大的运动家，来复枪声在田野里回荡。我相信野生动物搬向西边，进入了马赛依保护区的树林里。

我不知道一只羚羊能活多久，也许鲁鲁死了很久了。

在黎明宁静的时光里，我时常，几乎总是梦到我听见了鲁鲁清脆的铃声，在我的睡眠里，我的心欢快地搏动。我醒来，期望十分离奇而又甜美的事情发生——快快发生，马上发生。

当我这么躺着，思念鲁鲁时，我不知在它的生涯里，会不会梦到过铃铛。在它的心境里，是否掠过人与猎犬的画面，就像水上的倒影那样。

如果我会唱非洲的歌，我想唱那长颈鹿，以及洒在它背上的新月；唱那田中犁铧，以及咖啡农淌汗的脸庞；那么，非洲会唱我的歌吗？草原上的空气会因我具有的色彩而震颤吗？孩子们会发明一个以我的名字命名的游戏吗？圆月会在我旅途的砾石上投下酷似我的影子吗？还有，恩戈山上的苍鹰会眺望、寻觅我的踪影吗？

自从离开非洲后，我一直没听到鲁鲁的音讯，但我有卡曼坦的音讯，以及其他非洲仆人的音讯。此刻距接到卡曼坦最后一封来信还不到一个月哩。连这些来自非洲的信件，都好像是以一种奇异、虚幻的方式抵达我这里的，与其说是现实里的消息，毋宁说像影子或海市蜃楼。

卡曼坦不会写字，也不懂英语。当他或者我的其他仆人打算告诉我一些近况时，就去找专职代客写信的印度人或土著，告诉他们要写什么。他们坐在邮局门口的写字桌前，桌上铺着纸，放着钢笔和墨水。他们也不大懂英语，而且很难恭维他们懂得写作，但他们自信能胜任代人写信的工作。为了炫耀技巧，他们不惜在信中添加一系列的华丽辞藻，使得内容艰深、难以读通。他们还有个癖好，喜欢用三四种不同的墨水书写。不管其动机如何，给人的印象都是他们缺少墨水，只好把不同颜色的墨水瓶底最后一滴墨水都吸出来。经过这些非凡的努力，写出来的信件就像来自古希腊特斐尔城的神谕。我收到的这些信自有深度，你会感到这里蕴含着某些一直积压在发信人心上的重要的信息，使得他徒步从吉库尤保护区走了漫长的路程，来到邮局寄发。然而，这些信息却包裹在一片混沌之中。当那廉价的、脏乱的小纸片越过千山万水，抵达你手里时，似乎对着你絮絮叨叨，言之不尽，甚至大喊大叫，可是展开一读，又空空如也。

但，卡曼坦在这方面，如同其他许多事情一样，与众不同，另有一功。作为通信，他有自己的表达方法。他将三四封信装在一个信封里，标上记号：一号，二号……这几封信内容相同，一再重复。也许他想通过重复来加深我的印象。这种手法，他在交谈时常用——每逢有什么事情他特别想让我了解或记住的时候。他感到相隔万里迢迢，与一位朋友保持联系殊为不易，而要中断这种交往，又于他十分困难。

卡曼坦在信中说，他好长时间没有工作。听到这个消息，我毫不惊讶，因为他确实曲高和寡。我培养了一位第一流的厨师，却把他留在一块新的殖民地上。他的状况如同《天方夜谭》里的“芝麻开门咒”，而今开门咒丢失了，石头门永远关闭了，那些神秘的宝藏也从此不见天日了。这位伟大的厨师，思想深刻，知识面广，可人们从他身上见到的，只是两腿向外弯曲的小吉库尤人，只是面孔扁平、毫无表情的矮个子。

当卡曼坦徒步来到内罗毕，在代客写信的贪婪、傲慢的印度人面前站着，向他详细叙述要周游半个世界的消息时，他该作何感想呢？信中的一行行字是歪斜的，用词是紊乱的。但卡曼坦具有伟大的灵魂，了解他的人仍可以从这支离破碎的音乐中听出动人的曲调，听出牧童大卫那张琴的回音。

这是“二号信”：

我不忘记你，姆沙布，尊敬的姆沙布。现在你所有的仆人都不高兴，因为你离开了这里。如果我们是鸟，我们会飞来看你。我们再回来。再说你的老庄园是好地方，有母牛小牛黑人。现在它们没有了，母牛山羊绵羊没有了。现在所有坏人心里高兴，因为你的老仆人们现在穷了。现在上帝在他心中知道这一切，有朝一日帮助你的仆人。

在“二号信”中，卡曼坦倒是列举了一个实例——土著以怎样的方式对你述说扣人心弦的事。他说道：

如果你回，请写信告诉我们。我们想你回来。为什么？我们想你永远不会忘记我们。为什么？我们想你还记得我们大家的面孔和我们母亲的名字。

一个白人若要跟你说句亲热的话，会写道：“我永远不忘记你。”非洲人则说：“我们不想念你，因为你会忘记我们。”

第二辑

庄园枪祸

觉醒世界里最接近梦的乃是都市之夜，那里谁也不认识彼此；或是非洲之夜，那里也是无限的自由。正是在那里，事物在运转，命运在你周围演变。四面八方充满生机，而一切与你无关。

枪祸

十二月十九日的夜晚，上床前，我步出屋外，去看看天色判断会不会下雨。高原上的许多农民，我相信，此刻也在仰望苍穹。在幸运的年份，有时圣诞节前后会下一场大雨。这对小咖啡果来说，至关紧要。它们是在十月的小雨季中开花而后结实的。今晚没有下雨的兆头，天空晴朗，繁星灿烂，静谧壮美。

赤道的星空远比北欧丰富多彩，你能见到的星多，夜间你出来得也更勤。在北欧，冬夜太冷，你无从赏心悦目地凝望星空；夏天呢？夜空疏朗，如野紫罗兰那般暗淡，你又很难细细鉴赏繁星。

赤道之夜具有罗马天主教堂与北欧耶稣教堂对比之下的某些特征，使你产生一种忙碌感。这就像在一间大厅里，人们进进出出，种种事务在运转。在阿拉伯半岛和非洲，中午的太阳热死人，夜间才是旅行、冒险的好时光。星星在这里命名，多少世纪来，它们一直是人类的向导。一列列长长的队伍在星星的引导下，跨越沙漠，跨越大海，走向世界的东南西北。车辆更适合在夜间行驶，骑着摩托，在星光下疾驰，是何等快活。在高原，你习惯于在月圆之时安排约会，拜访朋友。新月初上，你开始外出行猎，此后，有多少个月光溶溶的夜晚，是属于你的。于是，当你返回欧洲时，你会感到惊异：你那些城市朋友们生活的节奏竟然脱离了月球的运行，几乎对此一无所知。对于哈迪加的骆驼夫来说，新月标志着行动。一旦新月临空，骆驼商队即要登程远行。当他对着月亮仰望，他成了一名哲人，“在宇宙的月光之网中穿梭”。他望月望了多少回？月亮也成了他征服世界的象征。

在庄园里，好多次是我首先见到新月如一弯细长的银弓出现在落日的余晖之中。我因此在土著中间很出名。特别是一连两三年，我都最早发现闭斋节的新月——穆斯林神圣的斋月。

农民们缓慢地环顾天宇：先看东方，有雨的话，则来自东方，在那里，处女座闪着明亮的角宿一星；继而看南方，那南十字星座，大千世界的守门者，深受旅行家爱戴的忠实朋友，在它之上，闪闪烁烁的银河之下，有半人马座的阿尔法星与贝塔星；西南方向，天狼星放出异彩，实为天宇之胜景，还有似在沉思的天蝎星；西方，恩戈山隐隐的轮廓之上，此刻出现三颗星星——天鹰、小马与海豚，犹如未经琢磨的闪光的钻石首饰。最后，转向北方，因为最终我们要回到北方，他们的目光扫视大熊星座，为天宇之浩渺而陷入冷静的思索。大熊星座透示着一种笨拙的幽默感，使来自北欧的移民感到会心的欢悦。

夜间酣睡中入梦的人，深谙某种特异的欢乐——那是白天世界所没有的乐趣，安谧而令人神怡，犹如舌尖上的蜂蜜。做梦的人还知道梦的真正美妙在于无限自由的意境。这不是独裁者的自由——将自己的意志强加于世界——而是艺术家的自由，他没有意志，超脱了意志。真正的寻梦者的乐趣，不在于梦的内容，而在于梦的一切不受其干预，完全在其控制力之外。梦乡里壮观的风景是自己创造出来的，层出不穷的斑斓的美景，丰富而神妙的色彩，条条道路，幢幢房屋，所有这些，做梦者甚至从未见过或听说过。梦境中出现一个个陌生的人物，或友善，或敌对，尽管做梦的人从未与之打过交道。梦中还反复出现飞天求索的意念，同样也令人欣喜若狂。人人都对那些美妙、富于情趣的奇遇津津乐道。所有这些，若在白天回忆起来，便会失去光彩、失去神韵。诚哉斯言，因为它们属于不同的层次，而一旦做梦者在夜间躺下来，意识流又开始接通，梦的精华又出现在他的记忆里。彻底自由的感觉时时盘绕着他的心灵，像空气，像光，在他周身运行，这是人世间寻觅不到的福分。做梦的人是享有特惠的人，他无所事事，可万物皆降于斯人，给之以欢乐、以富有。在梦中，塔尔什的国王们向他顶礼膜拜，他将参与一场伟大的战役或盛大的舞会。他为自己在一切事件中所充当的角色感到茫然。梦给他带来殊荣。当一个人失去了自由的感知，当必需的意念闯入世界，当无论何处都充满急迫与紧张——要复信，要赶火车……当你必须工作，使梦之马疾驰迅跑，或使来复枪四处射击，只有在这些时候，梦开始衰竭，变成梦魇——那在层次上属于最贫乏、最粗俗的梦。

觉醒世界里最接近梦的乃是都市之夜，那里谁也不认识彼此；或是非洲之夜，那里也是无限的自由。正是在那里，事物在运转，命运在你周围演变。四面八方充满生机，而一切与你无关。

在非洲，每当太阳一下山，空中的蝙蝠触目皆是，它们无声无息地巡游，仿佛汽车在沥青路上行驶。夜鹰也飞掠而过，它蹲伏在路旁，双目因车灯的照射透出红光，蓦地在你的车轮前腾空直上。路上的小野兔们蹦着跳着，时而突然蹲下，又忽地蹿起来，宛若微型的袋鼠。高草丛中蟋蟀在不息地吟唱。田野里飘荡着种种气味，天边流星坠落，俨如面颊上挂一串泪珠。你是享有特权的人，你享有这一切。塔尔什的国王们将礼品奉献于你。

在马赛依保护区，几英里之外，斑马正在更换它们的牧场。它们一群群地漫游在灰色的草原上，像一条条飘带在草丛中起伏。野牛也出来了，在长长的山坡上觅食。我庄园的小伙们，三三两两地走来，一个个在草地上投下狭长的影子。他们快步走着，径直走向自己的目标。他们不为我工作，与我没什么关系。他们自己突出了自己的地位，放慢了脚步，因为见到了我丢在屋外地上的还在燃烧的烟蒂。他们边走边打招呼：

“姜博[1]，姆沙布！”

“姜博，莫拉尼[2]，你们去哪里？”

“我们去卡赛古村，今晚那里有恩戈马[3]。再见，姆沙布。”

如果他们的队伍更大，会自带羊皮鼓赴会。你在远远的、远远的地方，便能隐隐听到鼓乐，犹如夜的手指上一根小小的血管在搏动。而突然间，在你的耳朵毫无准备的情况下，传来一阵与其说是声响不如说是空气的强烈振荡——那是远处狮子的短促吼叫。狮子也在漫步，在行猎。事物运行在它所到之处。这一

---

1 姜博：斯瓦希里语，意为“你好”。

2 莫拉尼：斯瓦希里语，意为“武士”。

3 恩戈马：鼓乐伴奏的土风舞会。

切不是周而复始，而只是扩大了视野。奉献给你的是，绵长的动物粪便，以及一眼泉井。

我正在房前站着，一颗子弹落下来，掉到离我不远的地方。一颗子弹。接着，夜的寂静又一次笼罩四野。过了一会儿，我听见蟋蟀们在草丛中奏起它们单调的小曲儿，仿佛它们刚才停顿下来倾听四下里的动静，而此时又重整旗鼓。

夜间一颗孤零零的子弹，蕴含着某种奇异的、至关紧要的内涵。仿佛有人向你大声疾呼一个词的、不再重复的信息。我久久地伫立在那里，思索着其中的含义。在夜间这个时候，没有人会瞄准什么东西，而要想吓跑什么东西，那应该打两三枪。

也许是碾面厂的印度老木匠波莱·辛格，开枪射击几条溜过院子的鬣狗。它们正在嚼吃挂在那里的羊皮带——下面吊着石头，用来制作马车的缰绳。波莱·辛格并非英雄，但他可能因为这些缰绳将茅屋的门虚掩着，扣动了扳机。他一经尝到了英雄主义的甜头，一定会扳动双管猎枪，也极可能再压上子弹射击。但又怎么会只有一颗子弹，接着是一片沉寂呢？

我等待着第二颗子弹，许久未见动静。我又一次仰望天空，仍然没有来雨的征兆。于是，我上床了，拿起一本书，让灯亮着。在非洲，当你从来自欧洲的海运货物中拣出一本值得一读的书时，你会那么认真地阅读，就像一个作者企望自己的书被他人阅读一样。你一边读一边祈祷上帝：愿这本书全像开头这几行一样引人入胜。在崭新的、深深的绿色轨道上，你的心在驰骋，在运输。

两分钟后，一辆摩托车以可怕的速度在道上兜了个圈，停在宅子跟前。有人使劲地敲打我客厅的长窗。我套上裙子，披上大衣，穿上鞋子，拿过防风灯往外走。屋外是庄园碾面厂的经理，在灯光下，他双目圆睁，汗流浃背。他的名字叫贝尔克奈普，是美国人，一个特别能干、极有灵气的机械工，但他的心境总不安宁。对于他来说，事物要么是近乎百年盛业，要么黑暗得一丝希望之光都没有。我刚雇用他时，他对于生活，对于庄园前程及环境的观点变化不定，令我心烦意乱，就好像他将我置于一架庞大的精神秋千之上。后来，我渐渐习以为常了。这些忽上忽下的振荡，对活跃的亟须锻炼的气质而言，不过是一种日常的情绪而已，而极少有实质性的结果。对于精力旺盛的年轻白人，特别是早年生活是在都市度过的人，这是一种普通的现象。但是，他刚从悲剧的手掌中走出来，尚未决定是充分运用自己的才智，以使饥渴的灵魂得以充分满足呢，还是尽少地显露才智，以便逃脱灵魂的冷酷无情？他处于这种进退维谷的状态，显得像一个非常稚嫩的男孩，向着生活迅跑，却又宣告大祸临头。他的语调如此结结巴巴。最终他运用了一小部分才智，因为这才智中并没有可供他戏耍的部分。命运又一次压倒了他。

此刻，法拉赫从他的屋子里出来，与我一起听他叙述。

贝尔克奈普告诉我这一悲剧是怎样平静地、愉快地开始的。他的厨师休假一天，趁其不在，厨房里开了一个招待会，主人是七岁的小伙夫卡贝罗——我的一位老佃农、庄园近邻“老狐狸”卡尼努的儿子。天色渐晚，晚会越发欢腾，卡贝罗把主人的枪拿进来，在他那帮哥儿们面前，充当白人的角色。贝尔克奈普是一个地道的搞养殖副业的农民。他会侍弄阉鸡和肉鸡，在内罗毕展销会上推销纯种鸡。在他的走廊里，挂着一把枪，用于轰赶老鹰及黄鼠狼。以后我们说及此事，他坚持说枪未上弹药，是孩子们找来子弹，自己装上膛的。不过，这里我以为他记错了，孩子们即使想这么干，也很难做到，更大的可能是枪曾经上了弹药，忘记退出来就挂在席子上了。不管子弹怎么上膛的，卡贝罗在炫耀自己百般本领，大出风头时，子弹已压上了枪膛。他对着客人们瞄准，扣动了扳机。“啪啪啪”，一串子弹穿到屋外。三个轻伤的孩子吓得逃出厨房，两个重伤或死亡。贝尔克奈普讲完所发生的事故，又长时间地做了一番非洲大陆式的诅咒。他讲述的时候，我的仆人们轻手轻脚地走出来，然后又进去拿来一盏防风灯。我们取出了纱布、绷带与消毒剂。发动汽车会延误时间，我们便撒腿飞跑，穿过树林，直奔贝尔克奈普的住处。摇曳的防风灯将我们的影子忽而投向小路的这边，忽而投向小路的那边。一路上，我们时时听见短促的、断续的尖叫——那是孩子垂死的尖叫。

厨房的门大开着，仿佛死神一头冲进去之后，又一头冲了出来。屋里留下浩劫之后的惨景，犹如鸡棚里钻进了黄鼠狼。一盏厨灯在桌上点着，烟雾飘缭。小屋里仍弥漫着弹药味。枪横在灯旁。厨房地上血流四处，我脚底下打滑。昏黄的防风灯难以照亮任何细处，但使整个屋子笼了一片亮色。借着防风灯的光亮，我所见到的那一切，便形成了我的记忆。

我认识那些枪伤的孩子，他们曾在庄园的草场上放牧羊群。瓦玛依——乔戈那的儿子，一个活泼的小男孩，一度上过学，此刻却倒在房门与桌子间的地面上。他尚未断气，但快要死去，轻声呻吟着，却失去了知觉。我们将他抬到一边，以便转移。尖声叫喊的是瓦娘盖里，他是厨房夜晚聚会中最小的一个。他坐着，在灯光前倾斜着身子。血从他的脸上——如果还能称为脸的话——涌出，像水从管子里溢出。开枪的时候，他一定站在枪口的正面，整个下巴被打掉了。他的双臂上下舞动，就像水泵的摇臂，又如鸡被宰了脑袋，扇动着双翅扑腾。

当你突然被带到这一灾难的现场，似乎只有一条路——射击场及田野的补救办法，你必须迅速地、不惜任何代价地以牙还牙，大开杀戒。然后你深知不能以杀戮复仇，你的头脑又转向恐惧。我的双手捧住孩子的头，绝望地按着他，仿佛是我害了他。他同时停止了叫喊，直挺挺坐着，双臂垂下，俨然木头人。我这才明白过来，该医治枪伤了。

很难为一个半张脸被打掉的病人包扎。你想法儿止血，又有令他窒息的可能。我得将瓦娘盖里放在法拉赫的膝盖上，让法拉赫为我扶住他的脑袋。他的头向前倾，我就无法包扎；他的头向后仰，血又要流下来，灌满他的喉咙。终于，他总算坐稳了，我将绷带一层层包好。

我们把瓦玛依抬到桌上，举着防风灯仔细观察。他的喉部、前脚都中了弹。他出血不多，只有细细一道血从嘴角流下。这个小羊羔般充满活力的土著小孩，此刻这么安宁，真叫人惊诧不已。我们看着他时，他的脸色有所变化，显露出十分惊异的表情。我叫法拉赫回家把车开来，我们得抓紧时间把孩子们送往医院。

趁等车的工夫，我打听卡贝罗的情况——他开了枪，造成一场血祸。贝尔克奈普对我讲了一个关于卡贝罗的古怪故事。几天前，他从他的主人那里买了一条短裤，准备从他工资里支付一卢比的裤款。枪响时，贝尔克奈普跑到厨房，他正站在屋子中央，手里拿着冒烟的猎枪。他看了贝尔克奈普一眼，然后用左手从新买的短裤——特地为这次聚会穿上的——口袋里，掏出一个卢比，放在桌上；同时右手把枪也放在上面。交代完这最后的事，他逃离了。他实际上——虽然当时无人得知——是以这样的高姿态从地球表面消失。对土著来说，这是不寻常的举动，因为他们一般很会想办法拖欠债务，特别是欠白人的钱，他们不大放在心上。也许那时对卡贝罗来说，颇似审判之日，他感到自己必须凛然视之。也许他是试图在危急时刻保护朋友。或者，面对这突发的事故、啪啪的枪响以及他朋友们的死亡，这个小男孩小小的意识深受震撼，他凌乱的神经末梢一下都凝聚到他的良知之中。

那时候，我有一辆奥佛莱旧车。我无意描述它的任何缺陷，因为它为我尽心服务多年。但它极少能以两个以上的气缸行驶。它的照明系统也老出故障。我常驾着它去参加姆莎依加俱乐部的舞会，用一盏包着红绸巾的防风灯作为尾灯。发动时，得推着它走几步。在这样的夜晚，可耗费了宝贵的时间。

来庄园的客人抱怨我家的道路太不好走。那天夜里赶路的时候，我体会到他们言之有理。起先，我让法拉赫驾驶，我总以为他是存心往坑里或马车的旧辙里开，于是我索性接过方向盘来自己开。为此，车在池塘边停下，我摸黑在水中洗洗手。那一晚，到内罗毕的路似乎无穷远，我觉得走了那么久，足以从庄园开到丹麦了。

内罗毕医院坐落在进城入口处的山坡上。此刻，夜沉沉，一片安寂。我们费了很大的劲才敲开了大门，总算抓到了一个印度果阿族的老医生或助理医生，他穿一件古怪的长袍，人很胖，性情温和。他的举止挺奇怪，同一个手势，先用一只手打，再用另一只手重复一遍。当我帮着把瓦玛依从汽车里抬出来时，我感到这孩子挣扎了一下，可到了明亮的候诊室，他却断气了。老果阿人对他挥了一下手说："他死了。"又朝瓦娘盖里挥一下手，"他还活着。"我此后一直没再见到这个老头，因为我再也没在夜间到医院去——也许他值的是夜班。他的举止令人生厌，但后来我感到，在一层层的白色大褂之中，命运本身似乎站立在门槛前，冷酷地支配着生与死。我们把瓦娘盖里送进医院后，他从昏迷中醒来，一阵阵可怕的剧痛开始折磨他。他使劲地抓住我及身旁的其他人，呼天抢地地哭叫着，陷入极度的痛苦。果阿老头给他注射了镇静剂，从眼镜上面瞧着我说："他活着。"我离开了他们——两副担架上，不同的命运：生与死。

贝尔克奈普骑着摩托车随我们同来，好在路上帮我们推车发动马达——要是汽车抛锚的话。这时，他认为我们该向警察局报告枪祸，于是我们驱车直奔小河街警察局——一路上是内罗毕夜生活的氛围。赶到那里时，白人警官不在，办事员出去找他，我们在外面的车里等着。马路上有一条栽着高大桉树的绿地。桉树是高原老城的街树。夜间，长长的桉树叶散发出芬芳的特异的气味，在路灯的光芒下，桉树显得非同一般。几个土著警察推推搡搡地把一个健壮高大的斯瓦希里妇女带进警察局。她竭尽全力地反抗，抓他们的脸，猪一般地嚷叫。一伙打群架的也被带进来，走在台阶上仍指手画脚地吵吵嚷嚷。一个小偷——我判断——从马路上走来，后面跟着一大帮"夜游神"，有的为小偷说话，有的站在警察一边，为这案子高声争论不休。最后，一位年轻的警官驾到，我一眼看出，他刚从一个欢乐的晚宴那里赶来。他真使贝尔克奈普大失所望。他先是以极浓的兴趣、极快的速度记录枪祸的始末，继而陷入沉思，拿着铅笔在纸上慢慢地移动。末了，他停下来，把铅笔插回口袋里。在夜间的空气里，我感到寒冷。谢天谢地，我们总算能驾车回家了。

翌晨，我还未起床，从屋外出奇的宁静中，我感到有许多人围在那里。我能想见他们是谁：庄园的老人们，蹲在石头上，撮着、嗅着他们的鼻烟，吐着唾沫，交头接耳。我也能推知他们要干什么：准是来告诉我，他们想就昨天的枪祸及孩子的死亡召集一个“基亚马”。

“基亚马”是庄园的元老会议，经政府批准，处理农民间的任何纠纷。“基亚马”成员开会研究某桩刑事案或事故案。他们将为此座谈几个星期，一边吃着羊肉，一边谈论灾祸。我知道，这些元老现在想同我交谈事情的来龙去脉，他们也想——如果能办到的话——最后让我出席会议，作一裁决。此时我不想参加关于昨夜悲剧的无休止讨论，我起身牵马外出，避开他们。

不出我所料，我一走到屋外，便见到元老们在屋子左侧的仆人住房附近围成一圈。出于他们会议的尊严，他们佯装未见到我；直至发觉我打算出门去，他们这才急不可耐地踉踉跄跄站起来，朝我挥动手臂。我也向他们招手，策马而去。

骑马走荒原

我骑着马，走向马赛依保护区。到那儿要过一条河。再往前骑一刻钟光景，便可到达野生动物保护区。我住在庄园里，要寻找一块能骑马过河的地方，可费了一番周折：坡道上遍布坎坷的石块，对岸的山坡又那么陡，而“一旦身临其境，欢悦的心会怎样兴奋得叫起来”。

面前展现出绵延一百英里的一马平川的草原，空旷、起伏。这里没有篱笆，没有一块块补丁似的地方，也没有道路。除了马赛依村落外，没有别的人居住。而那些马赛依村落有半年是空荡荡的。在这半年里，这些伟大的流浪者赶着牛羊去别处的牧场。低矮的荆棘树有规则地散布在草原上。狭长、幽深的峡谷，裸露出干涸的、又大又平的石板河床。在那里，你得找一条蜿蜒的小道引你过河。过一会儿，你渐渐感到旷野里是多么宁静。

见景生情，我曾写下一首诗：

高草在旷野起伏推进
劲风一阵阵吹拂
孤独与寂寞之中
旷野、劲风与我的心一起游乐

现在，当我回首在非洲的生活，我感到这首小诗从整体上来说是抒发一个来自匆忙、紧张、嘈杂世界的人，在一片深寂的国土上的心境。

雨季头几天，马赛依人放火烧去干枯的旧草。当荒芜的原野如此袒露黑色的胸膛，你漫游其间并不会觉得赏心悦目：马的四蹄扬起焦黑的草木灰，沾得你浑身都是，迷住你的双眼。烧剩的草秸，玻璃般锋利，你的猎犬免不了划破四足。可是当雨季来临，旷野上绿油油的小草是那么鲜嫩，你恍若在弹簧上骑马，马儿乐颠颠的，有点儿狂放。各种各样的羚羊来到草地吃草，就像一个个动物玩具排列在铺着绿色绒布的台球桌上。你可能会闯入旋角大羚羊群。这些温顺的大个儿动物会让你接近，随即又蹦跳着离开你。它们的长角呈流线型，竖立在抬起来的脖子上；它们胸脯上的皮肤松软低垂，使它们看上去像个长方形，缓缓行动时又不住地晃悠。它们似乎是从古埃及的墓碑上走下来的，可是在那里，它们翻土犁地，又焕发出稔熟的、驯养的神采。长颈鹿则在保护区的深处。

在雨季的头几个月里，一种粉白色的野花散着幽香盛开在原野。远远看去，旷野犹如覆盖一层白雪。

从人的世界转向动物世界，我的心仍为昨晚的悲剧而哀伤。那些坐在我房前的老人，使我深为不安。在古时候，人们一定会有这么一种感觉，认为悲剧是邻近的女巫在作祟；或是在那悲伤的时刻，女巫将一个蜡制的小孩隐在衣袍之下，用亡孩们的名字为他洗礼。

在庄园法律事务方面，我与土著的关系带有一种奇特的性质，因为位于一切之上的是，我需要一个和平的庄园，我离不开土著。土著佃农间的纠纷，如不能严肃地解决，就像你在非洲得的痈疮——人称“草原疮”：你若漫不经心，它们会表面上痊愈，而内层却继续溃疡，直至你动大手术从根上剜除，彻底清理才行。土著们也了悟这点，所以如果他们真正想把一件案子解决好，往往会来请我裁决。

我对他们的条法一无所知。在那神圣的正义法庭上，我做裁决，常常如同一出戏的主演，连一句台词也记不住，需要其他角色的提携才得以表演下去。这一任务，我的老人们将完整地、耐心地承担下来。有时也会发生这样的情况：主演受到冒犯，为其担任的角色感到震惊，拒绝演下去，离开舞台。逢到这种变故，我的观众会将它视作命运之掌的沉重打击，是超越他们理解的上帝的行为。他们默默地对待之，或喋喋不休地争辩着。

关于公正的概念，欧洲与非洲不一致，一个世界的公正为另一世界所不容。对非洲人来说，只有一种方式用来抗衡存在之灾，即换位。他不追究一个行为的动机，不管你是埋伏待敌，在黑暗中扼杀之，还是你砍倒一棵树，导致一个过路人无意中被砸死，就惩罚而言，土著认为应是一样的。社团的损失，总得由某个地方的某人补偿——土著无暇也无意去衡量功罪。也许他是害怕这样做太过分，或他认为这类事是与他无关的。但要是罪过或灾祸须以羊群进行补偿，土著便会投身于无休止的讨价还价之中，时间对他无所谓。他引导你进入诡辩的神圣迷津之中。在那时候，这种行事方法有悖于我对公正的见解。

在这些名堂中，所有的非洲人都一样。索马里人在心理上与吉库尤人大为不同，而且十分看不起他们。可是索马里人在自己的家乡也会十分认真地坐下来，对凶杀、强奸或诈骗等罪行处之以赔偿牲畜的惩罚——他们十分钟爱骆驼、马匹，心中刻着它们的谱系与名字。

有一回，从内罗毕传来消息，法拉赫十岁的弟弟——名叫布拉姆——用石头砸另一部族的男孩，打落两颗门牙。双方的代表们在庄园会面，坐在法拉赫家中的地板上成夜成夜地讨论这一事件。瘦削的老头赶来了，他们都曾到麦加朝圣，戴着绿色的头巾；神气十足的小伙子赶来了，他们尚未见过大世面，只在欧洲旅行家或猎手那里当扛枪夫；黑眼圆脸的男孩们也来了，腼腆地代表各自的家庭，一言不发，只是专心地听着，学着。法拉赫告诉我，这个祸闯得够严重的，因为那个男孩的容颜被毁了：到了男大当婚的时候，他会犯难的。他会借口因为缺了两颗门牙而不能正常生育或相貌丑陋影响新娘对他的爱情，而要求更高的补偿。最后的裁决是赔偿五十头骆驼。这些骆驼将从遥远的索马里买来，在此后的十年里作为对新嫁娘的补偿——让她不要计较新郎缺两颗门牙。也许婚姻悲剧的种子已经播下，但法拉赫认为这个裁决是不幸之中的大幸。

庄园的土著永远理解不了我对他们法律体系的看法，他们找我，首要目的是补偿所蒙受的不幸。

有一次，在摘咖啡豆的季节，一个叫瓦姆波依的吉库尤小姑娘在我房前被牛车轧死。牛车将田里的咖啡豆运到加工厂去。我是禁止任何人爬到牛车上去坐的，不然的话，每趟都有一大帮嬉闹的摘咖啡豆的姑娘和男孩抢着搭牛车——他们跑得比牛快——在庄园里慢悠悠地逛荡，这就使拉车的牛负荷过重。可是驾车的小伙们并不把我的禁令放在心上，也不忍心轰赶在路旁奔跑着央求搭车的小姑娘——她们长着一双双梦幻般的眼睛。他们能做到的是，临近我的住房时，叫姑娘们跳下车去。可是瓦姆波依跳下时绊了一跤，车轮轧过她小小的黑发脑袋，轧碎了脑壳。车辙里淌着一道细细的血流。

我把她的老父亲和母亲找来，他们从田里赶到这儿，趴在女儿身上号啕大哭。我知道，这对他们也是重大的损失，姑娘已到了结婚年龄，将给他们带来一份丰厚的聘礼——绵羊啦，山羊啦，还有一两头小母牛。这一切都是姑娘生下来后，他们一直盼望着的。我正在寻思该给予他们多大的帮助时，他们将我拦住，将怨与恨发泄到我头上，要我全额赔偿。

不，我说，我不予补偿。我对庄园的姑娘们说过，我不允许她们搭乘牛车，所有的人都知道这一点。两个老人点头称是，没表示任何反对，但仍强硬地要我赔偿。他们的理由是：总得有人支付这笔赔偿。他们这样做，与头脑里根深蒂固的原则并不矛盾，也不超越相对论。当我中断讨论，转身返回宅院时，他们紧紧跟在我后面，并非出于贪婪或恶意，而是遵循一种自然法则。我仿佛成为一块磁铁。

他们就地坐下，守在我屋子外。他们是穷人，又瘦小，又营养不足。他们就像我草坪上的一对小獾。他们坐在那里，直至太阳下山，我几乎分辨不出草丛里的他们。他们陷于深深的哀伤之中。骨肉之丧离，钱财之损失，交织成压倒一切的绝望。法拉赫那天不在庄园。掌灯时分，我送钱给他们买羊吃。这一举动实属不妙，他们视之为一座被包围的城市灯枯油尽的第一个征兆，又坐下来准备过夜。我不知道他们离开时是否怀有这一想法，如果当时并非如此的话。入夜，他们产生一个念头：得找驾牛车的小伙子索赔。这驱使他们默不作声地离开草坪，在第二天一大早赶往达戈莱蒂，那里住着我们的区长助理。

这给庄园带来了一桩旷日持久的人命官司，招来了一大帮趾高气扬的年轻土著警察。可是区长助理所能为他们做的一切，充其量是把驾车的小伙子当作杀人犯绞死，但因为证据不足，又把他放了。在我与区长助理对此事不予理睬后，元老们也没召开“基亚马”。于是，那两位老人最终如同其他人一样，只有屈从于相对论的条法，尽管他们对此只字不懂。

我渐渐对“基亚马”的元老们感到厌烦，我向他们袒露了自己的看法——“你们这群元老，”我说，“只会对小伙子罚款，为的是不让他们积攒自己的钱。小伙子违拗你们不得，于是你们就能把姑娘们买到自己手中。”元老们仔细地听着，小小的黑眼珠在他们干巴巴、皱巴巴的脸上闪亮，薄薄的嘴唇在轻轻地翕动，似乎在重复我的话——他们愉快地听着，一个无懈可击的原则第一次以语言表达出来。

由于观点上的种种不同，吉库尤人的法官的身份使我拥有充分的周旋余地，对此，我还算满意。那时候，我还年轻，对于一切公正的或不公正的意见，主要是从被告的角度，而不是从法官的角度予以考虑。为了裁决得当，为了庄园的安定，我耗费了很多精力，经历了种种周折。遇到棘手的难题时，我常常闭门谢客，长时间地进行思考，以理智支配自己的头脑。这对于庄园的人们来说，不失为有效的办法。隔了很久，我还听到他们怀着敬意谈及某件案子如何复杂，以至没有人在一周之内能透彻了解。只需要耗费更多的时间，就能让土著感觉到事情的难办。

至于土著为何愿意让我做他们的法官，为何如此看重我的裁决，对于这些，须从他们的神话心态或神学意识上寻找解释。欧洲人已丧失创造神话或教条的能力，我们在这方面的匮乏，乃是由于我们的历史未能为我们提供这些能力，而非洲人的精神意识却十分自然地、顺利地通过了这么幽深的曲径。他们的此种天赋，在与白人的关系上极为强烈地显露出来。

你能从他们给有过交往的欧洲人起的外号中领略到这种天赋，你若派人给一个朋友送信，或在车上打听去某位朋友家的路，就必须熟悉这些外号，因为土著世界只认可这些"名字"。我有一个离群索居的邻居，他家从不招待客人，于是被叫作"沙哈尼·莫加"——一只盘子。我的瑞典朋友艾里克·奥特有个外号叫"里沙西·莫加"——一颗子弹。他枪法颇准，只需一颗子弹便能打死猎物，这自然是尊称。我还有一个喜好赛车的朋友，雅号"半人半车"。土著也给白人起动物外号，诸如鱼、长颈鹿、大公牛等等。他们在起这些绰号的时候，心中一定掠起过有关的古老寓言或神话。我相信，在土著的潜意识里，这些白人是被分解为人与兽的。

此类外号具有一种魔力——一个人长年以其动物名字著称于周围世界，最终他自己也对这种动物产生了感情上的联系：他有了一种认同感。他回到欧洲后，才会感到奇怪——再没人那么叫他了。

有一回，我在伦敦动物园与一位退休的文官相逢。他在非洲时人称“波瓦拿坦姆包”——大象先生。他一个人站在大象馆前，久久地凝视着大象，陷入幽幽的沉思。也许他经常去大象馆，他的土著用人也会顺理成章地料想他会去那里。可惜在伦敦，没有任何老朋友——只有我这个来去匆匆的过客算是他的知音。

土著心理活动的方式颇为特异，与历史人物的精神相通。他们会自然地想象奥丁——北欧神话中掌管一切的至神——是为了看穿整个世界而剜掉了一只眼睛，他们也将爱神描绘成一个对爱情一无所知的孩子。同样，庄园里的吉库尤人对我这个法官奉若神明，而实际上我根本不懂据以判案的任何条法。

也是由于在神话上的天赋，土著还会做出一些你无法防备、难以逃脱的唐突之事。他们能将你转化为一具偶像。我深谙这一过程，并对此有一评语供自己玩味——在我心目中，他们是将我神化为“厚脸皮的撒旦”的。与土著长期相处过的欧洲人会理解我的意思，尽管从《圣经》的角度来说此词用得不确切。我认为，即便我们在这块土地上开拓着种种事业，即便我们取得了科学技术的长足进步，即便我们享有英国统治下的某种和平，但在实用这一点上，土著着实胜过我们一筹。

当然，他们不可能对一切白人都加以利用，而且利用的程度也因人而异。在他们的世界里，他们根据我们可资利用为“厚脸皮的撒旦”的程度，将我们加以排列。我的许多朋友——戴尼斯·芬奇-哈顿、戈尔波莱斯、贝克里·考尔、诺思劳普·麦克米伦爵士——都被土著据其能力排于前列。

德莱米尔勋爵居“厚脸皮的撒旦”之首。我记得，有一次我在高原旅行，适逢田野里蝗灾泛滥。上年蝗虫大肆活动撒下的虫卵已破土而出，大吃剩余之食。蝗虫所及之处，草叶荡然无存。这对土著是可怕的打击。尽管他们历尽磨难，可这场虫灾严重到难以承受的地步。他们的心碎了，呻吟着，号叫着，犹如垂死的犬，试图干那些绝无可能的事。那时，我偶尔向他们谈起我穿过德莱米尔庄园时见到遍地的蝗虫——围场、牧场无处不有。我还补充说，德莱米尔对蝗虫恼怒极了，失望极了。话音刚落，听的人就立刻安静下来，紧张情绪顿消。他们询问德莱米尔对自己的不幸有什么说法，并一再要我重复，而后便不再说什么了。

作为“厚脸皮的撒旦”，我虽比不上德莱米尔勋爵那样举足轻重，但是，在不少场合，我于土著还是很有用的。

在大战期间，土著世界对由非洲人组成的运输部队的命运颇为关注。庄园的佃农常常聚坐在我的宅子周围。他们一言不发，互相之间也无言以对，只是眼巴巴地盯着我，把我当作他们的“厚脸皮的撒旦”。他们毫无害人之心，我也不便把他们轰走，再说，即使轰走了，他们也会在别处集聚。这真是令人难以忍受的事。不过，以下一个事实使我得以渡此难关——我兄弟的军团那时正在最前线——瓦埃米·里奇：我可以望着他，将他奉为我的撒旦。

吉库尤人每逢大难降临庄园的时候，便把我当作首席悼念者或亡夫之妇。这在那次枪祸中也是如此。因为我对伤亡的孩子表示哀悼，庄园里的人们便在心中得到宽慰，暂时将此事搁置起来。在不幸之中，他们把我当作全体教徒的代表，在以他们的名义独饮苦酒。

这几近于巫术，一朝施行于你，就永远不可能完全摆脱。我感到这是一个痛苦的、极为痛苦的过程——被绑在杆子上，我企求挣脱出来，却难以办到。不仅如此，许多年之后，你还常常会想：“我居然遭受这样的待遇，我竟成了一个‘厚脸皮的撒旦’！”

我骑马返回庄园，正涉水过河时，遇到了卡尼努的儿子们——三个青年，一个小孩。他们手执长矛，急速跑来。我拦住他们，打听他们的兄弟卡贝罗的近况。他们在齐膝的河水中神情紧张，双眼无光，有气无力地慢声讲话。卡贝罗，他们说，还没有回来，自从那天夜里潜逃后，一直没有消息。现在他们肯定卡贝罗死了。他要么自杀了——因为自杀的意念在土著间很普遍，连小孩也不例外——要么在野地里迷路，被野兽吃了。他的兄弟们四处搜寻他，此刻正赶往保护区，试图在那里找见他。

我到了河对岸——我自己庄园的这边，转过身放眼眺望草原。我的庄园地势高于保护区。大草原上没有任何生命的迹象，除了遥远的地方有斑马在吃草、奔跑。那几个寻人的青年出现在河对岸的旷野里，他们急急地向前赶路，一个跟着一个。他们俨如小小的蚱蜢在草地上东跳西蹦。阳光不时地辉映他们手中的长矛。他们似乎对前进的方向很有把握，但那该是什么方向呢？在寻找走失的小孩途中，他们唯一的向导是那些在草原上的尸体上空盘旋的苍鹰。它们将向你指明狮子捕杀物的确切方位。

但那将是一个很小的躯体，远不足为空中饕餮者的盛宴。不会有多少苍鹰为你指示出事地点，它们也不会久久盘旋于某一空际。

想到这一切，我不禁哀从中来，策马归家。

第三辑

庄园来客

世界上真正的贵族与真正的无产者都理解什么是悲剧。对于他们来说，悲剧乃是上帝的基本信条、生存的基调——低音调。表情严峻的马赛依人既是贵族又是无产者，在穿黑大衣的孤独漂泊者身上，他们会毫不迟疑地辨认出悲剧的轮廓，而悲剧演员，则在他们中间又恢复了本来的面貌。

土风舞盛会

我们庄园有许多来访者。在拓荒的国土,好客不仅是旅行者,而且是定居移民的生活之必需。一位来客就是一个朋友,他带来的信息,无论是好是坏,对于孤寂之地的饥饿心灵无异于诱人的面包。来庄园的挚友是天堂的信使,他带来了福音。

戴尼斯·芬奇-哈顿从一次漫长的探险归来,十分渴望与人交谈。他发现我在庄园里亦有同感,于是和我坐在晚餐桌旁交谈,一直聊到黎明时分。我们什么都谈,凡是能想到的,时而分析评述,时而相对而笑。长期孤身一人与土著相处的白人,养成了一种实话实说的习惯,因为他们没理由,也没机会矫饰一番。他们相逢时,说的话都带有土著调。我们由此得到一种印象:粗犷的马赛依部族在他们山下的村落里,仰视庄园住宅一片光焰,犹如夜空中的星星,就像恩伯利亚的农夫见到圣法朗西斯与圣克莱亚畅谈神学的房子那样。

庄园里规模最大的社会活动是“恩戈马”——盛大的土风舞会。在这些时候，我们要招待一千五百至两千名客人，庄园所能提供的款待却是中等水平。对跳莫拉尼舞（武士舞）的光头老妇人，还有“恩迪托”——少女们，我们分发鼻烟，给孩子们——这些舞会总有人带孩子来——白糖，由卡曼坦拿木勺一勺勺地分。有时，我请求区长开恩，允许我庄园的佃农们自酿“坦博酒”——利用甘蔗作原料的烈性酒。但是，真正的表演者，那些年轻的舞蹈家，浑身焕发出节日的光华，他们对外界的引诱无动于衷，沉湎于内心的甜美与激越。他们有求于外部世界的只是一方起舞的平地，这在我的宅子附近就有：树荫下的大草坪，平展开阔；我仆人的茅屋间，原是林中空地，也十分平整。为此，这一带的年轻人对我的庄园评价甚高，对庄园舞会的邀请，无不格外看重。

“恩戈马”有时在白天举行，有时在夜晚举行。白天的“恩戈马”需要更开阔的场地。跳舞的多，看跳舞的也多，常在大草坪上。在大多数“恩戈马”上，舞蹈者站成一个大圈或几个小圈，上下腾跳，头往后仰，或有节奏地踩踏地面，或金鸡独立向前倾斜，或换脚独立往后仰身，时而又缓缓地、神情肃穆地缘圈而行，脸朝着圈的中央。一些出众的舞蹈家从圈上跳着跑着进入中心表演。白日的“恩戈马”在草坪上留下了大大小小干燥的褐色圈痕，仿佛青草在这儿被焚烧一光。这些神奇的圈圈要很久以后才会慢慢消失。

就特色而言，白天的“恩戈马”与其称之为舞会，不如说是集市。看热闹的人熙熙攘攘，跟随着舞蹈者，在树下自行结为一群群、一簇簇。有时举行“恩戈马”的消息传开后，在这里还能见到内罗毕的风骚女人——人称“马拉亚”的窑姐儿，斯瓦希里语的一个动人的名字——翩然而至。她们坐着阿里汗的双轮骡车，身上围着耀眼的大花布。她们在草坪上坐下来时，恍若绿地上绽开一朵朵硕大的花。正经的庄园姑娘穿着传统的服饰——上了油、擦得锃亮的皮裙和飘逸的披风，挨着“马拉亚”坐下来，毫无忌讳地谈论着她们的服装与做派。可城里来的美人盘着腿，犹如嵌着玻璃眼珠的乌木玩偶，依然故我，处之泰然，抽着细细的卷烟。一群群孩子被土风舞迷住了，急不可耐地学着，模仿着，从一个舞圈涌向另一个，或者被大人赶到草坪一边，组成自己的小小舞圈，尽情地跳跳蹦蹦。

吉库尤人赴“恩戈马”，要用特殊的粉红色灰膏擦遍全身——这种白垩灰膏需求量很大，可自由买卖——给他们以白里透红的奇异肤色。这种颜色既不属于动物世界，也不属于植物世界。涂上灰膏，年轻人好像变成了化石，酷似岩壁的雕像。姑娘们穿着经过鞣制的镶有珠串的皮裙，也用这种灰膏涂抹全身，形成同一形象：穿衣裙的塑像，那上面的褶皱、条纹，恰似一位技艺高明的艺术家精心刻画出来的。小伙子们跳“恩戈马”几乎一丝不挂，但在这些场合，他们的头饰却十分讲究，刘海与辫子上也拍了白垩粉，仰着石灰石般的脑袋阔步走着。

我在非洲的最后几年里，政府禁止在头上敷白垩粉。不论男女，套服最具魅力。钻石及昂贵的装饰品并不能给佩戴者增添更多的迷人风采。不管什么时候，当你远远发现一群身涂粉红色灰膏的吉库尤人向前行进，你便会感觉周围的空气因欢乐而震颤。

白日露天舞会的缺陷是没有一定的范围。舞台对舞蹈来说太大——它始于何处？止于何处？一个个舞蹈者小小的身躯也许周身都涂上了白垩粉，他们披着鸵鸟后背的羽翎，又像是从头到脚由哥伦布斯猴的毛皮装扮起来的勇敢的吐绶鸡，显示出骑士般的神采。可他们在高树之下又不能不显得零零落落、星星点点。那场面——大大小小的舞圈，一堆堆分散的观众，还有来回奔跑的孩子——将你的视线从一处急促地拉向另一处。整个景象有些类似那些战事的古画。从高处鸟瞰，但见一侧是骑兵在挺进，另一侧是炮兵在坚守阵地，而那些孤零零的军官却在视野里斜线疾奔。

白日“恩戈马”也是喧闹的。笛子、羊皮鼓奏出的舞曲常被观众的欢叫所淹没。当舞蹈中的一个角色被男子汉“处死”时，正在欢舞的姑娘们会发生一种古怪、尖细而绵长的叫声，这时你还可见到一个武士以极为优美的姿势向上腾跃，或举起长矛在头顶上挥舞。坐在草坪上的老年人那意趣相投的谈话，就像一条小溪不息地流淌。在这里，你能愉快地见到两个年逾古稀的吉库尤老妇，一边围着酒葫芦痛饮，一边沉浸于欢快的谈话之中。也许是追忆着她们在舞圈中扮演角色的时光，她们的面孔兴奋得神采奕奕。随着午后时光的推移，太阳下沉了，酒葫芦里的坦博酒也渐渐见底了。有时，还会凑上来一对老头，这时，其中一个老妇往往会回想起她年轻的岁月，情不自禁地踉踉跄跄走出来，扇动双肩，以真正的少女风韵迈出一两个舞步。虽然一般人对她不屑一顾，但她却会博得那一小圈同代人热烈的喝彩。

但是，夜间的“恩戈马”则在认真、诚挚的气氛中进行。

“恩戈马”夜会只在秋天举行。玉米收获之后，在圆月的银辉下，鼓乐声四起。我不认为土著赋予“恩戈马”夜会任何宗教的含义，但他们偶尔为之抑或有之。表演者和观众的举止神态透示出这是一个神秘而又神圣的时刻。这些舞蹈也许有一千年的悠久历史。其中有些舞蹈——为舞者的母亲们、祖母们高度赞赏——却被白人移民视作有伤风化，必须明令禁止。有一次，我从欧洲休假回来，正值摘采咖啡豆的大忙季节，我发现庄园里有二十五个年轻武士被我的经理送往监狱，原因是他们在庄园夜会跳了一个禁舞。我的经理告诉我，他妻子实在容忍不了这种舞蹈。我责备老佃农在经理住宅附近跳"恩戈马"，可他们认真地向我解释，他们是在四五英里外的卡赛古大院里跳的。我只好赶往内罗毕与区长商谈此事，他才将那伙跳舞的人全放回庄园摘咖啡豆了。

夜舞的景致美极了。这时，你不必担心何处是表演的场地。它由一堆堆篝火组成，延伸到光亮的尽头。火，不愧是"恩戈马"的核心。其实，跳舞未必真需要火光，非洲高原的月光奇迹般清朗、皎洁。火只是用来造成一种效果，它使舞场成为最好的舞台，将一切色彩、一切动作融会成一个统一体。

土著很少使这种效果过火，他们点燃的不是熊熊烈焰。庄园农妇在头一天把木柴搬到舞场，她们以宴席女主人的派头活动着，又将木柴堆到舞圈中央。老妇人很看重这种夜会，晚间亲临舞场，围坐在中心木柴堆四周观舞。在老妇圈外也会点燃一堆堆篝火，犹如星星组成的光环。舞蹈的人们又以夜的森林为背景，在篝火之外舞啊跳啊。舞场要相当大，不然那热气、那烟雾会涌进老观众的眼里。但场地再大，在世界上也不过是一个封闭之处，恰似一幢大房子，里面什么都有，却不为人所知。

土著既没有对比感，也没有对比的兴趣。自然的脐带还没有完全与他们割断。只是在月圆之时，他们才开“恩戈马”夜会。月光越亮，他们舞得越美。当大地沐浴、沉浸在来自天宇的柔和、明亮的清辉之中，在非洲上空的灿灿明光之中，土著又添上了他们那小小的、艳红灼热的光华。

宾客们三三两两地赶来，有时十四五个——有的是朋友相约同来，有的是路上结伴而行。这些跳舞的人，有不少是步行十五英里来到这里的。许多人一起行走时，随身带上笛子、羊皮鼓。于是，在土风舞盛会之夜，乡间的大道小路都回响着乐声，就像风铃在月亮的脸庞上摇响，美妙的声音漫天飘荡。在舞圈的入口处，匆匆赶到的人们徘徊、张望，等着放他们入场。有时，远方的来客、邻近部族酋长之子会受到优待，由佃农中的长者或舞蹈能手、夜会的主持者亲自出来迎他们入场。

夜会的组织者也是庄园里的年轻小伙子。他们负责夜会的程序、仪式，个个都尽心尽责。舞蹈开始前，他们皱着眉头，板着面孔，神气活现地在舞蹈者面前指指点点；舞兴正酣时，他们在舞圈的两侧来回跑动，确保一切都顺利地进行。他们还有精良的装备——手执一捆细棍，一头点着火，怕火灭了，不时地伸到篝火中烧一烧。他们警觉地巡视着舞蹈者，发现哪里有不轨行为，就迅即赶去。他们一边虎着脸厉声斥骂，一边挥舞火棍，着火的那头直捅犯事人的身子。那倒霉的家伙蜷成一团，但一声不吭。也许，从“恩戈马”夜会带出来的烙痕并非是光彩的印记吧。

有一个舞蹈片段：姑娘们娴静地站在小伙的脚上，双手搂着他的腰；年轻的武士们双臂隔着姑娘的头伸过去，双手紧握长矛，竭尽全力，时而高举，时而插地。这构成了一幅优美的画：部族的少妇在年轻的丈夫怀抱里避难脱险；保卫她们的男子汉甚至让她们站在自己的脚上，以防毒蛇或地面上的其他险情。这个舞蹈持续几个小时，跳啊跳，舞蹈者的脸上泛起一种天使般的欣喜之情，仿佛他们每个人真都准备为了姑娘而万死不辞。

还有其他动人的舞蹈哩——跳舞的人们在篝火堆之间跳来跳去，领舞的连续做一系列的腾跃、前扑动作，手中的长矛嗖嗖地旋转……我相信这个舞蹈是以猎狮为原型改编的。

“恩戈马”夜会上有笛声、鼓乐声，也有歌声。歌手中有些是全国闻名的歌星，从远方特邀而来。他们的歌咏，与其说是唱歌，不如说是有节奏的吟诵。他们都是即兴歌手，随口编唱歌谣，配之以舞者迅速的、聚精会神的合唱。在夜间的旷野里，聆听那轻柔的歌声响起，聆听那有规则的复沓，那年轻的、有韵律的声调，是那么令人愉快。而后，当这些歌声彻夜不息地回旋，又伴随为加强效果而不时敲击的鼓声，就变得极为单调，出奇地折磨听觉，似乎让你欲听不能、欲罢也不能。

那时，最著名的歌手来自达戈莱蒂。他有一副清晰、洪亮的嗓子，本身又是一位出色的舞蹈家。他一边唱着，一边大步流星地走进或跑进舞圈中，每一步都是半蹲着身子。他将一只手掌捂在嘴角上，这也许是为了集中音量，但给听众造成一种错觉：似乎某种危险的信息秘而不宣。他的形象如同非洲的共鸣者。他常能随心所欲地调动听众的情绪，让他们时而幸福愉快，时而战争般狂热，时而又笑得前仰后合。他曾唱过一支可怕的歌，一支战歌。歌声中——我感觉——歌手正从一个部落到另一个部落动员打仗，向人们宣讲屠杀与抢掠。要在一百年前，这支歌会使白人移民的热血冷却下来。但一般说来，歌手并不那么可怕。有一晚，他唱了三支歌，我请卡曼坦给我翻译。第一支歌是幻想曲，随着歌声，全体舞蹈者恍若登船向佛拉依亚进发。第二支歌，卡曼坦对我解说，全是赞美年老的妇女、歌舞者的母亲与祖国的。这支歌，我们听来很亲切，歌词很长，一定是细细地叙说那些掉牙秃顶的吉库尤老太太的智慧与慈祥，她们正坐在舞圈中央的篝火堆旁倾听着，不时地颔首。第三支歌很短，却激起了每个人朗朗的笑声。歌手不得不加强他的高音以压倒笑声。而他自己，唱着唱着，也不禁开怀大笑。那些老太太们，在歌曲中受到如此的奉承，不由眉开眼笑，拍拍自己的屁股，张大嘴打哈欠，好似鳄鱼一般。卡曼坦不愿意翻译这首歌，他说这很无聊，只简略地提了两句。歌的主题很简单：在一次流行瘟疫后，凡上交给区办公室一只死耗子，政府都按定价予以收购。歌词说的是到处逮耗子，耗子只好躲到老太太与年轻妇女的床上避难而发生的一切。歌中的细节一定很有趣，可惜我不得而知。卡曼坦本人一边很勉强地为我翻译，一边不时地露出苦笑。

在一次“恩戈马”夜会上，发生了富有戏剧性的事件：

那一回的夜会是饯行宴会，是专为我赴欧洲短期访问举行的。那年我们的收成不错，夜会排场很大，约有一千五百名吉库尤人参加。舞蹈已进行了几小时。我走出门，想再看一会儿就上床休息。他们给我放了一把椅子，背对着仆人的住房，有两个老佃农陪着我。

突然间，舞圈里发出一阵骚乱，那惊恐的动作，那奇异的声响，犹如大风吹过一堆灯芯草。舞蹈的节奏渐慢，但还没停下来。我问一个老人出了什么事，他压低声音急促地答道："马赛依瓦拿库加。"——马赛依来了。

这消息该是一个奔跑者传递的，因为有好一会儿没发生更大的动静。也许吉库尤人把话传过去，可以接待这些不速之客。对马赛依人来说，参加吉库尤人的"恩戈马"是违法的。因为在过去，这类事常引起太多的麻烦。我的仆人们都赶来了，站在我椅子边。每一个人都将目光投向舞场的入口处。终于，马赛依人进来了，舞蹈戛然而止。

十二位年轻的马赛依武士步入舞场。走了几步后，他们停下来，稍稍等候，目不旁视。他们对着篝火眨巴眨巴眼睛，除了武器与华美的头饰之外，他们一丝不挂。其中一位戴着战时武士用的狮皮头饰，从膝盖到脚趾，涂上了一道宽宽的猩红色带，仿佛鲜血顺大腿淋漓而下。他们双腿笔直地挺立着，脑袋微微后仰，静默无声，出奇地严肃。他们的神态既有征服者的，又有被征服者的。似乎能觉察到，他们来"恩戈马"夜会并非出于本意。羊皮鼓单调的节拍飞越河面，飞入马赛依保护区。"哒姆，哒姆"不停息地敲着，敲着，敲乱了那边年轻武士的心。这十二个人再也抵御不住鼓乐的召唤了。

吉库尤人也被深深激怒了，但还是彬彬有礼地接待客人。庄园的舞蹈领队欢迎他们进入舞圈，他们沉默着站好了自己的位置。舞蹈又开始了，但却失去了刚才的气氛，空气变得凝重了。鼓乐更响，节奏更快。倘若“恩戈马”能继续下去，我们一定会观赏到某些惊人的表演，吉库尤人和马赛依人会竭力向对方显示自己舞蹈的技巧与活力。可惜事态并未如此发展，有些事情，即使以每一方的善意都理解不通。

我也不知怎么回事。蓦然见到舞圈晃动了，冲垮了，有人高声尖叫。刹那间，我跟前的一切都乱了，人们奔跑着，拥挤着。击拳声，身体倒地声隐隐传来。我们的头顶上，夜间的空气因飞舞的长矛而震颤。我们都站起来了，连舞圈中央的明智的老太太们也都趴在柴堆上看个究竟。

当情绪平静下来，狂乱的人群又一次消散时，我发觉自己被围在当中，四下只有一小块空地。两个老佃农朝我走来，勉强地把发生的事情讲了一下：是马赛依人违反了规则。现在的情形是，一个马赛依、三个吉库尤重伤，“砍成碎片了”——用他的话说。他们认真地问我乐意缝合他们的伤口吗——不然的话，谁都得惹出“赛里卡里”——政府的麻烦。我问老人格斗者什么地方被砍断了。“脑袋！”他骄傲地答道，带有一种土著临危不惧的个性。此刻卡曼坦匆匆赶来，手里拿着穿了长线的织补针和我的顶针。我仍犹豫不决。就在这时，老阿瓦鲁走上前来，他在坐牢的七年中学得一手裁缝手艺。他一定是想找机会一试身手，显示技艺，竟然自愿接下这一病例。人们的注意力都转移到他身上。他确实将伤口缝合了，而且伤者在他手下恢复了健康。他在此后大肆炫耀这一成功，但卡曼坦对我说，伤者的脑袋当时肯定没有分离。

因为马赛依出席舞会是非法的，有一段时间我们将受伤的马赛依藏在专门安置白人来客的用人住房里。在那里，他复原了。他终于从那里消失了，连对阿瓦鲁说一句感谢的话都没有。我想，对马赛依来说，被吉库尤人击伤并治愈，是从心底里难以接受的。

在“恩戈马”之夜快破晓时，我走出去询问伤员的情况，看见在凌晨灰蒙蒙的天色中，篝火仍在微微燃着。一些吉库尤青年正围着火堆，在一位年迈的妇人——瓦依那依那的母亲指导下，跳跃着，将长棍插入余烬之中。原来他们正发出一种符咒，以防马赛依人获取吉库尤姑娘的爱情。

索马里妇女

有一批来客在庄园里很有影响，但我不便写得太多，她们讨厌这样。她们是法拉赫家的女人。

法拉赫结婚时，从索马里带回了他的妻子，伴随而来的是一小群微微发黑的“鸽子”，活泼而又温柔：他妻子的母亲和妹妹，还有从小在她家长大的小表妹。法拉赫告诉我，这是他们国家的习俗。在索马里，婚姻由家长做主安排，年轻人的名声、财富、生育能力都在考虑之列。在那些名门望族中，新娘、新郎直到举行婚礼时才见面。但索马里是个有骑士气概的民族，从不让他们的女人孤苦无援。按礼节，新婚的丈夫要在婚礼后去妻子家里住六个月，在此期间，新娘仍保持女主人的身份，在家中具有权威。有时候新郎做不到这一点，那么，新娘的女眷们就会毫不犹豫地陪伴她来到男家过一段新婚生活，尽管这样做对她们意味着远离故土，四处漂泊。

在我家里，索马里妇女的圈子后来又添了一个自幼丧母的索马里小女孩。她是法拉赫领养的，我想，他未必没有一点念头，想在小姑娘将来结婚时捞一点实惠。这女孩出奇地聪明、活泼。有趣的是，随着她长大，你可以看到那些索马里女人是怎样手把手、一丝不苟地将她培养成一个合乎礼仪的处女。她刚来与我们生活在一起时才十一岁，常摆脱家里的控制，到我这儿来围着我转。她骑上我的小毛驴，扛起我的枪，她与吉库尤的“托托”们一起跑到池塘边；她提着裙子，光着脚丫，绕着挂网的灯芯草河堤快步小跑。通常，索马里小姑娘的头发都剃了，只剩下一圈乌黑的卷发，头顶上打个长长的发结。这发型挺美，给孩子带来一种非常快活而又恶作剧的小僧侣似的神采。然而，随着时光流逝，在大姑娘们的熏陶下，她变了。她本能地为变化的过程所迷惑、所支配。就像双腿被系上了重物，她不得不缓缓地迈步，缓缓地走路。她学着最佳的姿态，将眼睛往下瞥。她在陌生人来到时起身回避，并以此为尊贵。她的头发不再剪掉，留到够长时，就像其他姑娘那样分开、梳理，编成一根根小辫。这位见习修女，严肃、自豪地献身于神圣的礼仪。这使人感到，她宁肯不活，也不能在礼仪上有半点差错。

那位老太太，法拉赫的岳母——据法拉赫告诉我——她在国内以教育女儿有方而深受崇敬。在故里，她们被公认有风度，是少女的典范。果然名不虚传，眼前是三位最高贵、最端庄的青年女子。我再没见过更具女性风采的女士。她们的衣着又使其少女之温柔更为楚楚动人。她们穿着雍容、宽松的长裙。我清楚——因为我常给她们买丝绸或花布——一条长裙得用十码料。在这些宽大的衣料之中，她们细长的双腿以一种曲折而又神秘的节奏移动：

你高贵的双腿腾跃着，追逐着
暗淡的欲望在旋转中更为困惑
如同两个巫婆
将黑色过滤，又翻转在深瓶里

老母亲本人也是一个令人难忘的人物：身板健壮，具有母亲那种温和宁静的性格，强而有力，自信，又乐善好施。我从未见过她发脾气。教师们、学究们真该嫉妒她，嫉妒她那极富感召力的内在素质。在她的手中，教育既非强迫的，亦非苦涩的，而是一种崇高而伟大的耳提面命——她的学生们以接受其神秘的教诲而感到荣耀。我在树林里为她们盖的小屋是一所小型的白魔法[1]中学。这三位年轻的姑娘，何等轻盈地行走在林间小道上，就像三个年轻的巫士，正在尽心努力学习。待学业告终之际，那巨大的神力将属于她们。她们以志同道合的精神竞相争优，正如你身处市场上，你的价格任凭人公开评议，竞争具有坦率、诚挚的特色。法拉赫的妻子的价值，不再悬而未决，她处于一个特殊的地位，就像一个已经取得巫术奖学金的好学生。也许人们在观察她与老巫师的秘密谈话。这样的荣耀，一般姑娘们是永难享有的。

所有的年轻女人对自己的价值总是估计甚高。一位伊斯兰处女不可能嫁给低于自己的男人，这样的事会给她的家庭招致最严厉的谴责。男人则可以娶低于自己的女人——那对他再好不过——年轻的索马里男子就以娶马赛依老婆闻名。但是，虽说索马里姑娘可以嫁到阿拉伯半岛去，而阿拉伯姑娘却不能嫁到索马里来，因为阿拉伯人与先知的关系更接近，种族更优秀。就是在阿拉伯人内部，属于先知家庭的少女也不能嫁给外家族人。依照她们性别的长处，年轻的女人可以要求一个上等的社

1　白魔法：或译“善魔”。

会生涯。她们自己毫无杂念地将这一原则与纯种种马场的原则相比，因为索马里人很看重母马。

到了我们之间十分熟悉时，姑娘们问我她们听到的是否正确——欧洲一些民族，无代价地出嫁自己的女儿。她们甚至还听说，但不可能理解这样的观点：有一个民族如此腐败，因为嫁姑娘而要支付给新郎一笔款项。呸！真羞死人——这样的父母！真羞死人——这样屈从的姑娘！她们的自尊哪里去了？对妇女、处女的尊重又哪里去了？这三位姑娘愤愤地说，她们如果出身于那样的民族，宁可终身不嫁。

我们那时在欧洲，可没有机会学习少女自视高雅的技巧；从那些故纸堆里，我也捕捉不到其魅力。现在我终于明白了，我的祖父、曾祖父当初是怎样被迫委曲求全的。索马里的习俗同时又是一种自然需求，一种精美的艺术。它渗透着宗教、策略，又有如芭蕾舞剧。人们执着地、灵巧地、一丝不苟地将它运用于各个领域。这种习俗最妙之处在于将对立面置于自己的掌心，随意摆弄。在辩驳的永恒原则背后，却不乏慷慨之举。在卖弄学问的背后，又有多少滑稽可笑之事，以及对死的轻视。这三位好战民族的女儿，通过了一本正经的礼教仪式，仿佛刚跳完盛大而优雅的军事舞蹈。她们口中的奶油尚未化尽，她们也不会休息，除非品饮了敌人心脏之血——她们酷似三只披着羊皮的残忍的小母狼。索马里人是坚忍的民族，在沙漠与大海中经受磨炼。生活的重负、紧张的压力、滔天的白浪、久远的岁月，自然而然地将索马里妇女锤炼为如此坚硬、如此光彩夺目的琥珀。

这些女人将法拉赫的房子收拾得如同游牧民族的故居——墙上挂着许多壁毯与绣花罩单——他们任何时候都可能要搬迁。熏香对于他们是家庭必不可少的生活用品，索马里熏香的很多品种都十分令人神怡。在庄园的日子里，妇女我见得很少。一天将尽，暮色之中我习惯于与法拉赫家的老太太、姑娘们安静地小坐一小时。

她们对一切都感兴趣，一点小事也会使她们高兴不已。庄园里的小灾小难、当地的趣闻轶事，都能令她们笑声不绝，有如房中的铃铛奏出和谐的乐声。我打算教她们编织毛衣时，她们又是咯咯笑个不止，好像是观看滑稽木偶戏似的。

她们的纯真无邪之中，不带有无知或轻视。不论是接生小孩，还是料理丧事，她们都帮着忙活，并冷静自若地与老母亲商量有关的细节。有时，为了让我消遣，她们就讲类似《天方夜谭》的神话故事，都是喜剧风格的，对爱情的处理十分坦率、诚挚。这些故事的特色都是：女主角，不管是否贞洁，都强似男性人物，以胜利而告终。那位老母亲坐着,听着,脸上漾出几许笑意。

在这个封闭的女性世界里——不妨这么说——在它的高墙与防御工事的背后,我感到了一种伟大理想的存在。若无这种理想,卫士就不可能如此豪侠般地巡行。那理想便是百年盛世——女人取得至高至尊的地位。在那样的时候,老母亲就换新貌了,她将坐在王位御座上,犹如远古时代——先知的真主之前——威力赫赫的女神,作为庞大的、黑色的象征。姑娘们对她一直敬重之至,但她们毕竟是讲求实际的人,一只眼睛还盯着现时的需要,随时都可以接受娱乐。

姑娘们好打听欧洲的风俗,对于白人女子的风度、教育、衣妆的介绍,听得都很仔细,仿佛全神贯注地要汲取远方的男人如何被征服、如何变得低三下四的知识,以充实她们的战略教育。

她们的衣服在生活中可谓举足轻重。这也不足为怪,因为对她们而言,衣服同时也是战争的物资、战利品、胜利的象征,犹如征服者的旗帜。她们的丈夫,本性上是克己的,对吃喝玩乐无所用心,其坚强与博大,如同他的祖国,唯有女人是他的奢侈物——在女人面前,他贪婪而永不满足。女人是其生活中最高财富。马匹、骆驼、牛羊,都可以列为财富,且令人思慕,但这些东西绝然超不过妻子的分量。索马里妇女对丈夫个性的两种倾向予以鼓励，对男人身上的任何软弱之处，她们严加训斥，同时又以极大的自我牺牲来提高丈夫的价值。除了自己的男人，她们连一双拖鞋都不收受，她们不属于自己，而必须从属于男性：父亲、兄弟或丈夫。但她们依然是生活中众人争求的最高奖品。叫人惊讶的是，为了双方的体面，索马里妇女从男人那里得到很多丝绸、黄金、琥珀及珊瑚。那漫长而紧张的商旅，那千辛万苦、出生入死，那种种心机、久久忍耐，到头来都化为奉献给女人的服饰。那些尚无男人可榨取的姑娘，则在她们帐篷似的小闺房里精心梳理那美丽的卷发，期待着有朝一日去制服征服者，去敲诈勒索者。她们擅长互相借穿华美的服装，乐于打扮小妹妹——她穿上已婚姐姐最好的衣装，该是美中之美。她还说笑着戴上镶金的头饰——这在习俗上是不许处女佩戴的。

索马里人命里注定是诉讼人和常年冤家。我们几乎没有一桩案子不需要法拉赫多次奔赴内罗毕或出席庄园里的部族会议。在这些时候，老太太见到我便滔滔不绝地告诉我案子的情况，她的神情是那么安详而明智。她可能已问过法拉赫。法拉赫很敬重老岳母，凡她想知道的，都照实告诉她。但我想，她是从外交手腕上另辟蹊径，了解到情况的。在这方面，她依然能保持——只要她认为合适的话——女人对男人事务的无知，女人对男人所言的无法理解。如果她提出建议，就必定以女巫的神态表达，神妙而富灵感，没人能让她承担责任。

逢到庄园里索马里人集会或重要的宗教庆典，妇女们在安排活动、准备饭菜方面，尽可大显身手。她们本人既不出席宴会，也不去清真寺，但人人雄心勃勃，志在宴会的丰盛与成功。就是她们之间，也不透露各自心中的设想和打算。每当这种时候，索马里妇女总使我深深地怀念起我家乡的老一辈，我心中浮现出她们忙得不可开交的神情，拥挤在又长又窄的车厢里的样子。我母亲、祖母时代的斯堪的纳维亚妇女——性情善良的野蛮人的文明奴隶——也无一例外地在那些盛大、神圣的男性节日里大显身手。男人的节日有猎野鸡节、秋季大狩猎等等。

世世代代以来，索马里人是奴隶主，索马里妇女与土著和睦相处。她们的处世哲学是明哲保身，平稳随和。对土著而言，为索马里人或阿拉伯人服务，较之为白人服务的难度小些，因为有色人种的禁忌处处都是一样的。法拉赫的妻子在庄园里的吉库尤人中颇有威信，卡曼坦多次告诉我，她很聪明。

对于常来庄园小住的我的白人朋友，如伯克里、戴尼斯，索马里少妇们也很友好。她们常谈论这些人，对他们出奇地了解。一旦遇到伯克里或戴尼斯，这些小姑娘会双手抚着裙子的褶皱，以妹妹的口吻与之交谈。但关系毕竟很复杂，因为伯克里、戴尼斯他们都有索马里仆人，这些男仆是姑娘们一辈子都不能结交的。只要贾马或比里亚——戴头巾，黑眼珠，身材瘦削——在庄园里一出现，我的索马里姑娘们便随即消失，一点踪影都不现。若是这种时候她们想见我，会悄悄地来到房角前，扯起长裙一角遮住脸。英国朋友说，他们很高兴得到姑娘们的信任，但在他们的内心，我相信，对于被奉为如此正派无邪，多少有点受宠若惊。

有时，我带着姑娘们去兜风、访友。每一次我都小心翼翼地请教老太太，这样做是否符合规矩，因为我不想让她们如狄安娜[1]面容那般纯洁的名声沾上灰尘。在庄园的一隅，住着一位已婚的澳大利亚少妇，那几年一直是我的一位可爱的邻居。她常邀请索马里姑娘去喝茶。那可是非同一般的场合，她们打扮得像一束鲜花那么漂亮。在我们驶向澳大利亚邻居家的路上，我后面的车厢就像鸟笼似的，喊喊喳喳不停。姑娘们对房子、对服饰，甚至对我朋友的丈夫——他正在远处骑马或犁地——都饶有兴趣。上茶时，我发现只有已婚的姐姐及其孩子能享用。姑娘们禁茶，因为茶太兴奋。她们只能尝几块饼干，而品尝的风

1　狄安娜：月亮女神。

度优雅而端庄。大家议论那个随我们一起来的小女孩是否能用茶，抑或已到了喝茶危险的年龄。已婚的大姐姐认为她可以喝茶，但女孩却瞥了我们一眼——深沉、自豪的一瞥，拒绝喝茶。

这位小表妹是个爱思索的姑娘，长着一双红棕色的眼睛。她能读阿拉伯文，会背诵《古兰经》的一些片段。她精神上正处于神学的转折。我常与她讨论宗教，也谈及世界的奇迹。从她那里，我听到了约瑟与波蒂法尔妻子的故事的真正解释。她承认基督耶稣是贞女所生，但不是上帝的儿子，因为上帝不可能有肉体的儿子。玛利亚，处女中最可爱的一个，在花园漫步。天主派遣的大天使用羽翼碰了她肩膀一下：她受孕了。一天，在争辩中我给她看了印有哥本哈根大教堂里由索凡尔逊雕塑的基督神像的明信片。从此，她温顺而入神地对救世主发生了感情。她永远听不够耶稣的故事，每当我讲述时，她感叹着，脸色也随之变化。她对犹大很关切——他是什么样的人？怎么会有此等人？她本人唯有剜了犹大的眼睛才高兴。这真是一种极为热切的情感，令人感到奇异而爽神，犹如索马里人屋里焚的熏香，采自远山上墨绿的树木。

我曾询问法国教士，我能否带我的穆斯林少女来教会。他们友好而快活地同意了我的请求，并兴奋地期待着有好戏可看。

一天下午，我们驱车到了那里，一个接一个，肃穆地步入阴凉的教堂。她们从来没有见过这么高大的建筑，仰望时，双手捂着脑袋，以防高楼坍塌砸在身上。教堂里有许多塑像，除了在明信片上，她们生来从未见过这些东西。法国教会有一座真人大小的圣母玛利亚塑像，是白色、浅蓝色，一手持百合花。圣母像旁是圣约瑟的塑像，他的一只手臂上托着圣婴。在这些塑像前，姑娘们目瞪口呆，圣母玛利亚之美令她们感叹不已。关于圣约瑟，她们早已了解，并对其评价甚高——如此忠诚的丈夫、圣母的保护者，此刻她们投之以感激的目光，因为他也为妻子抱小孩。法拉赫的妻子那时正盼望生儿育女，在教堂一直守在圣像旁。教士们为教堂的窗子颇为得意，是用仿彩色玻璃的花纸糊成的，象征着基督的激情。小表妹对这些窗子入了迷，她在教堂巡视时，眼睛老不离窗子，扭着双手，屈着双膝，似乎处在十字架的重负之下。在回家的路上，她们很少说话。她们担心，我想，怕提任何问题而暴露出自己的无知。只是在几天后，她们才问我，教士们能否将圣母或圣约瑟从底座上招下来。

小表妹从庄园出嫁了，住在一幢漂亮的平房里——那时没人住，我借给了索马里人。婚礼可谓壮观，持续了七天。我出席了首场仪式——一队妇女唱着歌，领着新娘去迎接唱歌的男队，他们给她送来新郎，直到那一刻，她还没有见到过她的新郎。我不知道她是否将他想象成索凡尔逊手下的基督形象，也不知她是否模仿那些骑士传奇，孕育着两个理想——天堂之爱与人间之爱。在那一周里，我不止一次驱车到她家。不论我什么时间到达那里，她家都洋溢着喜庆的气息，缭绕着新婚的香气。短剑舞，还有种种妇女的舞蹈，正跳得情深意浓；老人们正在做着牲口大交易；礼枪在鸣放；骡车马车往来不息。夜晚，在走廊防风灯的光亮下，车上车下，屋里屋外，阿拉伯、索马里的种种最美丽的花布飘拂着，闪掠着：洋红、紫红、苏丹褐、玫瑰红，还有橘黄色。

法拉赫的儿子生在庄园里，名叫艾罕默德，小名唤萨乌费，其意——我想是“锯子”。他的天性里没有丝毫吉库尤小孩的胆小羞怯。他还是小不点儿的婴儿时，裹在襁褓之中活像一粒橡树籽，几乎没有什么躯体可以支撑他那黑黝黝的圆脑袋。当他笔直地坐起来，直视你的面容，你抱起他，他就像你掌上的一只小猎鹰，又像你膝上的一只小雄狮。他继承了他妈妈的开朗性格。当他能蹒跚地迈步跑动时，他成了一个快活的大探险家——在庄园年轻土著的世界里，他具有广泛的影响。

庄园逃亡之夜

有一个逃亡者，来庄园只住一夜就走了，一去不复返。从此，我时常想起他，他名叫埃曼纽松，一个瑞典人。我初识他时，他在内罗毕一家旅馆里当管事。他是个胖墩墩的小伙子，脸红红的，圆乎乎的。我在那家旅馆吃午饭时，他习惯于立在我椅子旁边，用一种古老国度的圆润声调应和。我与他就在那儿熟识起来。他总是那么絮絮叨叨，以至于有一度我不得不换到另一家旅馆去进餐——这在当时，是我们在城里仅有的两家旅馆之一。那时，我只能模模糊糊地听到一些关于他的消息。他好像有一种天赋，陷自己于纠葛之中。他的爱好、他对生活乐趣的见解也与众不同，异乎寻常。因而，他与居留在肯尼亚的其他斯堪的纳维亚人合不来。一天下午，他突然出现在庄园，显得颇为烦恼与惊恐。他求我借一笔钱给他，以便马上动身去坦噶尼喀[1]，不然的话，他自信会被抓进监狱去。要么是我的帮助为时过晚，要么是埃曼纽松耽搁在其他事务上了，没过多久，我听说他已在内罗毕被抓起来了，但他没有蹲班房，而是从我们视野里消失了一阵子。

一天晚上，我骑马回到家，天色很晚，星星已出来了，我忽然看见我房外的石头上，有个男人正守候着——那是埃曼纽松。他以亲切的语调向我宣告："巴伦夫人，瞧，流浪汉又来了。"我问他怎么会在我家门口，他告诉我，他迷了路，被引到我的宅邸来。去哪儿的路？去坦噶尼喀。

这不大可能是实话——去坦噶尼喀的路是一条大公路，很容易找，而我的庄园并不在路边。打算坐什么去？我问他。准备步行去，他回答。我又说，任何人都办不到。那意味着在马赛依保护区穿行三天，没有水喝，而狮子正闹得凶。就在那一天，马赛依人还抱怨过狮害的情形，要我出去为他们射杀一头。

是的，是的，埃曼纽松清楚这一切，但仍要徒步去坦噶尼喀。因为此外他不知道还能干些什么。这会儿，他迷了路，不知能否打扰我，在庄园里吃顿晚饭，住一夜，明天一早就上路。要是我

1　坦噶尼喀：湖名，在肯尼亚西南，还要越过坦桑尼亚全境。

有所不便，他就即刻趁星夜明朗兼程而去。

我跟他谈话时，仍骑在马上，隐隐地暗示他并非我家的客人，我不愿他与我共进晚餐。但从他言谈话语的神情可以看出，他也不指望我一定会邀请他。他对我的好客程度及他恳求的分量并不抱有信心。在屋外的黑暗之中，他是一个孤苦的人物，一个没有朋友可求的人物。他这种恳求的模样所起的作用，不是挽回他的面子——那已成为过去，而是给了我下台的台阶。如果我拒之于门外，也并非不仁，而可说完全在理。对一个遭受捕猎的动物，这是一种礼节。我把仆人叫来牵着小马，从马上跳下来。“进来吧，埃曼纽松，”我说，“你可以在这里吃晚饭、住宿。”

在灯光下，他的形象真可怜。他穿着一件黑色的长大衣，这在非洲没人会穿。他没刮脸，也没理发，那双旧鞋已经开了口。他两手空空，什么行李也没有。我似乎是在扮演将一头活山羊奉献给天主的教士，又把它赶到旷野里去。我觉得这会儿需要喝点酒。伯克里总是使我家不断酒，前不久刚给我送来一箱十分稀贵的法国勃艮第葡萄酒。我吩咐朱玛开一瓶送来。我们坐下来用晚餐，埃曼纽松的酒杯斟得满满的，他一口干了半杯，把剩下的酒放在灯前，凝神注视良久，那神态就像聆听音乐一样。“名酒，名酒，”他说道，“这是一九〇六年入窖的。”此语非虚，我对他陡生敬意。

此外，他没有多少话题，我也不知跟他说些什么好。我问他何以弄到这个地步——什么工作都找不到。他说这里人搞的行当他一窍不通。他已被旅馆解雇，何况他也不是真正科班出身的管事。

“你懂点会计吗？”我问。

“不，一窍不通。”他说，“两个数相加，我总犯难。”

“你懂点畜牧吗？”我继续问。

“是牛吗？”他问道，“不，不，我怕牛。”

“那你会开拖拉机吗？”

他的脸上掠过一丝希望之光。“不会，”他说，“不过我想我能学会。”

“但不是拿我的拖拉机来学，”我说，“埃曼纽松，你告诉我，你一直干些什么？你在生活中究竟干哪一行？”

他站起来，直挺挺的。“我是干什么的？”他叫道，“奇怪，我是一个演员。”

我心想，我的天！我完全无力对这位迷路的人提供任何实质性的帮助。现在该谈谈广义的人生了。

“你，是演员？这是一个好职业。你在舞台上喜欢扮演什么角色?"

"噢——我是一个悲剧演员," 埃曼纽松说,"我喜爱的角色是《茶花女》里的阿曼德,《群鬼》里的奥斯瓦尔德。"

于是,我们议论起这两出戏,谈及我们在这两出戏里看到过的演员,谈及我们对表演的看法。埃曼纽松环视了一下室内:"你这儿没机会搞到易卜生的剧本吗?要有的话,我们可以合作表演《群鬼》的最后一幕,如果你不介意扮演欧文夫人的话。"

我可没有易卜生的剧本。

"但也许你还记得住," 埃曼纽松还在挽救他的计划,"我自己能从头至尾背诵奥斯瓦尔德的全部台词。最后一幕极佳。你知道,真正的悲剧效果,是不可能磨灭的。"

屋外星光灿烂,好一个温暖而晴朗的月夜。大雨季不太远了。我问埃曼纽松是否真的打定主意去坦噶尼喀。

"是的," 他回答,"我要去的,现在我得给自己提台词。"

"你幸好没有结婚。"

"是,是," 他嗫嚅着,过一会儿又谦卑地补充说,"可是我已经结过婚了。"

言谈之中,埃曼纽松抱怨,在外面,白人没法和土著竞争,他们太廉价了。"要是在巴黎," 他说,"我总能在短时间内找到一份工作,比如在这家或那家咖啡馆里混个招待当当。”

“那你为什么不留在巴黎,埃曼纽松?”我问他。

他迅速地扫我一眼。“巴黎?”他说,“不,不,说实话,我不干。我离开巴黎正是时候。”

埃曼纽松在世界上有一个朋友,那天夜晚他多次提及。似乎他只要再遇到这位朋友,一切将会改观,因为那人既富有又慷慨。他是一个魔术师,周游世界。埃曼纽松最近得到的消息是这位朋友正在旧金山。

我们不时地谈及文学、戏剧,而后又回到埃曼纽松的前程上来。他给我讲他的本国老乡在这里是怎样一个个地背叛他。

“你处在困境之中,埃曼纽松,”我感慨道,“我不知道还能不能想出比你更走投无路的任何一个人。”

“是的,我自己也这么想。”他说,“但有一点,我近来想到了,可能你还没想到:总有人——不是你就是我——要受最大的罪。”

他喝干了那瓶酒,把杯子稍稍往外推了推。“这次旅行,”他说,“对我来说是一种赌博,不是红就是黑,成败在此一举。我有机会摆脱困难,我甚至可以摆脱一切。另一方面,我要是到了坦噶尼喀,我就可能有转机。”

“我想你一定能到达坦噶尼喀，”我说，“你可以搭公路上来往的印度人的卡车。”

“是的，但是有狮子，”埃曼纽松顿了顿，“还有马赛依人。”

“你信上帝吗，埃曼纽松？”

“信，信，信，”他答道，默默地坐了一会儿他又说，“如果我说出了我要说的话，也许你会认为我是一个极端的怀疑主义者。说实在的，除了上帝之外，我绝对什么都不信。”

“埃曼纽松，”我说，“你有钱吗？”

“是的，我有。八十分。”

“那不够，”我告诉他，“我这屋子里没有钱。但也许法拉赫有一点。”法拉赫有四卢比。

第二天清早，日出前，我叫仆人喊醒埃曼纽松，并给我们俩准备了早餐。夜里，我一直在想，我应该用车送他走完第一个十英里。对埃曼纽松来说，这无济于事，他还有八十英里要走，但我不愿看到他从我的门槛直接迈入他那吉凶未卜的命运。此外，我还想让自己在这一喜剧或悲剧中留下点痕迹。我给他装了一包三明治和煮得硬硬的鸡蛋，还送给他一瓶一九〇六年入窖的佳酿，因为他识货。我想，这说不定是他一生中最后的一瓶酒了。

天亮后的埃曼纽松，显得像一个传奇行尸，其胡须在地下长得特别快，可是从墓穴中走出来时，却风度翩翩。我们驱车前行时，他十分镇静安稳。来到姆巴嘎西河另一侧时，我让他下了车。早晨的空气清新，天空一丝云彩都没有。他要向西南方向进发。我扫视对面的地平线：太阳刚刚升起，暗中透红，像煮得很老的鸡蛋黄。我想着，再过三四个小时，它将变为白炽，在漂泊者的上空肆虐发威。

埃曼纽松向我道别，开始踏上征程，接着又折回来，再次向我告辞。我坐在车里，凝望着他。我在想，当他行进时，他会高兴有人在身后目送他。我相信，他那戏剧家的气质是那么突出，此刻，他一定深切而生动地感到自己正在离开舞台，正在消失；以他观众的眼睛，他会看到自己在离去。埃曼纽松出走了。这山峦，这荆棘树，这尘土飞扬的道路，难道不该予以怜悯，为他竖一块丰碑？哪怕只有一瞬间。

在晨风中，他的黑色长大衣飘卷在他的双腿上，酒瓶的长颈在一个口袋里露出来。我的心充满怜爱与感激之情。这种情感常从居家者的心头涌起，当他们想起那些徒步旅行者、世间的漂泊者，想起水手、探险家和流浪汉。埃曼纽松登上小山顶时，回过身来，摘下帽子向我挥舞。风吹得他的长发在前额飞扬。

法拉赫与我同坐车内，问道："波瓦拿到哪里去？"法拉赫尊他为"波瓦拿"——先生，是因着他在我家留宿，显示了他是有身份的人。

"去坦噶尼喀。"我答道。

"走着去吗？"

"是的。"

"愿真主与他同行。"法拉赫祝福道。

整整一天，我老惦着埃曼纽松，还走到屋外，向通往坦噶尼喀的公路眺望。到夜里十点钟左右，我听到西南方隐隐传来狮子的吼声。半小时后，那吼声又传过来。我不知那狮子是否正蹲伏在那件黑色的旧大衣上。此后的一星期，我设法打听埃曼纽松的消息，还让法拉赫去问问他那些在坦、肯之间跑车的印度朋友，有没有见到埃曼纽松，或者从他身边驶过。可是，没有人知道他的任何音讯。

半年以后，我惊奇地收到一封来自多多马[1]的挂号信——那里我不认识任何人。啊，这是埃曼纽松寄来的！信中有五十卢比——那是在他最初试图离开肯尼亚时向我借的，还有四个卢

1　多多马：坦桑尼亚的大城市。

比是还给法拉赫的。除了这笔钱款——这是我期望再次见到的世界末日的钱币——埃曼纽松还有一封充满感情、极富魅力的长信。他在多多马找到份差事——酒吧管事，不管是什么酒吧，反正混得不错。看来他具有感恩知报的天赋。那天晚上在庄园里的每一个细节，他都记得清清楚楚。他信中还多次提到自己在这边有不少朋友。他详尽地叙述了他去坦噶尼喀的旅程。他对马赛依人作了很多好评：他们在路上发现了他，把他带回部落，给予热忱的款待，表现出伟大的仁慈。大部分路程，他们轮流和他结伴而行，轮回了多次。他写道，他对马赛依人也够意思，给他们讲了他在许多国家的历险故事，以至于马赛依人都不想放他走。埃曼纽松一点也不懂马赛依话，要表现他的"奥德赛"，他一定重新拾起了哑剧的技艺。

我想，无论是埃曼纽松向马赛依人求助、避难，还是马赛依人接待、帮助了埃曼纽松，这一切都是顺理成章的。世界上真正的贵族与真正的无产者都理解什么是悲剧。对于他们来说，悲剧乃是上帝的基本信条、生存的基调——低音调。在这方面，他们与资产阶级的所有阶层迥然不同，资产阶级拒绝悲剧，忍受不了悲剧，对于他们来说，悲剧一词本身就意味着不愉快。白人中产阶级的移民与土著之间的许多误会皆源于此。表情严峻的马赛依人既是贵族又是无产者，在穿黑大衣的孤独漂泊者身上，他们会毫不迟疑地辨认出悲剧的轮廓；而悲剧演员，则在他们中间又恢复了本来的面貌。

朋友来访

朋友们来庄园做客，是我生活之中的一大乐事，我的兴奋溢于言表，庄园上上下下无人不晓。

有一次，在戴尼斯的长途旅行即将结束时，一个早晨，我无意中发现有个马赛依青年站在我的门前——一条修长的腿支在另一条腿上，金鸡独立。“贝达（戴尼斯的别称）正在路上，往回返，”他宣布，“两三天就到。”

当天下午，有个佃农的孩子从庄园外边赶来，在草坪上坐等，见我出来便说：“河边上有一群珍珠鸡。贝达回来，你要想为他打几只，等太阳下山我可以带你去。”

我的友人中不乏大名鼎鼎的旅行家。对他们来说，庄园之所以具有魅力，是因为它已成为一个稳定的落脚点，无论什么时候来，这里都保持素有的风貌。他们的足迹散布在广袤的异域土地上，他们的帐篷在多少地方支起，又在多少地方被折断、倒伏。现在他们回来了，都乐意沿着我庄园的小径徜徉。这小径恰如行星的轨道，经久不变。他们愿意见到那些熟悉的面孔——我在非洲的整个期间，手下的仆人都没有变动。我身在庄园，向往远行；他们远行归来却渴望书籍、亚麻布床单，还有带百叶窗的大房间里的阴凉。篝火旁，他们一直沉湎于庄园生活的欢乐。他们一回来，就急切地问我："你教会厨子做猎人蛋卷了吗？""上次邮班带来派特罗乞卡公司的唱片了吗？"我外出时，他们也来这里逗留。我回欧洲访问的时候，戴尼斯就占用我的房子，伯克里则称庄园为"我的森林疗养地"。

作为对物质文明的回报，徒步旅行家们给我带回他们的猎获物：可制作巴黎皮毛大衣的花豹和猎豹皮，可制皮鞋的蛇皮与蜥蜴皮，以及秃鹳羽毛。

为使他们愉快，在他们出门期间，我从破旧的名菜谱中挑出一些新鲜的菜试着做。我还设法让欧洲的花卉生长在我的花园里。

有一次在丹麦老家，一位老妇人送给我二十五个芍药球茎，我费了一些周折将它们带回肯尼亚——因为植物进口的规定很严。我栽下的芍药成活了，几乎当天就拱出了一丛丛深红色的弯曲的芽芽，不久便伸展成轻盈的叶片，又抽出圆圆的蓓蕾。第一朵绽开的芍药被称为“内穆尔公爵夫人”[1]，这是一朵又大又白的单头花，丰满而高贵，散发出清新、甜美、馥郁的芳香。我把它剪下来，插在客厅里的小瓶中。每一个踏入客厅的人都要在花前驻足品评一番。为什么？因为它是芍药花！可是，此花开放不久，其他的蓓蕾都凋零了，我再也没有过第二朵芍药。

几年后，我同麦克米伦夫人的花匠谈及芍药。“我们在非洲种芍药尚未成功，”他说，“只有想办法让进口的球茎在这里开花，然后取它的种子，才能成功。翠雀花就是这样引进来的。”照此说来，我早该将各种各样的芍药引进肯尼亚了，而我的名字也早该和公爵夫人那样不朽了。可惜的是我毁了这已向我走来的荣耀，将那朵独一无二的花摘了下来泡进水中。多少次，我梦见那朵白芍药长势旺盛，我高兴之至，庆幸自己没有把它摘下来。

到我这里来的朋友们，有的来自内地的庄园，有的来自城里。修斯·马丁在土地局供职，他从内罗毕赶来为我消愁解闷。他很出众，精通世界经典文学。他这一辈子是在东方的文官生涯中平安地度过的。在那里，他还发挥了一种天赋，显得如同一

1　内穆尔公爵夫人：以写回忆录著称的纳沙泰尔女君王。

个中国的弥勒佛。他把我称为“老实人”[1]，而他自己则是庄园的“邦葛罗斯博士”。对于人类本性中的平庸与卑劣，对于宇宙之浩渺莫测，他有着自己根深蒂固的信念，并以此自怡——难道不该如此吗？他往大靠椅上一坐，就懒得动弹。眼前有酒，脸上放光，他慢条斯理地宣扬自己的人生哲学，那思想的火花不时迸发出来，恰似物质与意识的磷光，倏忽而过，令人痴迷。这个胖家伙在人世随遇而安，在魔王那里又逍遥自在，魔王的信徒们在他身上盖下了清白的印记，较之主耶稣的许多信徒更受宠爱。

古斯塔夫·穆赫尔是一位大鼻子青年，来自挪威。他常像一只鹰似的在傍晚突然飞临我的宅邸——他自己的庄园在内罗毕的另一头。他是个出色的农夫，不但在口头上，而且在实际的农活中帮助我，要比在肯尼亚的任何朋友出的力都多。他那种随时助人为乐的劲头，单纯得就像他分内的义务。在他看来，北欧人似乎理应和衷共济。此刻，他又急如星火地飞临庄园，活像火山爆发飞出的一块石头。他说在这个国度里，人们一味谈论牛群与剑麻，他都要发疯了。他的灵魂空虚而饥渴，他再也不能忍受了。一进门他就絮絮叨叨，直至午夜时分。他什么都

1　老实人：“老实人”及“邦葛罗斯博士”均为伏尔泰最出色的哲理小说《老实人》中的人物。

说——爱情、《圣经》、卖淫等等。他吸着劣质烟叶，麻醉自己。他不想吃，也不想听他人的话。我要是插一句嘴，他会咆哮起来，气冲牛斗。那野性的小脑袋在空中乱撞。他内心有许多苦楚想摆脱，可他越说，那痛苦就越甚。到了半夜两点，他突然哑口无言，于是，稍稍平静地坐一会儿，脸上一副苦相，就像医院花园里一个恢复期的病人；接着，他就以可怕的速度一溜烟地驱车而去，准备再一次地抖擞精神，暂且也沉湎于牛群与剑麻之中去。

英格丽特·林斯特劳要是能摆脱一下自己在恩乔罗的农场、火鸡和花卉销售，也总是抽身来庄园小住一两天。她的父亲、丈夫都是瑞典军官。她皮肤白皙、心地纯正。她同丈夫带着孩子来非洲，原想作逍遥游，像搞一次野餐似的，可是为了赚点运气钱，她置办了一片亚麻地。当时亚麻每吨售价高达五百英镑，可好景不长，这价钱一下跌到四十英镑，亚麻田和加工机器等同废物。这时，她全力以赴挽救庄园，支撑家庭。她规划了饲禽场、花卉种植园，像奴隶似的卖命干活。在奋斗中，她深深爱上了自己的庄园，爱上了她的牛群、猪群与蔬菜，爱上了土著，爱上了她自己的那一方非洲土地。她的激情是那么狂热，为了保住庄园，她简直能把丈夫、孩子都卖了。我和她在流年不顺之时曾抱在一起哭泣，为可能失去土地而忧郁。英格丽特来陪伴我，那真是快乐的时光。她具有瑞典农妇传统的那种宽厚粗犷的性格，活泼快乐而讨人喜欢。她那饱经风霜的脸庞总是笑容可掬，露出一排洁白坚固的牙齿。这种性格使瑞典人赢得了世人的偏爱。即使在悲哀之中，他们也能将一切归揽于自己的胸怀，如此豁达开朗，感人至深。

有一个吉库尤老头在英格丽特家帮佣、做饭。他名叫凯莫沙，常随女主人外出办事，将她的一切事务当作自己的事一样尽心照料。凯莫沙在花圃和饲养场里为英格丽特玩命干活，对她的三个小女儿，又像保姆似的接送于庄园与寄宿学校。我去恩乔罗庄园做客时，英格丽特告诉我，凯莫沙按捺不住心头的激动，也失去了对一切的控制力，操办了盛大得不能再盛大的宴会来招待我，还宰了许多火鸡，这是因为法拉赫的慷慨给他的印象太深了。英格丽特告诉我，凯莫沙把与法拉赫结交视为他生存的最大荣耀。

恩乔罗的汤普逊夫人与我素昧平生，却也来见我。医生通知她将不久于人世。她对我说，她刚在爱尔兰订购了一匹小马——跳马赛获奖者。马匹对于她，不管在世与否，都是生存的理想和光荣。而现在，与医生谈话后，她也曾打算电告家里停止发运小马，可后来终于决定将它留给我——一旦她谢世。我没有太往心里想，然而，当她仙逝半年后，那匹小马——玻尔·鲍克斯却出现在恩戈庄园。与我们生活在一起后，它证实了自己不愧是庄园最聪明的马。从外表看，它不太美，又矮又壮，比实际年龄显得老。戴尼斯常骑它，我却不太骑。但是就其机敏与谨慎，就其深知自己的使命而言，它从一群俊美而年轻的烈马之中脱颖而出，被肯尼亚的大富翁们挑出来，参加由王尔斯王子主持的卡贝坦跳马赛，并光荣获胜。它带着惯常的谦逊稳重的风采与表情，捧回来一枚银质大奖牌。在我们整整一周的焦虑不安之后，它在我家以及整个庄园激起了喜气洋洋的、征服与凯旋的热浪。六个月后，它不幸病死，被安葬于马厩外的柠檬树下。多少人哀悼它，玻尔·鲍克斯的英名长年不朽。

布尔派特老先生，在俱乐部人称查尔斯大叔，常来与我共进晚餐。他是我的一位崇高的朋友，也是我心目中的一种理想——维多利亚时代的英国绅士。我们在一起十分自在。他曾经横渡赫勒斯滂海峡，也是最早登上曼德角山峰的旅行家之一。在他的青年时代——也许是上世纪八十年代，他曾是奥坦萝[1]的

1 奥坦萝：当时的一位巴黎名媛。

情人。他告诉我，奥坦萝将他毁了，又抛弃了他。我俨然是与阿曼德[1]或格里沃克斯共进晚餐，他有许多奥坦萝的精美画片，很喜欢谈起她。

有一次，在恩戈庄园的晚宴上，我问他："我见到奥坦萝的回忆录出版了，里面有没有你呀？"

"是的，"他回答，"我在里面，换了个名字，只是在书里。"

"她都写了你什么？"

"她写道，"他说，"我是一个年轻小伙，为了她，六个月花了成千上万镑钱，但我花得完全值得。"

"那你认为，"我笑了，"你的钱真花得那么值吗？"

他稍稍思索了一会儿说："是的，完全值得。"

在他七十岁生日那天，我、戴尼斯与他在恩戈山顶上野餐。我们一坐定便开始讨论一个问题：如果我们可以有一对真的翅膀，永远不能卸下，我们是否愿意。

老布尔派特坐着，眺望着我们脚下那片广袤的国土，那恩戈山区的绿色土地，以及两边的大裂谷，仿佛已做好准备，随时可以起飞。

1 阿曼德：《茶花女》中的男主人公。

“我愿意接受这对翅膀。再没有比翅膀更令我向往的了。”他沉吟片刻又说,“我想,要是我是一位女士,这个问题倒是需要考虑考虑。”

飞行记

戴尼斯在非洲，除了我们庄园没有另外的家。他狩猎的间歇住在我这里，书籍、唱机之类也留在这儿。每当他回到庄园，一切都向他敞开。庄园也会说话，如同咖啡园会絮语一样。当雨季的第一场新雨过后，咖啡花开了，湿漉漉的花朵汇成一片白垩般的云朵。我等待着戴尼斯归来，听到他的汽车声响亮地由远及近，我会听见庄园里的一切都在叙说真实的故事。戴尼斯在庄园是愉快的，他只有在想来的时候才来。庄园深谙他心中的一种品性——世上他人不理解的谦卑。他干的都是自己愿意干的事，从不越轨。他的嘴也很严谨，从来不耍滑头。

戴尼斯的性格中有一点很值得我珍惜——喜欢听别人讲故事。我总以为在佛罗伦萨遭灾之际，我可以崭露头角。时尚更迭，听故事的艺术在欧洲失传了；非洲土著不识字，却依然保持这种艺术。你只要对他们讲个开头:“从前有个人,走在草原上,在那里遇上了另一个人……”就会把他们都吸引过来,他们的心运行在草原上那个人不可卜测的轨道上。而白人,明明感到该听那个故事,也不屑一听。要是他们安静下来,记不起马上要干的事,他们就会入睡。这些人会向你要点什么读读,会坐到深夜,沉浸于他们拿到的任何印刷品,甚至连一篇演讲都会读下去。他们惯于用眼睛摄取对外界的印象。

戴尼斯则常年用耳朵生活,较之读故事更愿意听故事。他来到庄园便会问:“你有故事吗?”在他出门游猎期间,我编了许多故事。多少个夜晚,他津津乐道,在火炉前铺上垫子,像客车车厢似的,与我一起席地而坐,盘上腿。他忽闪着明澈的双眸,聆听那些长长的故事,从头至尾,兴致勃勃。对故事情节,他比我记得还清楚。在某个人物戏剧性地出现时,他会打断我说:“这人在故事开头就死了,不过没关系的。”

戴尼斯教我拉丁文,教我读《圣经》和希腊诗歌。他能背诵《旧约》大部分篇章,外出时总带着《圣经》,这在穆斯林中赢得了高度评价。

他还送我一台留声机,这真叫我快活。留声机给庄园带来新的生命,变成了庄园的声音——“歌鸲是林间空地的灵魂”。

有时我在咖啡园或玉米田里，戴尼斯会不期而至，带来新的唱片，打开唱机。当我沐着夕阳，骑马归来时，美妙的乐曲弥漫在黄昏清凉的空气中，如一股溪流向我涌来，宣告他的到来，仿佛他一直在冲我大笑，像平时那样。土著们也喜爱留声机，常常站在房子周围倾听唱片中飞出来的音乐。有时我单独与他们在屋里，他们会点一支爱听的曲子，要我播放。真有意思，卡曼坦出于偏爱，总是要求欣赏贝多芬的C大调钢琴协奏曲。他头一次要我放这张唱片时，不知费了多少工夫才解释清楚他所需要的乐曲。

可我和戴尼斯的音乐趣味并不一致。我喜欢古典的作品，而戴尼斯，似乎有必要弥补其与时代的不和谐，在一切艺术领域里，他的兴趣是尽可能地具有现代感。他爱听最新潮的音乐。“我也喜欢贝多芬，”他说，“如果他不平庸的话。”

我与戴尼斯在一起，不论什么时候，都有幸遇上群狮。有时他出猎两三个月归来，正在大伤脑筋自己未能为欧洲客商捕获一头健美的狮子，恰好马赛依人来到我的宅子，求我出去打一头正在吃他们牛羊的雄狮或母狮。要是我和法拉赫赶到野外，在马赛依村落里宿营，守候狮子，或在清晨巡视，收获都不大，很少发现狮子的影踪。可是我和戴尼斯骑马出去，草原的狮群又好像总在附近一带恭候我们：有时野餐时能遇到，有时能见到它们走过干涸的河床。

一个元旦的清晨，日出之前，我与戴尼斯登上通往那罗克的新公路。路面很差，我们尽可能地开着快车。

头一天，有个朋友去南方赴狩猎会，戴尼斯借给他一支重步枪。到了夜里，他忽然想起来忘了向朋友交代步枪上的某个机关，弄不好会使微火触发器走火。他十分担心那个猎友因不会操纵而误伤。于是我们想，没有什么好办法，只有尽早出发，抄新公路在狩猎会之前赶到那罗克，路程有六十英里，穿过几处坎坷不平的地段；狩猎队跟着重载的汽车，走的是老公路，行进较慢。唯一的麻烦之处是我们不清楚新公路是否一直通往那罗克。

非洲高原的清晨，空气之新鲜、冷冽几乎是可以触知的。一种幻觉反复地萦回在你的脑际：你不是在地面上，而是在暗暗的深水之中，沿着海底向前行走。你甚至不敢肯定你是在移动，那冲着你的脸吹来的寒流，也许是深海的涌流；而你的汽车，就像有点呆滞的电动鱼正蹲伏在海底，朝着前方目不转睛地亮着光闪闪的灯眼，一任海洋生物掠过身旁。星星如此之大——它们不是真正的星星，而是星光的反射，在水上闪闪烁烁。沿着你的海底之路，种种生物，色彩比其周围更暗，不时地出现、蹿跳，闪进长长的水草里，就像螃蟹与沙蟹夺路遁入细沙之中。光线越来越亮，在日出前后，海底升出海面，像一座新升起的岛屿。各种气味在你身边急速地回旋，有橄榄林新鲜的气味，有野草燃烧后的咸腥味，也有腐烂物令人窒息的气味。

卡努西亚，戴尼斯的仆人，坐在方匣般的车厢后排，他轻轻地碰了一下我的肩头，指着右边。路旁，十二至十五码处，有一大堆黑乎乎的东西，俨若海牛憩息在沙滩上。它顶上不知有什么东西，在深水中搅和。过一会儿我才看清，原来是一头死去的大雄长颈鹿，看样子遭枪击有两三天了。长颈鹿系禁猎之物，事后我和戴尼斯不得不为自己辩护，否定杀鹿之过。我们能证实在见到它时它已死去好几天了，虽然一直没有破获是谁、为什么枪杀它。在长颈鹿庞大的尸体上，一头母狮正津津有味地大嚼特嚼，此刻，它抬头耸肩，观望着跑过的汽车。

戴尼斯停下车，卡努西亚拿起他肩上的步枪。戴尼斯轻声问我："我可以打它吗？"——他在恩戈山历来是服从我的狩猎助手。我们那时穿越的地方，正是马赛依人到我住宅报告牛群接二连三地受害的地方。现在终于到了结束这头害狮的性命的时候。我点点头。

戴尼斯从车上跳下来，往后退了几步。这时候，母狮也蹿下来，躲在长颈鹿尸体后头。戴尼斯绕着长颈鹿跑了几步，站在射程之内，砰砰开枪。我没有见到母狮怎样倒下，但当我下了车赶到那儿时，母狮已倒毙在一个黑色的大池塘里。

我们没时间剥下狮皮，为了及时赶到那罗克，我们必须迅速驱车前进。我们环视四周，记住了这个地方——长颈鹿的尸臭味是如此强烈，我们不至于在返程中错过。

但是，我们又行驶了两英里，前方没路了。修路工的一堆工具扔在那里，工具堆的另一边是一大片石头地，在清晨看上去灰蒙蒙的，似为人迹所未至。我们看看这堆工具，又望望那片石地，看来只有让戴尼斯的那个朋友靠自己的运气别出事才好了（事后我们得知他一直没有机会用那支步枪）。我们只好往回返。我们掉转车头，眼前东方的天空正映红草原和山峦。我们驶向东方，一路上谈论着那头母狮。

长颈鹿尸体渐渐出现在视野内，这回我们可看得一清二楚了——光线投在它的一侧，它的皮毛上散布着深色的斑块。驶近它时，我们发现一头雄狮站在它身上。距离越来越近了，我们的位置稍低于长颈鹿尸体。雄狮直立其上，面部光线暗淡，它身后的天空正燃得通红。好威武的雄狮，一缕狮鬃随风飘拂。我从车内站起来，雄狮的形象如此令人印象深刻。这时，戴尼斯说："你该开枪了。"我从来不喜欢用他的步枪，那枪太长太重，后坐力太强。然而，这一枪却是爱的宣言，这步枪难道不该是口径最大的吗？我开枪时，依稀感到狮子腾空而起，又伸腿扑地。我站在草丛中喘息着，为远距离命中而喜形于色。我绕着长颈鹿尸体盘桓，那里正是经典悲剧之第五幕，它们都呜呼哀哉了。长颈鹿显得出奇地庞大、严峻，四腿挺直，长颈挺直，腹部被狮群撕破。母狮仰面倒毙，面庞上还留着干号咆哮的表情，它是悲剧中的女角色。雄狮倒在离它不远的地方。这雄狮怎么不记取母狮命运的教训呢？它的脑袋埋在两只前爪间，那威武的鬃毛覆盖着它，犹如一件王室的大氅。它安息在一个大水塘中。此刻，晨光如此美妙明亮，这水塘竟染成一片猩红。

戴尼斯与卡努西亚卷起袖口，在日出的时候剥取狮皮。休息时，我们喝起红葡萄酒，吃着葡萄干和杏仁。我带了这么多食品在路上吃，因为今天是元旦。我们坐在矮草中，吃着、喝着。那两头死狮子离我们不远，剥皮之后显得那么健美：它们身上没有一丁点儿过剩的脂肪，每一块肌肉都是一道遒劲的曲线。它们无须任何装饰，它们从头至尾都是天生的风采。

我们坐着，坐着，骤然间一个阴影投在草地上，投在我的脚上。抬首仰望，在高高的蔚蓝的天空中，我能辨认出几只秃鹫在盘旋。我的心顿时轻飘飘的，犹如风筝系在一条细线上飞入高空。我即兴作诗一首：

苍鹰的影子在草原上盘桓
飞向那远处蔚蓝的无名山峦
斑马圆鼓鼓的影子
一个个投落在它们潇洒的四蹄之间
凝固着，一动也不动
它们在等候黄昏，等候将四肢舒展
等候草原上的一片瓦蓝，被夕阳涂染
镀上砖红色，等候
去池塘边徘徊唱晚

我和戴尼斯还有过另一场与狮子戏剧性的遭遇。实际上它发生于我们友谊的初期。

那是小雨季的一个早晨，尼考尔斯先生——一个南非人，那时是我的经理——火急火燎地赶到我的住房，告诉我夜间两头狮子来到庄园，咬死了我们的两头牛。它们闯进了牛圈的篱笆，把咬死的牛拖到咖啡园。其中一头牛被它们在园里大嚼一顿，另一头倒卧在咖啡树丛中。他问我要不要给他开个条去内罗毕搞点“士的宁”药来？这样他可以马上往牛尾上撒药，因为他认为那两头狮子当晚肯定还会来的。

我考虑了一下，不愿意给狮子投放“士的宁”毒药。我告诉了他。他一听，不由从激动转为恼怒。这些狮子，他说，如果放任不管，它们下次还会来。它们咬死的公牛是我们庄园里最强健的工作牛。我们经受不起再多的损失。他还提醒说我的马厩离牛圈不远，不知我想到这一点没有？我于是解释，我无意在庄园养狮子，只是认为不应毒死，而应枪杀它们。

“那谁去开枪？”尼考尔斯问，“我不是胆小鬼，可我是有家小的人，我不愿无谓地拿自己的生命冒险。”的确，他不胆小，他是一个有勇气的小人。“枪杀并不明智。”他说。不，我说，我无意强迫他去打狮子，戴尼斯先生头晚来了，住在庄园，我和他一起去打。“噢，那行。”尼考尔斯说。

我返身进屋，去找戴尼斯。“来吧，”我对他说，“让我们去无谓地冒险一下。如果我们的生命有什么价值，那是因为我们现在没有得到任何价值。生活自由自在，谁想去死？”

我们下山去，果然如尼考尔斯所言，我们发现了咖啡园里的死牛，它健壮得令人想象不出狮子能触动它。狮子在潮软的地面留下深深的清晰的足迹——两头大狮子夜里来过这儿。顺着足迹，很容易便穿过咖啡园，跟踪到贝尔克奈普住房附近的树林。可待我们来到树林边时，大雨倾盆而泻，很难看清任何东西。无论草丛还是灌木林，我们再找不见狮子留下的踪迹了。

“戴尼斯，你以为它们今天晚上还会再来吗？”我问。

戴尼斯对猎狮有着丰富的经验。他告诉我，狮子今夜会早早赶来吃掉剩肉。我们得给它们点时间，稳住它们。等九点钟我们再下来到达现场，然后从行囊中取出手电筒，为射击照明。他让我自己选择做些什么，我宁可让他开枪，而自己在一旁为他打手电。

为了在黑暗中能顺路摸到死牛那里，我们裁了一些纸条，系在我们穿行的咖啡树两侧，并用白石子撒在我们走的道上做标记。这条道直通行凶现场。在尽头，离死牛二十码处，我们在树上系了一大张纸片。在这里我们停下来，打手电、射击。黄昏时分，我们拿出手电试了一下，电池的电不足了，光线太昏暗，可又没时间去内罗毕买新的，只好凑合着用。

那天正是戴尼斯生日的前夕。我们吃晚饭的时候，他忧心忡忡，流露出低沉的情绪——他至今在生活中未得到满足。我安慰他，也许在他生日之晨到来前，会有什么好事降临。我吩咐朱玛拿出一瓶葡萄酒准备等我们回来时喝。我一直在想那两头狮子：此时它们在哪里？它们正在过河吗？是一个在前，一个在后，慢慢地、悄悄地走来吗？小河中轻柔凉爽的水流正淌过它们的胸脯和两胁吗？

九点整，我们出发了。

天还下着小雨，但有月亮。月儿不时地在高高的夜空透过一层层的厚云，露出朦胧的白皙的脸庞，淡淡地返照在百花盛开的咖啡园里。我们远远地路过小学校，那里灯火通明。

见此情景，我心中不由掠过一阵胜利、欣喜的波浪，我为我的村民感到骄傲。我想起了所罗门国王的名言："懒散的人说，一头狮子正在路上，狮子是在马路上。"此时此刻，两头狮子正在学校门外，而我的学童们并不懒散，并未为狮子而弃学离校。

我们找到了做了标记的两行咖啡树，稍稍停了一会儿，便一前一后在树间穿行。我们穿着鹿皮软鞋，悄悄地走着。我因激动而有些摇晃、颤抖，不敢走得离戴尼斯太近，怕他觉察出我的兴奋，把我赶回家；可我又不能离他太远，因为他说不定什么时候需要我打手电。

不久，我们发现那两头狮子已在其猎物的尸体上大啖其肉。

它们听到了我们的动静，或是嗅到了我们的气味，从牛尸体上下来，悄悄走进咖啡田里，仿佛是为我们让路。也许它们觉得我们过得太慢，有一头狮子在我们前方和右侧发出低沉、嘶哑的吼声。那声音如此低沉，以至我们把握不定是否真的听到了狮吼。戴尼斯停了一秒，头也未回地问我：

“你听见了吗？”

“是的。”我回答。

我们又朝前走了几步，那沉沉的吼声又响起来了，这回直接来自右侧。“打上手电！”戴尼斯命令。这可不是一件易事，他个子比我高得多，我得将手电光打过他的肩头，为他射击及前方照明。我亮起手电，整个世界骤然间变成一个明亮灿烂的舞台，咖啡树湿漉漉的叶片闪着光亮，地上的泥块也清晰可见。

手电的光最先惊动了一只瞪着眼睛的小豺狼，模样很像狐狸。我继续晃动手电，这下照到了一头狮子，它迎面站着，显得很轻松，身后是黑沉沉的非洲夜色。一声枪响，就在我近旁。我毫无精神准备，甚至听不出是什么声响，像是雷鸣，又像是我的身子被推到狮子那头。狮子像块石头般地倒下了。“继续照！继续照！”戴尼斯冲我大叫。我挥舞着手电，挥啊挥，我的手颤抖得如此厉害，以至那光圈——控制着整个世界，在我的指挥下——跳起了舞蹈。我听到了戴尼斯在黑暗中的笑声。事后他对我说:“照见第二头狮子时,那手电光有点儿晃悠。”在电光舞的中央,是第二头狮子,它避开我们,半躲在一棵咖啡树后。当手电光扫到它时,它将脑袋转了过来,戴尼斯正好开枪。狮子倒在光环之外,可又站起来,进入光圈,踉踉跄跄地朝我们扑过来。第二颗子弹出膛,狮子发出一阵长长的、暴怒的呻吟。

非洲,在刹那间变得无穷寥廓,而我与戴尼斯站在非洲大地上,显得无限渺小。在手电光之外,除了黑暗,还是黑暗。在黑暗之中,两个方向陈放着两头狮子的尸体。天空中细雨霏霏,当那深沉的吼叫消逝之际,任何动静都没有了。狮子安详地躺着,脑袋侧向一边,似乎是一种厌恶的姿势。就这样,咖啡田里有两头死去的大动物,夜的沉寂笼罩着一切。

我们向狮子走去,步量着距离。从我们站的地方到第一头狮子是三十码,离另一头狮子二十五码。它们都是发育完全、年轻、健壮的雄狮。这一对亲密的朋友,进出山峦,周游草原,形影不离。昨天刚做了惊险的壮举,而今却因这壮举而丧生。

这时,所有的学童都从学校出来,涌向通道,看见我们便停下脚步,低声呼叫:

“姆沙布,是你在那里吗?是你吗?姆沙布,姆沙布?”

我坐在一头狮子身上，大声应道：“是的，是我在这儿。”

于是，他们走过来，壮着胆提高了声音：“是贝达打死的吗？两头狮子都是他打的吗？”当他们听到事实果然不出所料，就轰地一下子散开，俨然夜间的小野兔，蹦蹦跳跳。他们即兴而唱，歌词是：“三枪，两狮。三枪，两狮。”一边唱，一边变化调门，高音低音此起彼伏。他们信口编唱：“三枪打得准，两头大狮凶又猛。”然后齐声合唱令人陶醉的副歌：“A、B、C、D——”他们刚放学，头脑里充满着智慧。

不一会儿，许多人都赶到现场，提着防风灯：碾面厂的工人，附近村落的农民，还有我的仆人们，从四面八方赶来。他们围着狮子谈论着。卡努西亚和他的助手拿来了刀子，开始剥狮皮。其中一张狮皮后来被我赠送给印度的大教主。波莱·辛格也出现在现场，穿着一件长袍，显得说不出的轻快。他那印度人特有的甜笑绽开在浓密的黑须之中，他高兴得说话都结结巴巴了。这个印度人急切地要为自己搞些狮子油——他们很稀罕这种油脂，认为是一种妙药。从他打的手势中，我猜想此油对治疗关节炎和阳痿有奇效。咖啡园里异常喧闹、活跃，雨也停了，月亮的清辉临照在所有的人身上。

我们回到家中，朱玛拿来那瓶酒，打开瓶盖。我们淋得太湿了，浑身是泥浆、血污，脏得坐不下来。于是就站在餐厅燃烧正旺的壁炉前，一杯接一杯地痛饮那欢乐、喜庆的醇酒。我们一言不发。在狩猎中，我们配合默契，融成一体，互相之间没有一句多余的话可说。

友人们从我们的历险中汲取了不少乐趣。后来我们去俱乐部跳舞时，布尔派特老先生整整一个晚上没有跟我们讲话。

我想，正是有了戴尼斯，我的庄园生活才享有了那最激动心灵的、最大的愉快：我曾与他一起飞越非洲上空。非洲公路稀少，有的地方甚至没有，你尽可在草原上降落，飞行会成为你生活中至为重要的乐事。它为你打开了另一个世界。戴尼斯带来了他的“莫斯”型小飞机，能降落在庄园的草原上，离我的住宅只有几分钟的路程。我们几乎天天在空中飞行。

当你飞越非洲高原之际，你的视野中会出现如此壮观的景致：那令人惊喜的光线与色彩的组合、变化，那阳光普照的绿色原野上的一挂彩虹，那巨大的垂直的云朵，那气势非凡的黑色暴雨，这一切的一切在你周围追逐、舞蹈。急泻而下的雨水将天空冲得白茫茫一片。真没有恰当的词语来描绘飞行的经历，新的词汇须随着时光的流逝创造出来。当你飞越大裂谷和苏斯瓦、龙戈诺特火山时，你会感觉自己来到了遥远的月球背面的大地上空。有时候，你又能超低空飞行，清晰地观赏草原上的动物，就像上帝刚刚创造出这些生灵，你感到它们如此亲近，只差亚当为它们起名了。

但是，令你兴奋愉快的，不是幻觉，而是行动本身。飞行者的乐趣与荣耀全寓于飞行之中。常年住在都市的人们真是苦极了，像被奴役的奴隶，在一切运动之中，他们只知道一维空间的事物。他们沿着一条直线行走，恰似被一根线牵引的木偶。当你信步穿越田野、树林，从直线登上了飞机，你进入了二维世界，那是辉煌的奴隶解放，如同法国大革命。但只有在空中，你才进入三维世界彻底自由的王国，经过漫长岁月的流亡与梦想，那思乡的心扑入了宇宙的怀抱。重力与时间法则：

……蕴蓄于生命的绿树之中
运动仿佛是被驯服的野兽，谁人知晓
它们将何等的温顺谦恭！

每当我坐着飞机升起，俯瞰大地，感到自己离开了地面，我就会产生一种豪壮的发现新大陆的意识。“啊，我明悟了，”我想着,“这正是我追求的观念。此刻,我无所不知。”

一天,我和戴尼斯飞往纳特隆湖,该湖在庄园东南九十英里处,海拔两千英尺,比庄园地势低四千英尺。纳特隆湖盛产碱,湖底、湖岸有如白色的混凝土,散发出强烈的碱味。

天空一碧万顷,可是当我们从草原起飞,进入荒凉的岩石耸立的低地上空,一切色彩宛若被烧焦、烤煳了。我们下面的大地近乎微妙地布满斑点的龟壳。蓦然间,龟壳之中现出一方湖泊。那白花花的湖底透过水波折射出——从空中看来——一种强烈的、令人难以置信的蔚蓝。色彩是那么鲜明,你凝望一会儿,就会闭上自己的眼睛。浩瀚的湖水横嵌于光秃秃的茶色大地之中,活像一大块耀眼的海蓝宝石。我们一直向上飞升,此刻又开始下降。低飞时,我们的投影在浅蓝的湖面上映出深蓝色的色块,在我们下面抖动。这里生活着成千上万只火烈鸟,虽然我不明白它们是怎样生存在含碱的水中——那里面什么鱼也没有。我们靠近时,火烈鸟飞散开来,形成一个个大圆圈或扇面,恍如正在升起的太阳放射的光芒,又像丝绸或瓷器上中国的艺术图案。这些图案在我们眼前不时地变幻着。

我们登上白花花的湖岸,那热烘烘的劲头犹如烤箱。我们在机翼下的阴凉处席地午餐。你要是把手伸出阴影,那炙热的太阳会灼痛你的手。我们的瓶装啤酒，刚从飞机上取出时还十分凉爽，可一刻钟光景，我们还没喝完，这手中啤酒就如同一杯热茶了。

我们午餐时，一队马赛依武士出现在远处的地平线上，匆匆朝我们赶来。他们一定是在远处发现飞机降落了，决意过来仔细瞧瞧。徒步路程多远，即使在这片土地上，对马赛依人也无所谓。他们走来了，一个挨着一个，裸着身体，又瘦又高，手中的武器闪闪发光。那黑黝黝的形象，使人想到黄灰色沙地上的一块块泥炭。他们的脚下移动着小小的阴影——除了我与戴尼斯的，这些是这片土地上眼睛所能见到的仅有的活动的阴影。他们走到我们跟前时，站成了一排，互相交头接耳，评论着飞机和我们俩。要是在上一辈，遇到他们，简直会要我们的命。过了片刻，其中一个马赛依人走上前来跟我们搭话。他们只能讲自己的土话，我们又只能听懂只言片语，交谈很快就停顿了。那武士退回同伴们那里。几分钟后，他们转过身，一列纵队鱼贯离去，前方的盐碱地白炽刺眼，火烧火燎。

“你想飞往那依万霞湖吗？”戴尼斯问，“不过这段路的地面崎岖不平，途中我们没法降落。我们只有拉高飞行高度——一万二千英尺。”

从纳特隆湖飞到那依万霞湖是九死一生的冒险。我们飞直线，一路保持一万二千英尺的高度——真高哇，底下什么也看不见。在纳特隆湖，我脱下了小羊皮的帽子，现在到了高空，空气冷得像冰水，直扎我的前额。我的头发全往后飘，脑袋好像都吹掉了似的。这个路线，实际上与阿拉伯传说中的大鹏每晚飞的路线一样，只不过方向相反。那只大鹏的两只利爪各擎一头小象，从乌干达返回阿拉伯半岛。你坐在你的驾驶员前头，你的前方是浩渺的宇宙。你觉得你在他伸出的手掌上飞行，就像迪金[1]在空中挟持阿里王子那样，托举你的正是他的翅膀。我们在那依万霞友人的庄园里降落。那些小巧的房屋及四周更小的树木，在我们降落时，仿佛纷纷向后倾倒。

有时我和戴尼斯没有时间出远门，就在恩戈山上空做短途飞行，一般是在日落时分。这些山峰——居世界最美的山峰之列——也许从高空俯视最为壮观。这四座山峰轮廓分明，随着飞机忽而上升，忽而前进，忽而又猛地下沉，恍若平展展的小草坪。

在山里有野牛。我年轻时——执意要将每一种非洲野生动

1　迪金：吉卜林儿童读物《正是如此的故事》中的沙漠之神。

物都打一个，制成标本——就在这儿打死过一头公野牛。后来，我打猎的劲头不如观赏的瘾头大，我在野外常见到野牛。我曾在半山腰的泉水旁宿营，带上我的仆人、帐篷和口粮。我和法拉赫还在黑沉沉、冷冰冰的清晨到灌木丛和高草里攀缘、爬行，希望能发现野牛群，可是有两次都失败而归。野牛们生活在那里，是我西边的邻居，在庄园生活中颇有价值。不过，它们是心灵敏感、自给自足的邻居。山峦的古老风尚现在多少减弱了，它们接受的恩赐不多。

但是，一天下午，我正在与内地来的几位朋友喝茶，外面戴尼斯从内罗毕飞来，越过我们上空向西飞去。过了一阵，他返回来降落在庄园之后，我和迪莱米亚女士驾车去草原接他。可他没从飞机里走出来。

“野牛在山上吃草，”他说，“走吧，去瞧瞧它们。”

“我去不了，我家里有一个茶会。”我说。

“可我们去看一下，十五分钟就回来。”

这对我简直像在梦中得到人们的恩惠。迪莱米亚女士不想坐飞机，我便登机随行。我们在阳光下飞行，可山坡却处在一片半透明的褐色阴影里，我们很快飞了进去。不一会儿，我们就在空中望见了下面的野牛。在一处长长的、翠绿的山坡边——

如一块巨大的苫布的褶皱，从山顶延伸到恩戈山的一侧——有二十七头野牛在吃草。起初，我们看到它们一长溜地徜徉，犹如一队老鼠缓缓行进在地板上。可当我们俯冲下去，在距它们一百五十英尺上空的最佳射程之内盘旋，点着数时发现，它们原来是在安详地组合、分散，分散、组合。牛群中有一头又大又老的野牛，一两头刚成年的公牛，还有一些牛犊。它们活动的草地开阔平展，处于灌木丛的环抱之中。一旦有陌生者接近，它们马上就会听出和闻出来。但它们从未提防来自空中的进击。我们必须一直在空中盘旋。它们听到马达的声音，停止了吃草，却似乎没有反应过来，不往上看看。最后，它们终于意识到附近出现了非常怪异的东西。老牛率先走到前列，昂起它那对沉甸甸的牛角，向看不见的敌人示威，四足牢牢地支在地上。突然，它向山坡下走去，一会儿又慢跑起来。整个家族都跟随它惊跑惊窜。它们扬起了一阵阵尘土与碎石片，转入灌木林。在丛林深处，它们停了下来，互相紧挨着。看上去，山里的这片空地像被深灰色的石头铺垫起来。在这里，它们自信不会被发现，严阵以待准备随时迎战任何地面来客。可是它们毕竟躲不过天空中飞鸟的眼睛。我们拉高飞开了。那经历俨如沿着一条秘密、未知的小路探进了恩戈山的心脏一般。

等我回到茶会上，石桌上的茶罐还热得很，把我手指都烫了。先知穆罕默德也有同样的经历，当他打翻了一罐水，天使长哲布勒伊莱[1]前来接他，带着他遨游七重天，待到先知回到世上的时候，那罐水还未溢出来。

在恩戈山还栖息着一对老鹰。每当下午时分，戴尼斯常说："让我们去拜访那对老鹰。"有一次我曾见到其中一只老鹰蹲在山顶附近的一块石头上，又冲上天空。当然，它们的整个生命都是在空中度过的。多少回，我们追逐老鹰，在机舱中时而向一侧倾斜，时而被抛向另一侧。一定是这目光锐利的飞禽在戏弄我们。有一次，我们与老鹰比翼齐飞，戴尼斯在半空关了引擎，我都听到了老鹰的尖叫声。

土著们喜欢飞机，有那么一度，画飞机成为庄园里的一种时髦。我常在厨房的纸片上、墙壁上发现飞机的速写，连那四个字母——ABAK——也小心翼翼地模拟在上面。但我相信，土著并不是真正对飞机或我们的飞行产生兴趣。

土著不喜欢高速，正如我们讨厌嘈杂。高速，对于他们，至少是经受不住的。他们对时间也十分看重，脑子里从未有过消

1　哲布勒伊莱：《古兰经》中的一位天使长。

磨或浪费时间的打算。而实际上，你给他们的时间越多，他们越高兴。你若派给吉库尤人一个任务，要他在你外出时，牵着你的马，你从他的脸上可以看出，他希望你走得越久越好。他不试图打发时光，而是坐下来，过日子。

土著对机器或机械也没有多少热情。有一伙年轻人为欧洲人开汽车的热情所倾倒，但一个吉库尤老头却对我说，他们会早死的。看来他好像是对的，叛徒往往出自一个民族的弱处。在文明的发明中，土著欣赏、信服的是三大件：火柴、自行车和步枪。可是一说起母牛来，他们又会将这三大件弃置一旁。

福莱克·格莱斯沃特·威廉斯，移居在凯东峡谷，曾带着一名马赛依助手去英国。他告诉我，马赛依人到那里一周后，便在海德公园里骑马，就像他生来就住在伦敦似的。后来，这个马赛依人回到非洲，我问他英国什么最好，他神情严肃地思考我的问题，良久，才彬彬有礼地回答：白人的桥修得非常精美。

凡是未经人力或自然力的明显干预而自行启动的事物，老土著除了不相信或对其怀有某些羞耻感觉外，我从未见过还有什么表示。人类从心底对巫术感到厌恶，如同厌恶什么不体面的东西。他可以对其效应发生兴趣，但对其内中隐秘不予探究，从不试图从巫婆那里掏出其酿酒的确切配方。

有一次，我和戴尼斯飞行归来，刚降落在庄园的草原上，一位年迈的吉库尤老人走来，跟我们攀谈：

“今天你们飞得太高，我们都看不见你们了，只听到飞机像蜜蜂似的唱歌。”

我承认我们飞得很高。

“你们见到上帝了吗？”他问。

“没有，恩特维蒂，”我答道，“我们没见到上帝。”

“哈，那你们飞得还不够高。”他又说，“可是，告诉我，你觉得你能飞得高高的，高到能见到上帝吗？”

“我也不知道，恩特维蒂。”我说。

“那你，贝达，”他转向戴尼斯，“你觉得怎么样？你能把飞机升得高高的，见到上帝吗？”

“我真的不知道。”戴尼斯说。

“那么，”吉库尤老人说，“那我就一点儿也不明白你们俩为什么要飞行了。”

第四辑

一个移民的札记

将上帝的尊严置于一切之上，加以珍爱。珍爱你的尊严，也珍爱邻人的尊严。珍爱狮子的尊严，不要将它们囚禁在动物园；珍爱狗的尊严，不要让它们过于肥胖；珍爱你伙伴的尊严，让他们无私。

萤火虫

高原上，大雨季一过，六月第一个星期的夜晚，天气开始变凉，我们的树林里就有了萤火虫。

在一个傍晚你将见到三两只萤火虫，像几颗孤零零探险的星星，在微风中浮动，忽上忽下，仿佛在波浪上，又仿佛在行屈膝礼。随着飞舞的节奏，它们亮起微弱的灯盏。你可以逮住一只，放在你的手心上，让它闪亮，发出奇异的光彩，传出神秘的信息，而它身体周围，又映出一个萤绿色的光圈。到了第二天夜里，树林里就有成百上千只萤火虫飞来飞去。

也许是出于某种缘由，它们总是保持一定的高度——离地四五英尺。人们会不由得想象：一群六七岁的孩子，举着蜡烛穿过黑暗的树林，小小的棍子在神火里蘸亮。萤火虫们上蹦下跳，追逐嬉戏，兴奋地舞动小小的、淡淡的火炬。树林里洋溢着狂热的、快活的生命，而这一切又如此安谧。

野生动物互救记

第一次世界大战时，我的庄园经理为军队收购牛。他告诉我，他那时曾深入马赛依保护区，从那里买回一批小牛。据说这批小牛是马赛依的牧牛与野牛杂交的后代。家畜能否与野生动物交配是争议颇多的问题。许多人试图通过家马与斑马相交而培育出一个适于当地的小型马种，尽管我本人从来没有见过这种杂交马。我的经理则一口咬定那些小牛确有一半的野性。马赛依人告诉他，这种牛比家牛长得慢得多。原先以这种牛为自豪的马赛依人，这会儿却巴不得送走它们，因为其性子太野了。

人们发现要驯服这种牛去拉车或拉犁，实在太困难。有一头杂交牛，身强力壮，却没少给我的经理和土著车把式捣乱。它对人暴躁易怒，挣脱牛轭，喷着白沫干号，好不容易把它套上，它又会铲得土块高扬，俨如掀起一片片黑色的浓云。它的眼球会充血，鼻子会流血。驯牛者如同牲畜一般，一场搏斗后，汗水涔涔，浑身酸疼瘫倒在地。

“为了打掉这头牛的蛮劲，”我的经理说，“我把它扔进公牛的牛圈，四足绑在一起，鼻子套上缰绳。即便如此，它无声地躺在地上时，鼻子里仍长久地喷出灼人的蒸气，喉咙里发出可怕的鼾声与呻吟。我期望将来总有一天能看到它被套在牛轭中劳作。我回帐篷睡觉，夜里不时地梦见这头黑牛。突然，一阵扎耳的吼叫将我惊醒。狗在狂吠，牛圈旁土著们在叫嚷、喧闹。两个牧童冲进我的帐篷，告诉我说，他们感觉有狮子闯进牛圈了。我们一起奔向现场，手中提着灯，我还拿着步枪。快跑到牛圈时，嘈杂声小了一点。借着灯光，我见到一只带斑点的东西倏然而逝。原来是花豹蹿到被捆绑的黑牛旁，把它右边的后腿吃了。现在，我们再也不会见到这头牛套着牛轭劳作了。”

“于是，”经理说，“我端起步枪，把黑牛打死了。”

艾萨的故事

在大战期间，我有一个厨师名叫艾萨，是个感情丰富、性情温和的老头。一天，我在内罗毕麦基诺杂货店买茶叶和调料，一位面容透着精明的小个子女士走上前来，说她知道艾萨在我家工作。我说是有这么回事。

"但他以前在我家干活，"她说，"我想让他回我家去。"

我告诉她，很抱歉，她请不到艾萨了。

"唔，我不管请得到请不到，"她说，"我丈夫是政府官员。请你回去告诉艾萨，我想让他回来，他要是不回来，就派他当运输兵去。我知道，你没有艾萨，仆人也足够了。"

我没有马上把这些事告诉艾萨，直到第二天晚上我记起来了，才对他说我遇到了他以前的女主人，以及她对我讲的一番话。令我吃惊的是，艾萨当场就害怕和沮丧起来。

“哎呀，你为啥不马上对我说，姆沙布？那个太太对你说的话，她都干得出来。我今晚就走。”

“那都是废话，”我说，“我不认为他们会那样对待你。”

“上帝保佑我，”艾萨说，“我怕这一切已经太晚了。”

“可是，艾萨，我该怎么办？这里的厨师怎么办？”我问道。

“唔，”他回答说，“你不会有我当你的厨师了，我要么去运输大队，要么一命呜呼——这结局肯定是很快就会到的。”

在那一阵子，人们对运输大队是何等恐惧。艾萨根本听不进我说的话。他求我借给他一盏风灯，当夜就赶往内罗毕，随身夹着一个布包——里面是他在世上的所有财富。

艾萨离开庄园将近一年。这期间我几次在内罗毕见到他，有一次在马路上相遇。这一年里，他变得老了，瘦了，脸上皱巴巴的。他那黑色的圆脑袋，头顶开始变得灰白了。在城里，他不敢停下来跟我讲话，可是到了平坦的马路上，再次相遇时，我停下车来，他也放下头顶着的鸡笼，踏踏实实地跟我说话。

他还像以前那样，慢条斯理的，但他毕竟变了，很难触及他的内心。在整个谈话中，他始终心不在焉，像是远距离交谈。他被命运折磨坏了，出奇地恐惧，不得不借助于我所陌生的一种力量以支撑自己。在这些经历中，他变得与世无争。我感到自己就像在与一个进入修道院见习的老熟人交谈一般。

他问起庄园的事务，如土著仆人惯常的那样，总以为他不在，他的伙伴准不会为白人主人好好干活。

“这战争什么时候能结束？”他问我。

我说，听别人讲，这战争不会拖得太久了。

“要是还得十年，”他说，“你要知道，我会把你教我的菜谱全忘了。”

这个吉库尤小老头，牵挂草原、庄园的心灵，与法国名厨师沙文利如出一辙。沙文利说过，要是大革命还继续五年，蔬菜炖鸡的技艺就失传了。

很明显，艾萨的遗憾主要是看在我的名分上。为了结束他的怜悯，我问起他本人的情况如何。他考虑了一分钟，似乎在回答之前，那些思想要从遥远的地方捡拾来。“你记得吗，姆沙布，”他终于开口了，“你说过太难为印度木柴商的牛了，天天负重，从不停歇，就像庄园里的牛一样。现在，我在太太那头，就像印度木柴商的牛一般。”说完，他的头侧向一边，一副凄然模样。土著本身对动物感情甚少。我关于印度木柴商的牛的说法，当时他也许感到未免牵强附会了一些，而此刻在他身上却应验了。这对他来说是不可思议的。

大战期间，我所有收发的信件都被内罗毕的邮检员——一个睡眼惺忪的瑞典小个子拆开。这使我十分恼火。尽管在信件中他找不到半点儿可怀疑的东西，但我相信，在单调的生活中，他渐渐对邮递对象产生了兴趣，读我的信就像阅读刊物上的连载。我常在自己信中加几句对邮检的警告，存心让他看。这种警告一直延续到战争结束。战争一结束，也许他记起了这些警告，也许他自己悔悟了，不论是哪种情况，他派了一个邮差到庄园报信儿：停战了。邮差赶到时，我一个人在家里。后来我出去到树林散步。林子里非常安静，一想起法国和佛兰德斯前线也静下来了，一切枪声都停息了，真有点不可思议。在这般宁静之中，欧洲与非洲显得如此接近，似乎沿着森林小径，你就能走到前线要塞维米里奇。我回到宅子里，一眼瞥见有个影子立在房前，那是艾萨提着他的包袱。他见我就说，他回来了，有件礼物给我。

艾萨的礼物是一幅画，嵌在镜框里。画上有一棵树，用墨水笔精心描绘，数百片叶子，每一片都涂上鲜绿色。每片叶子上都用红墨水写着淡淡的阿拉伯语词汇，我估计典出于《古兰经》，可艾萨无力解释其含义。他不住地用袖子擦拭玻璃，一再叫我相信这是一件好礼品。他告诉我，这是他在艰难的一年里，请内罗毕的大阿訇绘制的。一定花了大阿訇许许多多的时间。

后来艾萨在我这里工作，直到离开这个世界。

鬣蜥

在自然保护区，有时能见到一种大蜥蜴，人称鬣蜥。它常伏在河床里的石板上晒太阳。其模样有点丑陋，但皮肤的颜色却远比想象的更为绚丽，像各种宝石竞放异彩，也像古教堂的窗玻璃璀璨夺目。当你接近鬣蜥时，它会“嗖”地遁逃而去，身后的石板上掠过一道天蓝、翠绿、浅紫的闪光，犹如彗星拖出的尾巴，明灿耀眼。

有一次，我用猎枪打了一只鬣蜥，满心以为能从它的外皮上撷取几许美色，可紧接着发生了一桩意想不到的事，令我终生难忘。那只鬣蜥伏在石板上正奄奄一息。我迈步上前，才走了几步，眼见着它的肤色渐渐变暗变淡，随着一声长长的喘息，它身上所有的色彩都消失了！当我伸手抚摸时，鬣蜥就像一堆混凝土，灰突突的，毫无光泽。鬣蜥之所以绚丽夺目，分明是它一腔奔腾的热血所迸射的光彩，而此刻，生命之火熄灭了，灵魂飞逝，它便如沙袋似的瘫在地上。

也许是因为我亲手打死了鬣蜥，它的形象时时浮现在我的记忆里。在梅鲁山上，我曾遇见一个戴着手镯的当地姑娘。她的手镯是一截两英寸宽的皮革，上面缀满了小小的绿松石珠子。珠子的颜色略有变化，有的青翠，有的淡蓝，有的藏青。这手镯非常奇妙，富有活力，似乎在姑娘的手臂上进行生命的呼吸。我真想戴戴，便叫法拉赫把手镯买过来。然而，这物件一到我的手臂上，竟然失灵了：它显得毫无出众之处，不过是一件小小的廉价装饰品。它在当地姑娘的手臂上那么生机盎然，恰恰在于色彩的变化与协调：绿松石与泥炭、黑陶般的肤色交相辉映。

我曾在南非彼得马里茨堡的动物博物馆见到陈列柜中的深水鱼标本，那色彩真是栩栩如生。我当时不禁有些茫然：在海底居然有这样的生命向陆地奉献蓬勃的生机与风采。而今我在梅鲁山上，凝视我那灰白的手臂，那死气沉沉的手镯，它显得那么寒碜、凄凉，好像圣洁之物受到了亵渎，又像真理受到了压抑。我忽然想起儿时读过的一本书中主人公说的话："我征服了一切，却站在墓群中间。"

生活在异国风情之中，必须设法衡量事物的永恒价值。我愿向前来东非的外国人进上一言：为了你赏心悦目，请不要枪杀鬣蜥。

法拉赫与《威尼斯商人》

有一次，老家的一位朋友写信给我，说到《威尼斯商人》重排上演。晚上，我又读了一遍来信，那出戏活灵活现地在我眼前闪现出来，似乎整个房子都洋溢着戏剧气氛。我把法拉赫叫来，与他谈戏，向他介绍这部喜剧的情节。

法拉赫，如同所有非洲血统的人一样，喜欢听故事，但又只有在他确信房间里除了他与我而没有第三个人时，才乐意听。仆人们已回自己的茅屋，庄园里的任何过路人向窗口瞥一眼，都会认为我和他正在讨论家务。此刻，我开始讲《威尼斯商人》，他聆听着，一动不动地站在桌子一头，神情专注，直盯着我的脸。他庄重地听着安东尼奥、巴萨尼奥和夏洛克三个人物的故事。这是一桩复杂的买卖纠葛，多少涉及法律的界限，竟打动了这个索马里人的心灵。他对一磅人肉那一段提了一两个问题：

对他来说，那情节显然是十分古怪的，但他又未必会反对，因为人是有可能沦落到那个地步的。故事发展到这里开始有血腥气了——他的兴趣也随之而上。当波希亚出场时，他侧耳细听。我想象得出，他一定把波希亚当作一位自己部族的妇女，法蒂玛，踌躇满志，狡黠而又含蓄，出手就想制服买卖圈的油子。黑人一般对于故事的枝枝节节不予关心，他们的兴趣在于情节的起伏跌宕。而索马里人在实际生活中有着强烈的价值观以及仗义执言的天赋。在他们的小说中，正是以这些道义为基点。然而，出乎意料的是，法拉赫这回却同情索赔金币的夏洛克。他对夏洛克的失败愤愤不平。

“什么？”他说，“那犹太人放弃了他的要求吗？他不该那么做。那一磅肉应当归他，只要一点点就足以拿到那笔钱了。”

“但此外他又能做什么呢？”我说，“条件是他不得割出一滴血。”

“姆沙布，他可以用烧红的刀子，那样不就不出血了吗？”他说。

“可是，”我告诉他，“只许他割一磅，不能多，也不能少。”

“这条件有什么可怕呢？特别是犹太人。他可以一次割一点，手头有一台小秤，一点点称，一直到正好一磅。这犹太人没有朋友给他出主意吗?”法拉赫问。

所有的索马里人,要赞成、支持某件事时,格外富有戏剧性。法拉赫几乎还是刚才那种风采与姿势,此刻却扮演一个危险的角色,仿佛他真的站在威尼斯的法庭上,面对一大群安东尼奥的朋友,为他的朋友或伙伴夏洛克打气、鼓劲。他的双眼朝着面前的剧中人威尼斯商人上下打量,他袒露着前胸,似乎准备挨刀。

“看,姆沙布,”他又说,“他可以一点点割,一点点。在割到一磅肉时,他可以使对方吃更多的苦头,遭更长时间的难。”

我说:“可是在这个故事里,那个犹太人没那么干呀。”

“是的,那真是太可惜了,姆沙布。”法拉赫无比遗憾。

波那马斯贵族之医生

我有个邻居是白人移民，在母国曾当过医生。一次，我的一个仆人的妻子难产，生命危在旦夕，我没办法送她到内罗毕——大雨季把所有的路都冲毁了。我写了一封短笺，请那位白人邻居屈驾来我这儿帮忙接生。多蒙他好心，在可怕的雷鸣声中，冒着赤道豪雨赶来，在最后一分钟里，他以高明的医术，救了土著母子两条性命。

事后，他给我来了一封信，说虽然他应我的吁请来诊治一名土著，但我必须理解，此事下不为例。我当然能够充分理解他的自信与尊严。据他告诉我，以前在他的国家时，他是波那马斯贵族的私人医生哩。

尊严

由于邻近是野生动物保护区，在庄园地界外，栖息着众多的大动物，这赋予我们的庄园一种特殊的光彩：我们仿佛是一个伟大王国的邻居。我们为此殊感尊严，倍觉亲切。

未经开化的人，珍爱自己的尊严，厌恶或不相信他人的尊严。我自然十分开化，我爱我的敌人、我的仆人、我的情人的尊严。我的宅邸虽然十分简陋，可在荒野之中也堪称一片文明乐土。

尊严乃是信仰，是上帝在创造我们时所具有的观念。自豪的人自觉地意识到这一观念，渴望兑现它。他并非为幸福或舒适而奋斗，那也许与他心中的上帝的观念相悖。他的成功是上帝的观念，他成功地奋斗，他钟爱自己的尊严。正如一个好公民在履行自己对社会的职责中寻求幸福，有尊严的人在实现自己的命运中获取幸福。

人无尊严感,则有负于上帝创造人类的观念,有时这种人使你怀疑,世上是否存在这种观念,或这种观念是否已丧失殆尽,又有谁来重新发现它？他们只得接受别人的成功,在消磨时光中追求乐趣。他们在命运面前颤抖,是理所当然的。

将上帝的尊严置于一切之上,加以珍爱。珍爱你的尊严,也珍爱邻人的尊严。珍爱狮子的尊严,不要将它们囚禁在动物园;珍爱狗的尊严,不要让它们过于肥胖;珍爱你伙伴的尊严,让他们无私。

珍爱被征服的民族之尊严吧,让他们维护父亲与母亲的尊严。

牛

礼拜六下午是庄园享福的时光。首先，一直到礼拜一下午都没有邮班，这段时间里便不会有任何令人头疼的商业信函寄达。庄园似乎因此被封闭起来，就像处于围廊之中。其次，每个人都盼望着礼拜日，可以整天休息、玩乐，佃农们也得以在自己的土地上耕作。在周末，一想起耕牛，我就特别愉快。我常在傍晚六点下山去它们的围场。这时候它们已结束一天的劳作和几小时的吃草，悠然归来。明天，我想，它们就能整天在草原上吃草而不必干任何活计了。

在庄园，我们有一百三十二头耕牛，分成八个小组，还有几头备用。此刻，夕阳下，道路上的尘土也透着金黄色。它们排成长长一列，穿越草原，悠闲地在暮色中归来。它们慢条斯理地走着，如同干一切事那样。我怡然地坐在围场的篱笆上，安安稳稳地抽着烟，观望着它们。走过来了，尼约赛、恩古夫、法鲁，还有姆松古，即白人。这些都是给耕牛起的斯瓦希里语名字。驾牛的人又给它们起了非常合适的白人名字，迪莱米尼是牛常见的名字。走来了，老马林达，这是一头健壮的黄牛，是我最喜欢的一头牛。它的皮肤上出奇地点缀着一些影影绰绰的图案，就像海星似的。由于它这种花斑，人们贴切地叫它马林达，意即围裙。

在文明的国度，所有人对贫民窟都抱有一种惯常的内疚心理：一想到贫民窟，就感到不舒坦。在非洲，你见到耕牛的时候，一种内疚之感也油然而生，心中一阵剧痛。对于庄园里的耕牛，我感到——我想是这样——就像一个国王对贫民窟的感觉——“你们即是我，我即是你们”。

非洲的耕牛背负着发展欧洲文明的重担。无论何处，哪块新垦地不是它们开垦的呢？它们在齐膝深的土壤里喘着气，拉着犁。长长的鞭子在它们上空甩响。哪一条道路不是它们开拓的呢？在没有任何道路的地方，它们沿着尘土与高高的草丛中的小径，在驭手的吆喝声、叫嚷声中，步履维艰地拖着铁器与工具。天未破晓，它们就被套在车上，大汗淋漓地在漫长的山坡爬上爬下。在炙热的白天，它们穿越荒漠，穿越干涸的河床。皮鞭在它们周身留下血痕，你经常可以见到独眼的、失去双目的耕牛，那是长长的锋快的鞭子抽掉的。许多印度人、白人承包商的拉车牛天天劳作，终生劳作，根本不知安息日是什么。

我们给耕牛的待遇是令人惊异的。公牛时时处于暴怒状态，转动着眼珠子，掀铲土块。在它视野里的一切都惹它恼火，然而，它依然维持着自己的生活，从咽喉里产生火一般的热力，从肾脏里产生新的活力。它的日子充满渴望与满足。我们从牛那里获取一切，作为回报，我们却要求它们为我们生存。牛啊牛，在我们日常生活中跋涉，时时刻刻拉着重负；牛啊牛，没有自己生活的生灵，供我们使唤的生灵，它们有着湿乎乎的、明净的紫罗兰般的眼睛，有着柔软的鼻子，有着丝绸般的耳朵。在一切方面，它们都那么呆滞而富有耐心，有时，又显出沉思的样子。

我在肯尼亚时，有一条法规，禁止没有刹车的牛车上路，车把式都必须在下山坡时拉上车闸。但这法规没有被完全遵循，一半的牛车没有闸就上路，另一半有闸也不用，这就使下坡路成了牛的鬼门关。它们得用全身的力气挡住载重的车滑坡，它们的脑袋费劲儿地向后仰，以至于牛角碰到背上的脊梁骨。它们的两胁成了一对风箱。有许多回，我见到柴火商的牛车沿着恩戈路，一辆接一辆地开往内罗毕，就像一条长长的百足虫，在森林保护区的山下加速。一头头牛拉着车，走成了锯齿形的路线。我也曾在山脚下，见到牛承受不住重负，跌倒在地。

牛也许在想：“这就是生活，这就是世道。它们是艰难的，艰难的。一切都须忍受——别无他法。拉车下山太可怕，太困难。这可是生死攸关的事，谁也帮不了忙的事。”

如果，内罗毕大腹便便的印度商人——牛车的主人，能花两个卢比把刹车调试好；或者，货车顶上心安理得的土著青年能下车合上车闸，要是能做到这一点，就能助牛一臂之力，使它们稳稳当当地下山来。但牛对这一切茫然无知，一天天地干着，一天天地跟生活的困境做着殊死斗争。

战时旅次

一战爆发后，我丈夫和庄园的两个瑞典助手自愿从军，开赴德属边界。那里有迪莱米亚勋爵组建的临时情报处。我当时孤身一人留在庄园。不久，有消息说所有在肯尼亚的白人妇女都要进入集中营，因为人们担心这些妇女留在土著跟前不安全。我害怕极了，心想，要是让我进妇女集中营待上几个月——谁知道这场战争何时了结呢——我会被困死的。几天后，我得到一个机会，与我们的邻居——一位年轻的瑞典农民结伴去基加贝车站。在那里，我们负责一个联络站，信使将边界的消息带到那儿，再由联络站发电报传递到内罗毕总部。

在基加贝，我的帐篷搭在车站附近，周围是供火车机车燃用的一堆堆木柴。因为信使随时都会来，无论白天还是黑夜，我都得与那位印度果阿族的站长打交道。他个子矮小，性情温和，求知欲很旺，毫不受身边战事的影响。他问了我许多关于丹麦的事，还让我教他一点丹麦语——他认为迟早会很有用的。他有一个十岁的男孩，叫维克托。一天，我去车站，透过长廊的栅架，我听见他在教维克托语法："维克托，什么叫代词？什么叫代词，维克托？你说不出来？我告诉你五百次了！"

边界的部队不时地要我们送粮食、弹药过去。我丈夫来信嘱我装满四辆牛车尽快给他们送去。但是一定要，他写道，要配一个白人押车，因为没人知道德国人潜伏在什么地方，而马赛依人一想到打仗，都跃跃欲试，在保护区四处流动。那时候，德国人可能到处活动。我们在基加贝铁路大桥设了岗哨，防止他们炸桥。

我委托一个名叫克莱波罗特的南非青年押车，可是刚装好车，就在出发前的傍晚，他被当作德国人抓了起来。其实他并不是德国人，而且不难验证身份，事后没有多久就被放了出来。他换了一个名字。可在他拘留期间，我感到这阴差阳错全是上帝安排的，只好由我亲自押车了。凌晨，星星还在空中闪烁，我们踏上征程，沿着基加贝山的漫长坡道下山。在黎明的微弱光线中，马赛依保护区的草原显得一片铁灰色。我们举步跋涉，借着牛车下系着的风灯，曲折前行。一路上鞭声、吆喝声不绝于耳。

我有四驾牛车，每驾车由十六头牛拉，另有五头备用牛。随同我的有一个二十一岁的吉库尤青年、三个索马里人：法拉赫、扛枪夫伊斯梅尔，还有一个老厨子，也叫伊斯梅尔，为人正直。我的猎犬达斯克跟在我身边。

很遗憾，警察在逮捕克莱波罗特时，把他的骡子也扣下来了。在基加贝，我找不到其他骡子，开始几天，我只得徒步随车在尘土中跋涉。幸好不久我在保护区遇到一个人，从他手里买下一头骡子和鞍子；后来我又给法拉赫搞到一头骡子。

那次，我在野外奔波了整整三个月。我们到达目的地后，又被分派一个任务，去收拾一支美国狩猎队的仓库。他们在边界宿营，听到战争爆发的消息后，匆匆弃营而去。从美国人的营地，我们又将去其他地方。在行程中，我熟悉了马赛依保护区里的许多小河和泉眼，学会一点马赛依话。路的情况到处都出奇的坏，积土深厚，巉岩高过牛车，挡住去路。后来总算好了一些，多在草原上穿越。非洲高原的空气沁入我的头脑，如同葡萄酒那般，整天使我醉意微微。那几个月的乐趣实在难以名状。尽管以前我也曾外出狩猎，但唯有此次，我才是单独一人与非洲人在旷野里活动。

我和索马里伙伴对政府财产都具有一种责任感，时刻担惊受怕，唯恐狮子吃了我们的牛。狮群经常出没在道路上，尾随着浩浩荡荡的粮食与牛群的供应车队。而现在，我们进入了草原，继续护送着车队，向边界行进。每到清晨，我们赶着牛车时，都能见到狮子沿着长长的牛车车辙在尘土中新留下的足迹。而夜间，牛休息的时候也不得安宁，狮子总来营地转悠，恐吓牛群，把它们惊扰得在野地里四处乱逃，见不到影踪。为此，我们不得不在宿营地用荆棘树围成高高的篱笆，手持步枪，守在篝火旁。

这会儿，法拉赫、伊斯梅尔和老伊斯梅尔也许觉得在远离文明的地方，说话放开一点也不至于惹什么麻烦。他们讲起索马里的奇闻怪事或《古兰经》《天方夜谭》里的故事。法拉赫与伊斯梅尔都在大海上航行过，因为索马里是濒海之国。我相信，在古代，索马里人曾是红海上的霸主。他们向我讲述陆地上的每一种生物，在海底都有复制品，马、狮子、女人、长颈鹿等等，都在那里栖息，水手们常常能观察到它们。还有怪马的故事。那些马生活在索马里的江河底下，月圆之时，从河底游上岸来，与草原上的索马里雄马交配，生下奇美的马驹，日行千里。我们席地围坐，夜的苍穹在我们头顶往后倾滑，新的星座从东方升起。篝火的青烟在凛冽的空气中载着火星缭绕，带湿的柴火散发出阵阵酸味。牛群常常猛然间骚动，乱拥乱挤，把鼻子伸向空中嗅闻。老伊斯梅尔这时就得爬上重载的车辆顶上观望，摇晃风灯，轰赶篱笆外的一切动物。

我们与狮群有不少次的遭遇。“到了西亚瓦，千万当心。”路上，我们遇到一支向北行进的土著运输队，他们的头领告诉我们说，“不要去那里安营，西亚瓦有三百头狮子。”于是我们抓紧赶路，以便在天黑前通过西亚瓦。谁料得到，在野外赶路越是匆忙越出乱子。到暮色苍茫的时候，最后一辆牛车的轮子偏偏堵在一块大石头上，怎么也动不了。我打着灯，给拉车的伙计照明，此时，一头狮子在离我三码的地方，叼走一头我们的备用牛。我的步枪都在车上，所以我只有一边甩牛鞭一边轰叫，总算把狮子吓跑了。那头牛被狮子仰面拖着，虽然回到了我们身边，终因挫伤严重，没几天就一命呜呼了。

我们还遇到过其他一些怪事。有一次，一头牛把我们的煤油喝光，当场死去，弄得我们没有办法照明。后来我们在保护区发现一家印度铺子——主人已弃店而去，在铺子里我们居然找到一些完好的煤油。

我们曾在马赛依武士营房驻扎一个星期。那些年轻的武士，涂着打仗的油彩，手执长矛与大盾，头戴狮皮头饰，白天黑夜地围着我的帐篷，打听战事和德国人的消息。我的同伴们都喜欢这个营地，他们在这儿可以买到牛奶。武士们随行带着牛群，由莱伊奥尼——不够武士龄的小牧童放牧。马赛依娘子兵十分活跃，英姿飒爽，也曾来我帐篷里拜访。她们来是找我借我的小手镜。当她们挨个传递照镜子时，镜子里映出两排闪光的牙齿，就像怒气冲冲的食肉兽那般。

有关敌军行动的一切消息，都得由迪莱米亚勋爵的军营中转。但勋爵在保护区内四处流动，行军那么迅捷，没人能知道他的营地所在。我自然与情报工作无关，但我不明白这种制度对其工作人员能起多大作用。有一次，我的旅程离迪莱米亚的营地很近，才一两英里，我与法拉赫骑马去营地，并和他们一起用茶。那个地方，虽然勋爵翌日便要拆营，可还是像小城市一样挤满了马赛依人。他与马赛依人历来十分友好。他们在他的营地里那么欢快活跃，简直成了传说中的狮子窝那样——所有的足迹都是往里走的，没有往外走的脚印。一个马赛依信使送信到营房，却没有见到他带着回信出去。迪莱米亚是喧嚷中心，他个子不高，极有礼貌，又懂礼节。白白的长发披在肩上，在战时显得尤为潇洒、轻松。他详尽地给我讲有关战事的一切，请我喝加热牛奶的茶——这是马赛依的习惯。

我对牛、缰绳、选择道路一无所知，而我的随从们却表现出极大的耐心。实际上他们与我一样，急切地要走完全程。一路上，他们为我干得真不错，从不抱怨，虽然我没有经验，但我得到的显然比期望他们干的更多——无论是人还是牛。他们在草地上长途跋涉，用头顶来洗澡水给我用。午间休息时，他们用长矛支着毯子，为我搭凉棚遮阳。我们有点儿惧怕原始的马赛依人，而一提起德国人，他们不由火冒三丈，有不少关于德国人的流言都奇异得很。在这种处境里，远征队的伙伴关怀我如同保护天使或吉祥之神。

战事发生前六个月，我首次离家来非洲，与伏贝克将军同船抵达。他现在是德军在东非的最高司令官。那时我不知道他将成为一个英雄人物，我们只是在旅途中结成好朋友。在蒙巴萨，我们共进晚餐，之后，他赴坦噶尼喀，我去内地。他送我一张戎装骑马照，上面题有：

人间的天堂
就在马背上
女人的怀抱
赋予你健康

法拉赫前往亚丁接我时，也见过将军，知道他是我的朋友，并在途中与他合过影。他将合影照片与远征队的钱币、钥匙保存在一起，万一被德国士兵俘虏，可出示照片。他把照片视如珍宝。

日薄西山，我们一长列的队伍有时在河边小憩，有时在泉眼旁休息，马赛依保护区的傍晚何其美丽。荆棘树丛生的草原上，夜幕已低垂，但空气却如此清澈。在我们两侧的上空，有一颗孤零零的星——随着夜色渐深，它愈益变大、变亮——此刻刚刚出现，呈玉石般的柠檬色，成为夜空中一个银光闪闪的点。空气清凉，沁人肺腑。高高的野草，滴着露珠。草原上的药草散发出冲鼻的异香。不一会儿，四处的蟋蟀开始鸣唱。这青草是我，这空气、这远处隐隐的群山是我，这疲乏的牛群也是我。我吸进荆棘树间的阵阵轻风。

三个月后，我突然被召回家。一切开始有系统地组织起来，来自欧洲的常规部队已到达这里。我想，我的这支远征队就多少显得有点不正规了。我们以沉重的心情离别多日的宿营地，返回庄园。

这次军旅我永志不忘。这之后，我也曾多次旅行，但出于某些理由——也许是因为那时属于政府公务，我们自身也是某种官员；也许是因为战争的气氛笼罩着这次特殊的远征，它对于所有当事人的心灵都那么亲切。与我随行的那些人，都把自己诩为“旅行贵族”。

许多年以后，他们还会来我的宅邸，谈起这次远征，重现记忆中的壮举，又抖擞精神，投身于新的探险。

“我不让你流逝，除非赐福于我”

在非洲，整整四个月的炎热、干燥的旱季过去之后，大雨季于三月开始。处处清新、芳香，一派欣欣向荣的景象。

然而，农夫的心却仍然踌躇不安，不敢相信大自然的慷慨。他们侧耳细听，担心那急泻的雨声突然减弱。大地正在痛饮雨水。庄园里所有的蔬菜、牲畜和人的生活，在未来四个月的旱季里，都要依赖这个季节的雨水。

这是何等可爱的景色：一条条庄园小道，变成了流动的小溪。农民走出屋子，心在歌唱，双脚蹚着泥水，走向鲜花绽放的、湿漉漉的咖啡园。但是，在雨季中间，有的晚上，星星也会偶尔从厚厚的云层中钻出来。于是，农夫站在他的房前，抬头仰望，仿佛悬浮在半空，要挤出更多的雨水来。他向着苍穹呼唤：“下吧，下个够，再多下点。我的心此刻向你袒露，我不让你流逝，除非赐福于我。你愿意的话，可以把我淹死，但可不要用时下时不下来折磨我。不要停止，不要中断，苍天，苍天！”

雨季后的几个月里，那凉爽无云之日，令人回想起大旱的灾年。在那些日子里，吉库尤人常把他们的牛放在我房子周围吃草。他们中有一个男孩，随身带着笛子，时不时地吹奏短曲。当我又一次听到这种曲调，不由记起过去的某一时刻——痛苦与绝望交织的时刻，泪水渗着咸味的时刻。可同时，我又在这笛声之中出乎意料、惊喜地听到一支充满活力、格外甜蜜的歌。莫非是那些艰难岁月蕴含着这活力和这甜蜜吗？那时，我们中间有青年——未经开拓的希望。恰恰是在那些漫长的时日里，我们所有的人融成一个整体。将来就是到了另一个星球上，我们互相都能认出来。那里万物都互相呼唤：自鸣钟和我的书本在呼唤，草地上瘦骨嶙峋的牛群和哀伤的吉库尤老人在呼唤：“你当年也在那里，你也是恩戈庄园的一部分。”那个灾年终于赐福于我们，又流逝而去。

庄园的朋友来了，又离去。他们不是那种长久地居留在一个地方的人，不是那种颐养天年的人。他们死了，永不复返。但他们曾在壁炉旁惬意地坐着，房子把他们幽闭在里面，对他们说：“我不让你流逝，除非赐福于我。”他们开怀大笑，赐福于房子，房子就让他们出去了。

在一次聚会上，一位老女士谈起她的生活。她宣称，她愿意从头再生活一遍，想以此证明她并非虚度年华。我想，是的，在你能说自己不虚此生之前，你的生活已成为真正应该过两遍的生活。一曲咏叹调，你可以从头再唱，但一部完整的乐章——交响乐或五幕悲剧——你怎能重复？希冀生命重复，是因为他虚掷年华，碌碌终生。

我的生命啊，我不让你流逝，除非赐福于我；而一旦得到你赐予的福气，我当让你离去。

土著与诗歌

土著对诗歌一无所知——至少在上学前一无所知，而学校里会教唱赞美诗。但是他们天生有强烈的节奏感。一天傍晚，我们正在玉米田里收玉米，把棒子掰下来，扔到牛车里。为了逗逗乐，我对田里的小伙计们朗诵斯瓦希里歌谣。这些歌谣本身没有多大意义，纯粹是为了好听的节奏而编出来的。

牛爱吃盐巴
窑姐儿坏透啦
爱吃蛇的部落是瓦卡巴

这顺口溜儿引起了男孩们的兴趣，将我团团围住。他们很快就明悟诗歌里的意思是不连贯的，也不问问诗说的是什么，只是热切地等候着韵脚，一押上韵，他们就哈哈大笑。我试图让他们自己找韵，接着我开头的几句往下编，但他们表示编不了，或许不愿编，将头歪到一侧。他们渐渐熟悉诗歌后，便央求我：

“再说一遍，说得像雨水那样流畅。”

他们为什么会感觉诗歌如同雨水，我不明白，但这一定是一种赞美，因为在非洲，人们渴求雨水，欢迎雨水。

非洲鸟小记

三四月之交，大雨季刚刚开始，我就听到树林里黑云雀的鸣叫。那不是一支完整的曲子，只是几个音符——协奏曲开首的一小节，而且是在排练，一会儿叽喳齐鸣，一会儿戛然而止，仿佛有人在湿漉漉的寂静的林子里调试小提琴的音色。然而，这同一个旋律，同样的甜润婉转，不久将充溢从西西里一直到爱尔西诺雷的欧洲森林。

在非洲，我们有黑鹳、白鹳，这类鸟也在北欧的茅屋顶上筑巢。不过在这里不如在北欧那么引人注目。在这儿，还有相似的庞然水禽——秃鹳、鹭鹰之类与它们匹比。非洲鹳在习性上也与欧洲的不同。欧洲鹳成双结对地活动，是家庭幸福的象征。而非洲鹳则成群聚居，它们有个别名：蝗虫鸟。每当蝗虫蜂起，它们就紧随不舍，以啄食蝗虫为生。它们也在平原上空飞翔，特别是在烧荒季节，围着向前跳跃的火苗儿，时而盘旋其间，时而扶摇直上，透过虹霓般闪耀的光环及灰蒙蒙的烟雾，搜寻从火堆里脱逃的田鼠、草蛇。鹳在非洲的日子过得逍遥自在，但它们真正的生活却不在这里。当春风吹来，配偶、巢居的意念萌动，鹳的心开始转向北方，它们思念起往昔的岁月与旧居。于是，它们双双飞离，用不了多久，它们又将在故乡寒冷的沼泽里蹚水漫步了。

雨季来临了，曾一度是莽莽焦草的原野又萌发新绿。新绿丛中活跃着成百上千只鸻鸟。鸻鸟好像是沙滩上徜徉的海鸟，在草丛间急步走一程，待到你策马趋前，它们又腾空而飞，发出尖厉的欢鸣。于是，碧澄的天空也因鸻鸟的鼓翼与鸣啭而充满生气。

在新播的玉米田里，冠鹤纷纷飞落，偷吃土中的玉米种子。不过，作为回报，它们是预卜吉兆的鸟——报道雨水将至，而且还以舞姿欢娱我们。这些颀长的鸟成群结队地聚集在一起，那振翅起舞的情景，真是美不胜收。它们的舞蹈婀娜多姿，但缺少感情色彩。它们忽上忽下飞腾，莫非地面上有一股磁力在牵动着么？整个队形透出一种神圣的气息，恍若某种宗教仪式的舞蹈。也许，冠鹤试图在天地间上下求索，如同两肋生翅的天使，沿着天梯上上下下。那黑天鹅绒般的小小脑袋；那扇形的冠冕，配之以美妙的浅灰色羽毛，富有壁画般明快的风采。舞毕，它们又凌空远飞，依然保持表演时那种不同凡响的气势。它们展翅引吭，发出清亮的欢鸣，就像教堂的大大小小的钟齐鸣，钟声在空中飞旋，流荡。冠鹤飞得很远了，你还能听见它们的歌声，甚至它们在远处的天边消逝了，云彩里还传来一串隐隐约约的钟声。

驾临农场的另一位客人是大犀鸟。它们是来吃树上板栗的。犀鸟可谓一种奇异的鸟，与其相遇，也称得上长一番见识。当然，这种经历并不全是愉快的，犀鸟显得过分骄矜老练。日出之前，屋外一阵响亮、急促的鸣叫将我惊醒。我步出门庭，只见草坪的树上有四十一只犀鸟，与其说它们是鸟，不如说是小孩子在树上树下置放的奇妙的装饰品。它们全是黑色的——那圣洁的、甜蜜的非洲黑色，蕴含着沉沉的年华，使你感到无论优雅、力度、生气，黑色都是无与伦比的。这些犀鸟正在尽兴地交谈，但带着一种克制的彬彬举止，俨然葬礼之后一些子孙后嗣的聚合。早晨的空气明静如水晶，肃穆的聚合沉浸在清新、纯洁的氛围里。太阳从树木与犀鸟的背后升起来了，像只模糊的火球。在这样一个早晨之后，对于这一天将会带来什么，你一定会有茫茫然之感。

火烈鸟的羽毛在非洲鸟类中最为美丽。那粉色的、红色的羽毛酷似一束飞舞的夹竹桃花枝。它的两腿又细又长，令人惊叹。其脖颈、身躯的曲线又是异乎寻常地优美。仿佛由于某种传统的风度与拘谨，它们的一举一动都是那么小心翼翼。

我曾搭乘一艘法国轮船，从塞达港赴马赛。船上载有一百五十只火烈鸟，准备运往马赛的外国动物驯养园。这些火烈鸟十只一组，挤在一个个四周围着帆布的笼子里。押运员告诉我，这一路上死亡的火烈鸟占百分之二十。它们不习惯海上生活，在恶劣的气候里失去了平衡，有的断腿折足，有的互相挤压。夜晚，地中海刮起大风，波浪猛烈地撞击船舷，轮船上下颠簸。每一次风浪袭来，我都听到黑暗中传来火烈鸟的尖叫。每天早晨，我都看到押运员拖出几只死鸟摔在甲板上。啊，尼罗河高雅的涉水禽，白荷的姐妹，在气象万千的大地上低回飞旋，恍若一朵晚霞；而此刻，却成了一堆粉色、红色的羽毛连接着两条直挺挺的细棍。死鸟在水面上漂浮，随着波浪起伏，不一会儿，便沉落海底。

小狗帕尼亚

大猎犬，多少年来一直与人类生活在一起，感染上了人的幽默感，能发出笑声来。它们对笑话的概念近乎土著——事情出了差错就乐。也许只有在你掌握了一种艺术、执着于某种宗教之后，你才能超越这一层次的幽默。

帕尼亚是我的猎犬达斯克的第二代。一天，我带它外出散步，来到池塘附近，那里有一排细高的桉树。帕尼亚向一棵桉树跑去，跑到一半，又折回来，让我随它一起去。我到了那棵桉树跟前，看到一只非洲狸猫在树端蹲着。非洲狸猫专门吃鸡。我招呼过路的小孩，叫他到我家取支猎枪来。我拿到猎枪，旋即开了一枪，狸猫啪的一声从高树上掉下来。帕尼亚应声蹿上去踩住它，踢几脚，又拖着它，玩得兴致勃勃。

过了几天，我又路过这个池塘，这回是出来打鹧鸪，可一无所获，我和帕尼亚都十分沮丧。突然，帕尼亚飞也似的向最近的一棵桉树奔去。它围着树一个劲地吠叫，情绪十分亢奋，接着跑回我身边，又奔向那棵桉树。我很高兴，拎着猎枪，满以为可以打到第二只非洲狸猫了，它们带花斑的毛皮是很美的。我疾步跑到树下，抬头一看，原来是一只黑色的家猫端坐在晃晃悠悠的树顶。我十分恼火，放下了猎枪。“帕尼亚，”我叫道，“你这笨蛋，这是家猫！”

我转身看看帕尼亚，它站在不远的地方瞧着我，笑得两胁鼓鼓的。当它的目光与我相遇时，它便跑到我跟前，蹦跳着，摇着尾巴，发出哀鸣声，将两只前爪搭在我肩头，鼻子嗅着我的脸，然后又跳开，自由地嬉笑。

它表演哑剧般地向我表示：“我知道，我知道，那是一只家猫。我向来都不会搞错，你真该原谅我。不过你也出丑了，拿猎枪去打一只家猫！”

整整一天，它时不时地兴奋，像在池塘边那样表达对我最友好的感情，然后又跑到一旁发笑。

在它的友好表示中透着一种暗讽：“你要知道，在这个家中，我不取笑你和法拉赫，还能取笑谁呢！”

到了夜晚，它在壁炉前入睡之后，我还听见它在睡梦中发出的声响里带着微微的笑意。我相信，以后只要我们经过池塘和桉树林，帕尼亚还会笑的。

地震

有一年，临近圣诞节，我们这里发生了地震。地震强度够大的，不少土著的茅屋倒塌了，这也许是大象发怒的力量。震了三回，间隔一会儿，又震，每回持续几秒钟。地震间歇时，人们脑中编织着当时的感觉。

戴尼斯那时正在马赛依保护区野营，他睡在卡车上。事后回到庄园，他对我说，他被惊醒时，只有一个念头掠过脑际："犀牛钻到卡车底下了。"我呢？正要上床，第一阵晃动时，我心想："花狗上屋顶了。"第二阵晃动，我又想："这下我要死了，死的感觉就是这样的。"可是在第二、第三次地震的间歇中，我终于明悟到这是地震，我从未想到过会活着碰上地震。过了一会儿，我自信地震已经过去，可是当第三次即最末一次震动来临时，却给我带来了如此压倒一切的欢快，我不曾记得在我的生活中还有更突如其来、更铭心刻骨的激奋了。

超凡的天体，在其运动周期中，有力量使人的精神亢奋到未知的高度。我们一般意识不到这一点。一旦这种力量降临在我们面前，便展示出壮阔的景观。开普勒[1]在多年潜心研究之后，最终发现了星球运行的定律，他写出了自己的感觉：

> 我完全处于欣喜若狂的状态。大局已定。我从未有过这样的感觉。我颤抖，我的热血在奔涌。上帝已等了六千年，等待一位观察者潜心研究。上帝的智慧是无穷的，我们所不知的及我们知之甚少的，都包容其中。

真的，在地震的整个过程中，正是这种欣喜、狂热的情绪支配着我，震撼着我。

巨大的快感主要蕴含在这样的意识之中：你认定凝固、静止的东西，竟然自行运动起来。这也许是世间最欢快、最充满希望的感觉之一。那呆滞的地球，那死去的众生，那大地本身，在我脚下耸起、伸展，给予我一个信念，一个极其微弱的触动，却包

---

1 开普勒（1571—1630）：德国天文学家，发现了行星沿椭圆轨道运行，提出了行星三定律。

含无限的深意。它在大笑，于是土著的茅屋应声倒塌。它在呼喊：动啦，我也动啦！

第二天一早，朱玛送茶来，说："英国国王死了。"

我问他何以得知。

"你没感觉到吗，姆沙布？"他说，"昨天夜里地动山摇，那意思就是英国国王死了。"

所幸的是，在地震后的许多年，英国国王一直健在。

基齐科

我有过一头肥壮的骡子，我给它取名叫毛里。可是骡夫却另外给它取了个名字，叫它基齐科——勺子。我问骡夫为什么管骡子叫勺子，他回答说："因为基齐科长得像勺子。"我围着骡子，前后左右打量，想找出他起这个名字的依据，可我从哪个角度都看不出这头骡子像勺子。

过后不久，我偶尔驾起骡车——基齐科和其他三头骡子拉车。我登上驭手的高座，对骡子进行一番居高临下的观察。我惊喜地发现骡夫的话不无道理：基齐科的肩头出奇地窄，后腿部却又壮又肥，那圆鼓鼓的样子，简直太像勺子了。

如果我本人与卡马乌——我那骡夫，各自为基齐科画一张像，那肖像无疑大相径庭。但在上帝和天使的眼里，定会如卡马乌观察的那样，来自上面的、高于一切，他所见到的必能接近真实。

卡罗梅尼亚

庄园里有个九岁的小男孩，名叫卡罗梅尼亚，又聋又哑。他能发出一种短促、生疏的号叫，但很不容易听到，因为他自己也不喜欢这种声音，总是马上停下来，喘息一阵。其他孩子怕他，抱怨他老是打人。我与他的初识是这样的：与他一起玩耍的小孩用树枝敲打他的脑袋，他的右颊肿了，化脓了，许多细刺扎在里面，得用针挑出来。这对卡罗梅尼亚来说，并不是人们想象的那种折磨——的确，这使他痛苦，但也给他提供了与他人接触的机会。

卡罗梅尼亚长得很黑，一双黑眼睛水灵灵的，睫毛浓浓的、密密的，煞是可爱。他的表情认真、严肃，几乎看不到脸上的笑容。他整个形象很像一头土著的小黑牛犊。他是个主动的、积极的生灵，由于与外界的语言联系已隔绝，打架便成了他自身的宣言。他擅长掷石块，出手很准。他曾拥有一副弓箭，可是却使不好，似乎耳朵也是射手拉满弓的必要组成部分。他在同龄人中堪称体魄健壮。也许他并不想用这些优势与其他男孩的听与说的能力进行交换，我觉得他对那种能力没有什么钦佩之意。

卡罗梅尼亚尽管好斗，却并非不友好之人。如果他觉察到你在向他讲话，他的脸立刻为之一亮，不是堆起笑容，而是显露出一种明快、欣喜的表情。他也干点儿顺手牵羊的事，有机会，就随手抄些烟哪、糖哪，但他转眼间就把抄来的东西分给其他孩子。有一次，我还遇见他站在中央，给围了一圈的小伙伴发糖。他没看见我。这是我唯一见到的一次，他几乎要笑起来了。

我曾做过一些努力，让他干点厨房或住房里的活，可他干不好，没多久便厌烦了。他喜欢干的是搬动重物，从一处拖到另一处。沿着我庄园的汽车道，有一溜刷白粉的石头。为了让这路墩排列得更匀称，一天，在他的帮助下，我将其中一块石头移位，一直向上翻滚到居宅前。第二天，我走出屋子一看，卡罗梅尼亚居然把所有的路墩都搬起来，滚到房前，垒成一大堆。我不相信像他那样的人竟会有那般能力，他一定付出了极大的努力。卡罗梅尼亚仿佛知道自己在世界上的地位，随遇而安，专注不二，他既聋且哑，然而非常强健。

世间万物，卡罗梅尼亚最需要的是一把刀子，但是我不敢给他。我担心，他在与外界接触的努力中，准会用刀子伤害庄园里的其他孩子，虽然在以后的生活中，他会有一把。他的这个欲望如此强烈、迫切，只有上帝知道他会用刀干什么。

我给卡罗梅尼亚留下的最深刻的印象，是我送给他一只哨子。这哨子原是我用来招呼猎犬的。我刚给他看哨子时，他并没表示什么兴趣。后来，我教他把哨子含在口中一吹，两边的猎犬争相跑到他跟前，他大吃一惊，脸色更黑了。他又试着吹了一下，发现了同样的效果，不由惊喜地看着我，目光异常明亮。哨子吹熟了，他又开始琢磨这玩意儿的功效从何而来，可他并没有研究哨子本身，而是吹哨把猎犬召来，皱着眉头，仔细端详它们，仿佛要从它们身上找出受刺激的地方。从此，他非常喜欢猎犬，具体说，他常来找我把猎犬借出去，带它们散步。当他领猎犬外出时，我向他比画西方天空太阳的位置，示意到什么时候他必须返回来。他也指指同样的位置，每次回来都很准时。

一天，我骑着马出去，见到卡罗梅尼亚带着猎犬，在马赛依领地，离我宅邸很远很远。他没发现我，只以为他完全是一个人逍遥自在，无人觉察。我在马上凝望，但见他忽而放开猎犬任其迅跑，继而又吹响哨子把它们召回，然后再放它们飞奔……足有三四次。在他认为无人知晓的空旷的草原上，他发挥着新的想象力，沉浸于生活的新天地。

他用绳系着哨子，套在脖子上，可是一天，他颈子上的哨子不见了。我打着手势问他哨子怎么啦，他比画着告诉我，哨子飞啦——丢了。他没有向我再要一只哨子。要么他认为不会有第二只哨子的，要么他的意思是不再保留生活中不真正属于他的东西。我想，哨子未必不是他自己扔掉的，因为他无力让这哨子与他生存的其他思想协调一致。

五六年之后，卡罗梅尼亚也许又经受了许多苦难而突然升入天堂。

波莱·辛格

波莱·辛格的小打铁铺在山下碾面厂附近。从铺子里里外外的情形来看，即便是最保守的评价，也不能不说它堪称庄园里一个小小的地狱。小铁铺的房子用瓦楞铁搭成，太阳当空，直射屋顶，铁匠炉的火苗在屋内往上蹿，屋里屋外的空气灼热到了白炽化的程度。一天到晚，这里回响着锻砧震耳欲聋的嘈杂声——铁与铁的反复敲砸。屋里满地是斧头、断裂的车轮，俨若一幅古老而可怕的刑场素描。

尽管这样，打铁铺仍有着巨大的吸引力。我下山去看波莱·辛格打铁时，总见到铺子周围的人熙来攘往。波莱·辛格的工作节奏是超人的，似乎他的身家性命都维系于五分钟之内必须干完的特殊活计上。他时而跳起来，跃过锻炉，时而咆哮着，向两个吉库尤徒工发布命令，那声音尖厉，如高空中的飞禽。

他的一切行为都像一个在铁砧上燃烧着的人,或者像一个暴躁的超魔鬼在干活。然而,波莱·辛格绝不是魔鬼,正相反,他是个性情最温顺不过的人。工余之际,他的举止甚至于还带点少女的风韵。他是我庄园里的“风迪”——通晓各种活计的技工,不仅是铁匠,还是木匠、鞍匠、细木工。他为庄园制造了不少辆畜力车,完全由他一手操持。但他最喜欢干的还是锻工。看他装车轱辘的架势,透着一种美,一种自豪的神采。

从外表看,波莱·辛格有点像狡诈的骗子。当他穿上外套,盘上白头巾,一身盛装,配之以黑黑的大胡须,活脱一个魁伟庄重、步态蹒跚的男人。可是到了铁匠炉旁,光着上身,他又如此瘦削、灵敏,有如一座印度时钟。

我喜欢波莱·辛格的打铁铺。它之所以受到吉库尤人的欢迎,有两个原因。

首先,在于铁的本身。铁在一切原料中最有魅力,最能激发人们悠远的想象。铁犁、铁剑、铁炮及铁轮,它们是人类文明的产物,也是人类征服自然的象征。铁是朴素、平实的,连原始人也理解它,估得出它的意义。波莱·辛格锻打的就是铁。

其次,打铁铺吸引土著世界之处还在于它那铿锵的歌声。打铁,节奏单调而又活泼,高亢有力,撼人心魄,具有神话般的力量。它雄浑,极富男子汉气魄,足以震慑、融化女人的心。它直率,毫不装腔作势,道出的是真理,只是真理。有时,它甚至过于直露。它的力量充沛有余,它不仅是强健的,而且是欢快的。它为你效力,为你做大的贡献,既心甘情愿,也逍遥自在。土著爱其节奏,围着波莱·辛格的铁匠铺,个个心旷神怡。按照北欧的古老习俗,人在打铁铺说的话,可以不足为据,可以不承担责任。人到了非洲,在打铁铺里,舌头无拘无束,话就更多了,真可谓口若悬河。打铁的歌声激起多少海阔天空的想象!

波莱·辛格与我合作多年,在庄园可算得上收入不错的,但他的工资与他的需求不成任何比例。他是第一流的苦行僧,他不吃肉,不沾烟酒,也不赌博,一件旧衣服可以穿到丝丝缕缕。他汇钱回印度,供孩子们上学。他的小儿子戴利浦·辛格沉默寡言,曾从孟买来这里探望父亲。戴利浦与铁已没有什么缘分,我见到他身上唯一的金属是插在口袋里的铱金笔。神奇的素质在下一代身上已失传。

可是波莱·辛格本人,却执着于打铁的生涯,他头上神奇的光环在庄园期间依然放射异彩,我愿他一辈子神采斐然。他是诸神的仆人,在白热之中经受煅烧。他是自然界的精灵。在波莱·辛格的打铁铺,铁锤在欢唱,唱出你想听的歌声,仿佛赋予你的心声。这铁锤于我，唱的是一首古希腊的诗歌，一位朋友翻译如下：

就像铁匠挥舞铁锤

厄洛斯（爱神）在锻打中翻飞

我的淡漠里迸出星星火花

仿佛火红的铁在溪流中沉浸

厄洛斯将我哀伤的心灵抚慰

奇事一则

我在马赛依保护区为政府运送物资那一阵，曾有一回奇遇，凡我认识的人都从没遇到过。事情发生在一天中午，我们正在草原上行进。

在非洲，大气层对于大地景观的影响远甚于欧洲，大气中充满影影绰绰的形象与海市蜃楼。在某种意义上，大气成为变幻无穷的真正的舞台。正午时分，炙热异常，空气恍若小提琴的琴弦，隐隐振荡、颤悠。荆棘树丛生的草原，草原上起伏的山峦，所有的层次仿佛都升高了。干枯的草地变幻成一片片闪着银光的汪洋。

我们在这炙热、变幻不定的空气包裹之中跋涉。我一反自己的习惯，领着法拉赫、猎犬达斯克，还有照管达斯克的小仆人走在前头，和车队拉开长长一段距离。我们默默地走着，天太热了，热得人懒得说话。蓦然间，地平线上的草原开始移动、奔驰，一大群野生动物远远地从右前方向我们逼近。

我叫法拉赫："瞧，那些角马！"但是过一会儿，我又拿不准它们是否真是角马。我举起望远镜向前望去，可是在正午，望远镜也看不清楚。我问法拉赫："你说呢，它们是角马吗？"

这时，我发现达斯克警觉起来，全神贯注盯着前方的动物。它的耳朵耸起，锐利的目光追踪着动物。我常放达斯克去追逐草原上的大小羚羊，可今天，我想，奔跑起来太热了，就叫小仆人系牢它颈项上的带子。然而，说时迟，那时快，达斯克发狂地大叫一声，猛地向前蹿起，小仆人一下被掀翻在地。我接过带子，全力拉着。我望着动物群，又问法拉赫："它们到底是什么？"

在草原上很难估测距离。震颤的空气、单调的景色，又怎能叫你双目清明呢？还有，散布在草原上的荆棘树，那造型酷似原始森林的巨木，可实际上才十二英尺高，长颈鹿的脑袋与脖子时时从树顶伸出来。远处的动物常使你辨不清大小，受骗上当。过了一会儿，法拉赫才说："姆沙布，它们是野狗。"

可通常见到的野狗，往往是三五成群，这回遇到的却是大群的野狗。土著怕野狗，会提醒你野狗凶得很，要吃人的。有一次我在庄园附近的保护区骑马，遇上了四只野狗，它们在后面十五码处跟着我。我随身带着的两只小狗吓得紧跟着我，确切说是躲在马腹下。就这样，我们过了河朝庄园走去，才甩掉了野狗。野狗不如鬣狗大，它们与法国种的鬈毛大狗差不多。野狗的皮毛是黑色的，尾巴尖上、耳朵角上，都有一撮毛毛，它的皮毛低劣，粗而不匀，并有一股异味。

更前方大概有五百只野狗，它们慢慢地向我们跑来，也不左顾右盼，那架势十分古怪，仿佛被什么惊吓住了，或者是朝着固定的目标匆匆赶路。

野狗离我们近了，稍稍改变走向。它们好像仍然没有见到我们，以原来的速度行进着。渐渐地，它们距我们只有五十码之遥了。它们列成纵队跑着，两三只或三四只并排而行，好一会儿，整个队伍才在我们跟前走完。这期间，法拉赫曾说："这些野狗太累了，它们赶了很长路了。"

野狗远去了，消失了。我们看看后面的车队，想着还有一段路要赶。刚才那一阵心绪激动、焦虑弄得我们精疲力竭，我们就地坐下来，直至车队赶上我们。达斯克烦躁极了，一个劲蹿跳，要追赶野狗群。我抓着它的项圈，要不是我及时系上带子，我想它此刻早就喂了野狗了。

车队的驭手们纷纷跑上前来，询问究竟是怎么回事。我无法向他们或自己解释是什么使野狗大群而来，奇态惊人。土著则将这一现象视作凶兆——战争的凶兆，因为野狗专食尸体腐肉。事后，他们中间也没有太多的议论，不像旅途中其他遭遇那样，常成为他们的话题。

我对许多人讲过这一奇事，没人相信。可这毕竟千真万确，有我的仆人们为证。

鹦鹉

一位丹麦的老船主坐着，追忆他的青春岁月，飞回他十六岁那年在新加坡一处青楼里度过的良宵。他是随同父亲船上的水手去那里的。他坐在那儿与一位中国老妇人闲谈。她听说这小伙子是远方异邦的来客，便拿出她的老鹦鹉。这还是很久很久以前，她告诉他，自己年轻时的情人——一位出身名门的英国青年送给她的。丹麦小伙估计这只老鹦鹉该有百岁之寿了。它能说几句世界各国的语言，都是从青楼的国际气氛中拾取的。但有一段话是那个情人在送她之前教给鹦鹉的，她听不懂，其他所有的来客也都讲不出其中含义。现在，她打听的念头早已断绝多年了。可是，眼前的丹麦青年来自远方，说不定这会是他的乡音，能翻译出来哩。

老妇人的信任使年轻的丹麦人深深感动，也极为惊诧。他打量着鹦鹉,一想到从其可怕的喙中可能说出丹麦话来,他几乎撒腿跑出屋子。只是为了给老妇人做件好事,他才待下来。哪料到,当老妇人引着鹦鹉说出那几句话,竟然是正统的希腊语。那鹦鹉讲得很慢,年轻人的希腊语知识足以让他听得懂。这是萨福[1]的一首诗:

月亮下沉了,连同繁星
子夜退去了,悄然无声
时光在流逝,流逝
我独自倒卧,孤零零

老妇人听着丹麦青年翻译的诗句,咂着嘴,转动着小小的、斜视的双眸。她请他又说了一遍,轻轻地点点头。

1 萨福:古希腊抒情女诗人。

第五辑

告别庄园

当我回首在非洲的最后岁月，我依稀感到那些没有生命的东西都远远先于我感知到我的离别。那一座座山峦，那一片片森林，那一处处草原，那一道道河流，以及旷野里的风，都知道我们即将分手。当我开始与命运达成协议，当变卖庄园的谈判拉开序幕，大地的景观对我的态度也开始变化了。

艰难岁月

要说种植咖啡，我庄园的地势偏高了点。在凉季的那几个月，低洼地偶尔还有霜冻。清早，咖啡树的嫩枝、树上的小咖啡豆，都冻蔫了，变成褐色。一阵阵劲风从大草原吹来，即使是好年景，我们这里每英亩的咖啡产量也比不上地势较低的、海拔四千英尺的西卡、基亚布地区。

在恩戈山区，我们还缺雨水。一年里总有三次干旱，咖啡产量锐减。在年降雨量五十英寸的年头，我们收获八十吨咖啡豆；降雨量达到五十五英寸，则能收上近九十吨。可是有两个坏年头，雨水才二十五英寸、二十英寸，我们只收到十六吨、十五吨咖啡豆。那两年真是庄园的灾难。

与此同时，咖啡价格猛跌：以前一百英镑一吨，而今只卖到六十或七十英镑，庄园的日子越发艰难了。我们无力偿还债务，也没钱经营种植园。远在丹麦老家的人们——庄园的股东们，写信让我把庄园卖了。

我想了许多办法来挽救庄园。有一年，我试图在富余的地里种亚麻。种亚麻固然不错，但需要高水平的技艺与丰富的经验。我请一位比利时难民给我出主意，他问我打算种多少亩，我说三百英亩。他一下惊叫起来：啊，太太！那可不行。他说，要想成功，只能种五英亩、十英亩的，多了可不行。可是十英亩于我们何补之有！我种了一百五十英亩。亚麻地盛开天蓝色的花朵，那景致真是美不可言，就像一方人间的天堂。世界上还有哪种产品能像亚麻纤维那样令人心满意足呢？坚韧、有光泽，你摸一摸，会感到润滑如丝。亚麻纤维装运出去后，你不妨随之神游，想象这些美丽的纤维是怎样织成布、制成睡衣的。可惜的是，由于人员不稳定、缺乏经常性的监督，没有教会吉库尤人怎样正确地抽麻、沤麻、打麻，我的亚麻种得并不成功。

在那些岁月里，肯尼亚的许多农民都从事过不同的种养业，最终还是只有少数人在成功中受到鼓舞。恩乔罗的英格丽特·林斯特罗终于走了运。在整整十二年的艰苦奋斗中，她搞过花圃，养过猪、火鸡，种过蓖麻、大豆，眼巴巴地看着这些项目一一失败，她伤心，她痛哭，但最后她终于拯救了家庭、拯救了自己——她种植除虫菊，畅销伦敦，在那里加工成各种杀虫剂。而我自己的种种尝试却并不走运。干旱的气候，阿西平原吹来的劲风，使咖啡树枯萎，叶片发黄，部分咖啡园还闹起病虫害，诸如专啃枝干的木虫和黑斑虫。

为了提高咖啡产量，我们往田里施肥。我素来受欧洲农事的影响，清除庄稼而不施肥的做法，我怎么也接受不了。庄园的佃农闻讯赶来帮忙，他们送来自家牛圈、羊圈里的陈年粪肥，像泥炭似的，很容易处理。我们在咖啡树的行距间，用新从内罗毕买来的小铧犁、单牛犁，犁出一条条垄沟。牛车开不进田里去，所以庄园妇女们背上一袋袋粪肥，在垄沟里撒，一棵树撒一袋，然后让牛拉犁再覆盖上。那忙碌的情景真令人愉快，我是多么期待丰收的回报，谁知到头来，产量依旧，肥效丝毫不见。

真正挠头的是我们缺乏资金，钱在我接管庄园之前就已经花完了。我们无力进行任何一项重大的改革，我们的日子刚够糊口——在最后几年里，这种生活习以为常了。

我若是有资金，我想，我早就不种咖啡了，把咖啡树砍掉，换种林木。非洲的树木长得很快，雨季里，你从苗圃搬来一个个土箱，每箱十二棵幼株，依次栽上，十年工夫，你就能在高高的桉树、金合欢树下舒适地漫步了。到那时，我肯定，它们能畅销于内罗毕的木材、木柴市场。在很早以前，庄园里有一大片一大片的原始林，但不幸的是，在我接管之前这些林子就卖给了印度人，他们专事砍伐制材。我自己在困难时期也砍伐加工厂附近的树林，用来作蒸汽机的燃料。这片林子——高大的树木，充满生气的绿荫，多年来一直充当我的梦魇。我一生中的所作所为，最可内疚的便是伐倒了这片林子。我在有能力时，也栽过一些桉树苗，但成活者不多。要是持之以恒，不用五十年，我就能植树数百英亩，将庄园改造成歌声不绝的树林，科学地进行管理，在河边设一个木材厂。庄园的农民，虽说他们的时间概念与白人不同，但也一直企盼着有朝一日人人有足够的木材——在起初那些年头，人们都是这样的——至于木材，无可非议地来自我即将计划的林子。

我还计划在庄园里养牛，经营牛奶房。可是我们位于不洁之地，东海岸的黄热病常常流行。你真要饲养优良品种的奶牛，就得经常将它们放在药水中浸洗。这就更难于同内地的牧场主竞争。不过，我也有地利之便，离内罗毕很近，每天早上可送鲜奶进城。有一度，我们曾有一群良种奶牛，并在草原上为它们砌了一个很好的澡池。可是到了后来，我们又不得不忍痛割爱，把这些奶牛拍卖了。那个澡池，也长满了野草，像一口枯井，又如一座倒扣的古堡废墟。在以后的日子里，每当傍晚挤奶时分，我便走到马乌盖或卡尼努的牛圈前，闻闻那奶牛的甘美气息。我是多么渴望有自己的奶牛栅与奶牛房啊。我的内心不由一阵剧痛。当我骑马走在草原上，恍惚见到草原上点缀着一头头花斑奶牛，如同一朵朵野花。

但这种种计划，随着时间的推移，越发变得遥远，最终几近淡忘了。不过，我不太耿耿于怀，只要咖啡能赚钱，庄园能维持下去，我就谢天谢地了。

维持一个农场，可真是一个沉重的负担。我的土著，我的白人，甚至任凭我一个人为他们担惊受怕。有时，我感到仿佛庄园的咖啡树和牛群也不饶我。无论会说话的生灵，还是不会说话的哑巴，似乎一致认为，正是由于我的过失，雨水才迟迟不来，使夜间寒冷得难以忍受。我晚上安稳地坐下来读读书，好像也不应该。我害怕失去庄园，不得不外出巡游。法拉赫了解我所有的哀伤，他不赞成我夜间外出。他提到花豹，说是太阳下山时，它们就在房子四周转悠。法拉赫常站在回廊里巡守——一个白长袍的轮廓在黑暗中隐约可见——直到我夜出归来。但是我的心情异常沉重，任何关于豹子的事都顾不得放在心上。我知道，夜间我巡游庄园的每条通道也无济于事，但我仍天天去转转，就像鬼魂夜行,没有任何明确的动机和固定的目标。

在离开非洲的两年前,我正在欧洲访问。到了咖啡收获季节,我返回非洲。可是直到抵达蒙巴萨之后,我才能得到收成好坏的消息。船上的日日夜夜,我心中反复衡量着:当我心绪较好,生活显得友好可亲时,我估计这次能收七十五吨;可当我心情抑郁、紧张时,又想到,不管怎么样,这回六十吨总能收到手。

法拉赫赶到蒙巴萨接我。我不敢直接问他咖啡的产量。我们聊了一会儿庄园里其他的事。可是到了晚上,我准备上床时,却再也忍不住了,于是问法拉赫他们总共收了多少吨咖啡。索马里人一般是乐于报忧的,但此刻法拉赫却很不高兴,神情极为呆板,靠在门口,脑袋后仰,半合着双目,克制着内心的痛苦说:"四十吨,姆沙布。"一听到这个数字,我就明白我们再也维持不下去了。我周围的世界失去了一切色彩与活力。暗淡、令人窒息的旅馆房间,那水泥地板,那陈旧的铁床架,那破旧的蚊帐,不带一丁点儿人类生活的装饰,赤裸裸地摆在我面前,作为萧条世界的象征。我没有什么话可对法拉赫说,他也默不作声地离开了——世界上最后一个对我友好的人。

然而,人的精神具有自我更新的伟大力量。到了半夜,我想,若是老克努森,这四十吨咖啡就够了不起了,而悲观才是最致命的。不管怎么样，现在回庄园去，我将又一次沿着车道盘旋而上。我的人在那里，我的朋友们会到庄园探访我。在十小时之后，我将从铁道的西南侧又一次见到碧空下恩戈山那一片蓝色的剪影。

祸不单行。这一年蝗虫又飞临庄园。据说它们是从阿比西尼亚[1]飞来的。那里一连两年大旱，蝗群便开始南迁，将途中的庄稼一扫而尽。蝗虫还未见到，那些遭灾的地方便开始流传种种奇异的传说——在北方，蝗虫一过，玉米地、小麦田、菜园子都一下变成大荒漠。移民们派出信使向南方的邻居们通报蝗虫来了。可是，即使得到了预报，你对蝗虫也无可奈何。所有的庄园，人们都准备好一堆堆高高的木柴垛、玉米秆垛，蝗虫一到，立即点火。庄园里所有的工人都被派往田间，拿着空油桶、空罐头，一边敲打，一边哄叫着，不让蝗虫降落。但这仅仅能暂缓一阵，不管农民怎样惊吓，蝗虫不可能永远在空中停留。每个农民唯一的希望就是把蝗虫往南轰赶到下一个庄园。蝗虫飞越的庄园越多，落下的时候就越饥饿、越疯狂。我在马赛依保护区的北

1 阿比西尼亚：东非埃塞俄比亚的旧称。

侧有一大片草原，我寄希望于蝗虫越过草原，越过河岸，向马赛依那儿飞去。

从邻近的移民那里，我得到三四次关于蝗虫的通报，但没有更多的情况发生，我便自信一切都是子虚乌有的。一天下午，我骑马到庄园杂货店去——此店由法拉赫的弟弟阿卜杜拉经营，专为庄园工人、佃农供应日用品。小店设在路边。一个印度人正在店铺外摆弄骡车车套，抬头见我，忙从车套中站起来，跟我打招呼。

“蝗虫来了，太太，请小心，别让它飞到你的田里。”我到他跟前时，他说。

“蝗虫来了，蝗虫来了，我听到多少回了，可一个影子也没见到。也许事情并不像你们传说的那么严重。”我说。

“太太，请你往四周看看。”印度人说。

我四下里打量，只见北方的地平线上，天空中有一片阴影，犹如一道长长的烟雾，俨若一座城市在着火。百万人口的城市在明亮的空气中喷烟吐雾，我心想。

“那是什么？”我忍不住问。

“蝗虫！”印度人回答。

我策马返回庄园，在草原小道上，我发现二十来只蝗虫。我经过庄园经理的房子，吩咐他做好一切准备，对付蝗虫。我们俩一起北望，空中的那道黑色烟雾升得更高了。我们眺望的当儿，空中偶尔有一两只蝗虫从我们面前掠过，飞落到地上爬行。

翌晨，我推开房门向外望去，旷野里一片低沉、单调的褐黄色。树木、草坪、车道，我所见到的一切都覆盖着褐黄色，仿佛夜间土地上落了一层厚厚的褐黄色的大雪。蝗虫麇集旷野。我伫立着、凝望着，那景观开始振荡、破碎，蝗虫活动起来，向上飞腾，没几分钟，周围全是扇动的蝗翅，它们飞离了。

这一回，它们对庄园的破坏不算厉害，它们只是与我们一起度过一夜。我们见到了蝗虫的模样，长约一英寸半，灰褐色中带点粉红，摸上去有点粘手。它们仅仅是停落在树上，就把车道上的几棵大树压断了。你打量着这些树木，想起每只蝗虫不过十分之一盎司重，就不难想象它们有多少万只了。

蝗虫去而复归。在两三个月里，我们的庄园连续遭到它们的袭击。我们很快放弃了恫吓、轰赶它们的尝试，那根本于事无补，是悲剧般的举动。有时，一小群蝗虫飞来，那是脱离大队人马的自由小分队，匆匆掠过；但有时，蝗虫铺天盖地而来，整天持续不断地在空中横冲直撞，足足折腾几天才飞去。当蝗灾达到最高潮时，恰似北欧的暴风雪，呼啸着，打着呼哨。你的四周、你的头上，都是那小小的坚硬的蝗翅在扇动着。在阳光下，蝗翅犹如薄薄的钢片闪着光亮，但太阳终于被它们遮掩，变得暗淡昏黄。蝗虫的队列保持常态，从地面到树顶，蝗虫带的后面，天色明净。它们呼呼地迎面向你飞来，钻进你的衣领、袖口和鞋子。它们在你周身上下乱舞，你眼花缭乱，胸中奔涌着一股特殊的病态的狂热与绝望，你充满对蝗虫的恐惧。它们当中的一只两只无足轻重，打死了也无关大局。蝗群越过庄园，飞向遥远的地平线，就像一道细长的烟雾。它们飞走了，可你的脸，你的手，那被它们爬过的恶心感，将久久缠扰着你。

紧随着蝗虫袭击的，是大群飞禽。它们在蝗虫上空盘旋，一旦蝗虫停留在田里，它们也随之降落，大模大样地漫步其间。它们是鹳与鹤——高贵自负。

蝗虫有时栖息在庄园里，对咖啡树危害不大。咖啡叶，如同桂树叶，很坚韧，蝗虫咬不动。它们只是把田间各处的咖啡树压断。

可是蝗虫洗劫过的玉米田却是另一番悲惨景象：折断了的玉米秆上挂着几片干枯的叶子。我河畔的花园，原先一直精心浇灌，常年青翠，而今却像一堆灰土——鲜花、蔬菜和草药都被席卷一空。佃农的“夏姆巴”——农田就像燃烧过的荒凉的旷野，那高高低低的垄沟，已被爬行的蝗虫填平。尘土中，随处可见到几只死蝗虫。佃农们伫立着，注视着蝗虫。亲手翻耕、播种“夏姆巴”的老妇人，踩着蝗虫的脑袋，朝着天空中最后一道正在消逝的淡淡的阴影挥舞着她们的拳头。

蝗虫大队人马过后，死蝗虫触目皆是。在公路上，它们曾经栖息的地方，牛车、马车碾着蝗虫而过。此时，蝗群已远去，车辙明显可见，就像跑火车的轨道，铺满死蝗虫的小小尸体。

蝗虫在土里产卵。第二年大雨季过后，小小的黑褐色生灵就出现了——这是蝗虫生命的第一阶段，虽然还不会飞，但四处乱爬，见什么吃什么，一路扫荡。

我一没有更多的资金，二赚不来钱，便只好变卖庄园。内罗毕的一家大公司买下了我的庄园。他们认为那地方太高，不宜种植咖啡，就不打算再搞农业。但他们决意把所有的咖啡树都作为抵押品收受，将土地重新规划，并修筑道路。待到内罗毕向西部扩展时，他们就出售地产。变卖庄园的事宜忙完，已近年尾。

即使在那时，要不是为了一件大事，我并不认为我内心深处已放弃了这个庄园。庄园的咖啡树属于它的旧主人，或者说产权归了银行——它是庄园第一受押的。要到来年五月后，咖啡才能采摘、加工、出售。在此期间，我将留下照管庄园，一切一如既往，不管他人如何认为。我想，在这段时间，可能会发生变化，局面或许全然改观也未可知，因为世界毕竟不是一个有规则的或可以预料的舞台。

在这样的情况下，我进入了庄园生活的奇异时代。从根本上讲，各方面的事实都表明，庄园不再属于我。但尽管如此，无力认识真理的人，仍可以忽视真理，这对于日常事务来说是无足轻重的。这期间的每一个小时我都是在学习生活的艺术——现实生活或永恒的艺术，至于现实生活中所发生的事情，只能产生极小的影响。

说来真稀奇，在那时候，连我自己都不相信我会放弃庄园或离开非洲。我周围的人们对我说，我必须这么办。他们都是一些有理智的人。从丹麦来的信，都在证实这一点；日常生活中的一切事实，都在指明这一点。然而，我的思想毫不动摇，我始终相信自己必须葬身于非洲。基于这一坚定的信念，我没有其他理由或原则去想象此外的任何事情。

在这几个月里，我心中筹划着我的计划或战略来对抗命运，对抗我周围的人们——命运的同盟者。我思忖，自今往后，事无巨细，我都将认真对待，避免一切不必要的麻烦。我要让我的对手无论书面上，还是口头上，日复一日地陷于他们的事务，因为最终我仍将胜利而出，保有我的庄园及庄园里的人们。失去这一切，我想，我不能。连想象都不可能的事，怎么会发生呢？

就这样，我成了最后一个意识到自己不得不离开庄园的人。当我回首在非洲的最后岁月，我依稀感到那些没有生命的东西都远远先于我感知到我的离别。那一座座山峦，那一片片森林，那一处处草原，那一道道河流，以及旷野里的风，都知道我们即将分手。当我开始与命运达成协议，当变卖庄园的谈判拉开序幕，大地的景观对我的态度也开始变化了。在那之前，我一直是其中一部分：大地干旱，我就感到自己发烧；草原鲜花怒放，我就感到自己披上了新的盛装。而这会儿，大地从我这里分开，往后退着，以便我能看得更清晰，看到它的全貌。

山峦在下雨前的一周里，会做出同样的表示。在一个傍晚，你凝望着它们时，它们会突然剧烈运动，卸去一切遮盖，变得豁然开朗，无论造型还是色彩，都格外清晰，格外生动，仿佛它们决心将蕴含的一切都向你和盘托出，仿佛你能从你坐着的地方一直步行到绿油油的山坡上。你会想：如果一头野猪从空旷地冒了出来，我可以在它转动脑袋时，看见它的眼睛，看到它耳朵在动；如果一只小鸟停落在树杈上，我能听到它婉转歌唱。在三月，山峦间这种惜别的景象意味着雨水将至，而现在，对我却意味着分离。

我以前也曾在其他地方有过类似的经历。当即将离别之际,大地的一切向你袒露,但其中含义,我已淡忘了。我只是想,我从来没有见到过如此可爱的国土,似乎仅仅凝视着它,就足以使你终生欢乐。光与影将大地交织,彩虹耸立于天际。

当我与其他白人——内罗毕的律师和商人,或与为我旅行出谋划策的朋友们在一起时,我感觉到的孤独十分怪异,有时犹如一种可以触摸的物质——某种窒息感。我将自己视为他们当中的一个明智者。但偶尔有一两次,我却感到在神志清醒的人们中,我是一个疯子。这种感觉也是理所当然的。

庄园的土著,出自他们灵魂中的彻底现实主义,很了解庄园的形势及我的心境,其了解之透彻,就如同我向他们做了专题讲座,或者为他们撰写了一本专著。然而,他们仅仅指望我的帮助、扶持,任何一件事,他们都不试图为自己的将来盘算。他们做了很大努力使我待下去,为此,他们悄悄向我泄露,他们已经为我想出好多计划。变卖庄园的事宜了结之后,他们聚拢来,从早到晚坐在我屋子周围,与其说是为了与我攀谈,不如说只是想追随在我的左右。在领袖与其追随者之间,存在一种微妙的关系,追随者必定将领袖的每一个弱点、每一个失误看得一清二楚，有能力以不偏不倚的精确度来鉴定之，但同时又不可避免地倒向他，似乎生活的唯一出路就是跟随其左右。羊群也许对牧童持有这种态度，它们对环境与气候的了解远胜于牧童，但仍心甘情愿跟随他，如果必要的话，可以直下深渊。吉库尤人对环境的应变能力强于我，因为他们对于上帝与魔鬼更具洞察力，却围坐在我房子四周，听候我的吩咐，而在平常的日子里，他们很可能始终在自由地谈论我的无知、我的低能。

你也许会想，既然我明白对他们爱莫能助，既然他们的命运如重负压在我的心头，那么，他们无休止地在我房前屋后静坐，我不是难以忍受吗？但事实并不如此。我相信，在最后的关头，我们会在相依为命之中感到一种异常的舒坦与慰藉。我们互相了解之深刻，超越了一切理性。在这几个月里，我常常想起拿破仑撤离莫斯科的情景。一般都认为，他见到他的大军在自己周围遭难，奄奄一息，会极度痛楚。然而，同样可能的是，拿破仑如若没有这支溃军，他会倒毙于现场。夜里，我掐算着钟点，盼望着那一时刻到来——吉库尤人再度出现在房子周围。

酋长之死

同年，基那朱依酋长仙逝。一天夜里，他的一个儿子来我的住宅，请我随之到酋长的村子去，他正处在弥留之际。"阿那塔卡库法"——他要死了——土著这么说。

基那朱依那时已垂垂老矣。不久前，他的生活中发生了一件大事。马赛依保护区的传染病隔离令刚刚撤销，这位吉库尤老酋长一听到这个消息，便带上几个随从，亲自南下，长途跋涉赶到马赛依区，同马赛依人清理种种债务，接回寄养在那里的母牛和牛犊。他在那里染疴不起。据我所知，他的大腿被一头牛抵撞了，伤口坏疽，竟成为酋长之死因。基那朱依在马赛依人那里滞留过久，也许在他想返回的时候，他的病体已经受不起长途旅行的劳顿，他又决意将自己所有的牲口都带回。也许他先是让他的一个嫁到那里的女儿照料他，而后又为拖累了女儿感到不安。最后，他终于踏上归程。无疑，他的随从尽了最大的心力，吃尽了苦头，才把他送回家——他们用担架抬着这位奄奄一息的老人，走了那么长的路。此刻，他躺在自己的茅屋里，不久于人世了，特派人请我去看看。

基那朱依的儿子赶到我家已是晚饭之后。我、法拉赫与他，一行三人驱车前行，已是夜色沉沉了。新月初升，露出四分之一的脸庞。路上，法拉赫引起话题，谁将继承基那朱依，当吉库尤酋长。老酋长有许多儿子，显然，种种不同的势力在施加影响。法拉赫告诉我，酋长的两个儿子信基督教，但一个为罗马天主教徒，一个皈依苏格兰教会。两个教会都在千方百计地争取自己的教徒继任酋长。可吉库尤人自己则似乎倾向于老三——那个不信教的小儿子。

到酋长家的最后一英里路，简直是沼泽地里的牛道。野草上闪着露珠，一片灰蒙蒙。在进村前，我们还得穿过一道河床，河床中间淌着一条弯弯曲曲的银色小溪。我们在白茫茫的夜雾里穿行。赶到酋长的大院落，但见月色溶溶，高高低低的茅屋、粮仓的小尖顶，还有一个个牛圈，一切都显得那么安谧。我们拐弯进院，借着车灯光，我看见一个茅草棚下停着酋长从美国领事那里买来的汽车。那车显得孤零零的，铁锈斑斑，破旧不堪。看得出，基那朱依现在已顾不上它了。他转而向往父辈的传统，要见见周围的牛群与妇女。

村里黑洞洞的，但并未沉睡。人们听到汽车声纷纷出来，围住我们。然而，气氛变了，不再如往常那样了。基那朱依的院落历来是喧闹、活跃的地方，就像一口井泉从地上喷涌出来，流向四面八方，部族的各项计划、各个项目均在这里酝酿，从这里向部族各个角落展开。而这一切活动都处于浮华而慈善的中心人物基那朱依的监督之下。而今死亡之翼覆盖在院落之上，像一块强力磁铁，打乱了原先的格局，组成了新的星宿与群体。家庭、部族的各个成员的利益都到了关键时刻。这样的景象与阴谋诡计历来在君王临终的床前床后发生，而此刻，在牛群的强烈气味之中，在朦胧的月色之中，你也会突出地感受到。我们下车之后，一位提灯的小男孩迎上来，引我们去酋长住的屋子，一大群人尾随我们，在屋外站着。

从前我从未进过基那朱依的屋子。这幢酋长“王室”远比普通的吉库尤茅屋大，但进去一看，屋内陈设并不奢华。一个用木棍与绳索编织的床架，几只木凳，踩得光溜溜的黏土地板上，有两三堆火在燃烧，那热气令人窒息，那烟雾浓得我走进去都看不清里面的人，虽然地上立着一盏防风灯。我稍稍适应屋内环境后，发现里面有三个光脑袋的老头，兴许是基那朱依的叔伯或调停人；一个年迈的老太太，拄着拐杖，守在床前；还有一个漂亮的小女孩和一个十三岁的男孩——在酋长驾崩之室，他们是怎样的新的星宿啊！

基那朱依平躺在床上，他的生命之火行将熄灭。他已一半登上死亡之途。他周身发出冲鼻的恶臭，吓得我开始都不敢开口讲话，害怕染上疾病。老人赤裸着全身，躺在我从前送他的那块花格毯子上，他那条中毒的大腿也许支撑不住任何分量了。那大腿惨不忍睹，肿得非常厉害，你都分不出哪儿是膝盖。在风灯的灯光下，我依稀看到他从臀部到脚背，划有一道道黑色的、黄色的条纹。他腿下的毯子又黑又湿，似乎水终日从那里流出。

基那朱依的儿子——那个到庄园接我的小伙子，搬来一把欧式旧椅——其中一条椅子腿短于另三条，放在床跟前，让我坐下。

基那朱依的头部与肢体瘦得只剩下一副又大又硬的骨架，他看上去像一尊用刀子粗粗刻出的黑木大雕像。他的牙齿和舌头露在嘴唇间，双目半暗半明，黝黑的脸庞上呈现乳白色，但他仍有视力。我走到床前，他两眼转动着看我。我在屋里逗留时，他的目光始终盯在我的脸上。

他将右手缓缓地、一点点地移过身子，碰碰我的手。他处于极度的痛苦之中，但他依然是他，举足轻重，裸露在床上。从他的表情上，我可以感知他的凯旋，除了他的几个马赛依女婿外，他带回了所有的牲口。我坐着凝视他，忽然想起他以前有个弱点：怕打雷。那次我见他在我那儿遭到雷雨，吓得跟兔子似的，想钻地洞而去。而此刻，他不再怕闪电，也不再怕滚石般的雷声。我想，他已经完成了人间的使命，叶落归根，安然等待，可谓心满意足了。他倘能清醒地回首一生，会感到这一辈子的遗憾之事寥寥无几。那巨大的生命力，那怡然自得的气度，那丰富多彩的业绩，而今到达了终点。基那朱依安宁地躺着。“基那朱依，你堪称完美无憾。”我心中默念。

屋子里的几位老人肃立着，似乎丧失了说话的能力。唯有那个我们进来时就在屋里的小男孩——我猜想他是酋长近年生的儿子——走到父亲病榻前，陪我说话。我觉得这是在我到来之前他们商量好的。

教会的医生，男孩对我说，得知基那朱依患病，也来看过。医生告诉吉库尤族人，他下次会来接垂死的酋长到教会医院去。这天晚上，他们等着教会的车来。可是基那朱依不愿住院，这便是叫我来的缘故。他希望我把他接走，接到我的住地，他的意思是现在就走,赶在教会的车来之前。男孩说话时,酋长直看着我。

我坐着,心情沉重地听着。

要是基那朱依在过去任何时候病危,一年前,甚至三个月前,我都能应他的要求把他接到我的住所,可是今天却不行了。不久前,情况变得很糟,而且我担心会越来越糟。我这一阵天天奔波于内罗毕的一些办事机构,听取商人与律师的咨询,会见庄园的债权人。这房子,基那朱依要我接他进去住,可它已不再属于我了。

我坐着,看着基那朱依,心想,他快要咽气了,不会有救的。他会死在到我家去的路上,或一到那里便死去。教会的人会因他的死来指责我,谁得知这情况时都会加入他们一起来指责我。

我坐在屋里那把破椅子上,这一切于我似乎是难以接受的重负。我内心不再能抵挡得住这世间的种种权威。我现在根本无力冒犯权威,更不必说冒犯所有的权威。

好几次,我试图鼓起勇气接走基那朱依,可是哪一次都缺乏足够的勇气。于是我想,我应该离去。

法拉赫站在门口,听着男孩讲话。他见我默默坐着,便走过来轻声而热切地向我说明抬酋长入汽车的最佳办法。我起身与他一起走到屋子的背静处,多少避开一点床上老人的目光与气味。我告诉法拉赫，我不准备把基那朱依接回去。法拉赫对这一拒绝毫无准备，他的眼睛和整个脸庞因吃惊而显得阴沉。

我愿意再陪坐一会儿，但不想等着看到教会来人把他接走。

我走到基那朱依床前，对他说我不能接他到我的宅邸。没有必要陈述理由，我们告辞了。屋子里的老人们得知我婉拒了，便围上前来，十分不安。小男孩倒退几步，愣在那里一动不动，他也无能为力。基那朱依神色泰然，没什么紧张不安。他只是凝视着我，如同刚才那样。他的神色显得仿佛他曾遭遇过类似的事，而这种事是合乎情理的。

“夸海里，基那朱依。”我说——再见。

他那发烫的手指，在我的手掌上轻轻划动了一会儿。我还没走到房子门口，回首看他时，暗淡的灯影、弥漫的烟雾已将我们的吉库尤酋长那魁伟、直挺的轮廓吞噬。我出了房门，一阵寒意袭来，月亮已下沉到地平线，该是过了午夜吧。这时，院子里酋长家的一只公鸡啼叫了两遍。

基那朱依当夜在教会医院里去世。第二天下午他的两个儿子到我这里报丧，同时邀请我参加葬礼。酋长的葬礼定于隔天在村庄附近的达戈莱蒂举行。

吉库尤人，按他们的习俗，并不埋葬死者，而是陈尸野外，一任鬣狗、秃鹫处理。这种习俗对我素有吸引力，我觉得这是颇为美妙的——让遗体暴露在太阳与星星之下，被清理得如此迅捷，如此干净利索，与大自然融而为一，成为大地景观普通的一部分。那时，庄园里正流行西班牙感冒，鬣狗们整夜在“夏姆巴”间巡游。那一阵之后，我常在树林的蒿草中发现褐色、光滑的骷髅，就像一颗核桃掉落树下或草原上。只是这种习俗与文明生活的环境不相协调。政府费了不少口舌让吉库尤人改变习惯，教他们土葬死者，但吉库尤人全然反对。

可现在，他们告诉我，将为基那朱依举行葬礼。我想，吉库尤人因为死者是酋长，同意开个先例。兴许他们想在那一天搞个盛大的土著集会。隔天下午，我驱车前往达戈莱蒂，期待着见到肯尼亚所有地方民族的老酋长，领略一番吉库尤人的隆重治丧活动。

可惜的是，基那朱依的葬礼完全是欧化的、牧师的事务。来了几个政府代表，还有区长、内罗毕的两名官员。那一天的场面都让教士占去了。草原在下午的阳光下，因教士们而显得毫无生气，法国教会、英格兰教会、苏格兰教会来了不少人。如果他们想给吉库尤人这样的感觉——他们已为去世的酋长祝福，现在酋长属于他们，那么，他们已取得成功。他们是如此具有影响力，使人感到基那朱依要脱离他们，是绝无可能的。这是教会惯用的手段。在葬礼上，我第一次见到，不知有多少教会少年、信教的土著，也不管他们充任什么角色，却都穿着祭司的服装。我见到胖墩墩的吉库尤青年戴着眼镜，交叉双手，显得像冷漠的阉人。也许基那朱依的两个儿子在那里，暂时将宗教分歧搁置一旁，可惜我不认识他们。一些老酋长出席了葬礼。凯奥伊在场，我与他谈了一会儿基那朱依的事。但老酋长们多不出头露面，只是混在参加葬礼的群众之中。

基那朱依的墓穴挖在草原上几棵高高的桉树下面，用一根绳子围着。我那天到得早，得以站在绳前，距墓穴很近。在那里，我可以观察越来越多的人犹如一群蝇子汇集并停留在附近。

他们将基那朱依从教会的卡车上抬下来，放到墓穴近旁的地上。我不认为在我生平中有比那次我见到他的情景更令我惊心动魄的了。他是一个身材魁梧的人，我清楚地记得他在随从的簇拥下，健步来到庄园的形象，我也忘不了就在两夜之前他躺在床上的模样。可此刻，他们抬他来的棺材几乎是一个方形的盒子，肯定长不过五英尺。我乍一见到，根本没想到这就是棺材，我只想一定是个装葬礼用品的木盒。但这就是基那朱依的棺材，我一直不明白那些人是怎么挑选的。也许，这是苏格兰教会里的存货。可他们怎么装殓？他又怎么躺在里面？他们将棺材放在地上，距我站的地方很近。

棺材上有一块带铭文的大银牌，事后我得知，这是教会送给基那朱依酋长的，上面有一段《圣经》语录。

葬礼持续得很长，教士们一个接一个地站出来讲话。他们布道劝诫，不厌其烦。可是我什么也没听到，我紧紧地抓住揽在基那朱依坟墓四周的绳子。一些土著教徒随着传教士的布道，也在绿色的草地上哼哼唧唧。

最后，基那朱依的棺木放到了地下，故国的热土覆盖着他。

我去达戈莱蒂时带着我的仆人们，以便他们也能参加葬礼。他们在那里与亲友交谈，步行回来。我与法拉赫开车回家。法拉赫沉默得像刚刚离开的坟墓那般。对法拉赫来说，很难容忍这一事实——我没将基那朱依带回家。两天来，他一直失魂落魄，深深陷于巨大的疑虑与苦恼之中。

我们的车来到庄园大门前，他终于开了腔："不必过虑，姆沙布。"

山丘陵墓

戴尼斯狩猎归来，在庄园小住一阵。当我开始收拾房子、打点行装时，他就待不下去了，住到内罗毕修斯·马丁家里。他每天从那里开车到庄园，与我共进晚餐，这样一直到我拍卖家具。我们坐在一个木箱上闲聊，吃饭则在另一个箱子上。我们一坐就坐到深夜。

有几次，我们之间的谈话，真像我即将离开肯尼亚似的。戴尼斯把非洲视作故乡。知我者，概莫如他。他给我以慰藉，尽管他也笑话我由于要辞别庄园的人们而过于伤感。

“你觉得吗，你离开西龙嘎——庄园之地——就活不下去。”他说。

“是的。”我回答说。

但大部分时间，我们的言行仿佛未来并不存在。他为人的方式是从不为未来担忧的，似乎他心中有底，如果需要的话，他可汲取不为人知的力量。他很自然地与我的观念不谋而合，对事，任其自然；对人，任其去想、去说。他来庄园，并非异乎寻常的事，因为我们的情趣相投嘛。我们在空空荡荡的房子里，坐在包装箱上。他引了一首诗给我：

你该将伤感的小调
变奏为欢快的曲子
我决不因怜悯而来
我为欢乐而至

在那几个星期里，我们常驾机高高飞越恩戈山峦，或在野生动物园上空低低盘旋。一天早晨，戴尼斯早早来到庄园接我去飞行。太阳刚刚升起，我们就在恩戈山南麓的草原上见到一头狮子。

他老是叨咕要将多年来存放在我那里的书籍整理一下，包扎起来，可又只是说说而已，并不付诸行动。

“这些书你留着吧，”他说，“我现在无处可放。”

他根本拿不定主意，我房子一旦封存，他何去何从。有一回，在朋友的一再劝告下，他跑了一趟内罗毕，去看看那儿待出租的平房。他回来后颇为沮丧，不愿提及所见的房子。晚餐时，当他开始向我述说那里的房子及家具时，竟然一反常态，停下话头，一语不发，满面愁云，显得很不耐烦。为生存而奔波的观念，在他是不可容忍的。

然而，他的不满纯粹是一种客观的、非针对某个人的情绪。他忘记了，他自己决心成为生存的一分子。我谈到这一点时，他打断了我的话。

"嗨，至于我，在马赛依保护区住一顶帐篷，或者在索马里村借一间屋子住，就十分幸福了。"

可这一回，他破天荒地谈到我在欧洲的前途。他认为，我在那里要比在庄园更幸福，因为脱离了我们在非洲所处的那种文明。

"你知道，"他继续说，"在非洲这块大陆上，人们颇以讥讽挖苦为能事，人情淡薄极了。"

戴尼斯在海滨有一块土地，位于蒙巴萨北面三十英里的塔卡翁加湾。那里是古阿拉伯居民点的遗址，有一座造型质朴的尖塔，一口水井，盐碱地上是风化剥蚀的灰色石块，几株老芒果树散立其中。戴尼斯在他那块土地上盖了一幢小屋，我曾在那里住过。那里一派大海的景致：明朗而带有一种神性，寥廓而一片荒芜。你的眼前是蔚蓝的印度洋，你的南侧是深深的塔卡翁加湾，而极目之处，绵延着漫长的、陡峭的海岸线，由浅灰、淡黄的珊瑚岩构成。

退潮之际，你从小屋出来，可以在大海中步行数英里，恍若置身于辽阔的、未经平整的大广场，尖角长长的贝壳、海星俯拾皆是。斯瓦希里渔民在这里盘桓，他们围着缠腰布，戴着红色或蓝色的头巾，活脱是水手辛巴德[1]再世。渔民向你兜售色彩绚丽、带尖刺的鱼，有的味道甚美。小屋下的海滨有一排潮汐冲刷而成的洞穴，你可以在那里的阴凉处坐下，眺望远处闪闪烁烁的蓝色海水。大海涨潮时，海水淹没了洞穴，漫到小屋外的地面。在多孔的珊瑚石中，大海在以最奇特的方式歌唱、感叹。你会感到你足下的土地似乎是充满活力的，而那一排排波涛奔腾来到海湾，就像一支风暴大军。

我在塔卡翁加湾小住时，适逢月圆。那些月明之夜的恬静、幽美，多么令人倾心。你睡觉时，对着大海敞开房门，暖和的风，带着声声悄悄话，拂过松软的沙地，吹到石头地板上。一天夜

1　辛巴德：《天方夜谭》中以七次冒险航海著称的人物。

里，几只阿拉伯帆船驶近海岸，乘着季风，静静地泛行，月光下呈现一排褐色帆篷的剪影。

戴尼斯曾谈到要将塔卡翁加作为他在非洲的家，从那里出发，到野外狩猎。我提到自己不得不离开庄园时，他要把塔卡翁加的房子给我，因为在高原，他曾居住在我的房子里。可是白人在海滨住不长久，除非有许多舒适的家庭设施，况且那里对我来说地势过低、气候过热。

在我离别非洲那年的五月，戴尼斯去塔卡翁加待了一周。他计划在那片土地上盖一间大屋，种些芒果树。他驾着飞机离去，途中绕道佛依地区，看看那里有没有可捕猎的大象。土著一直说佛依一带有群非洲象自西方迁徙而来，特别提到有一只大公象，个头比其他象大一倍，而且孤身在佛依的旷野上活动。

戴尼斯历来自恃是地地道道的理性主义者，却为某些特殊的情绪与先兆所左右。在这些情绪与先兆的影响下，他有时一连几天，甚至一周都郁郁寡言，尽管他自己感觉不到。我若问他有什么心事，他会感到惊讶。他启程赴海滨的头几天，正处于这种心不在焉的状态，似乎陷入冥想之中，而我提醒他时，他却笑我。

我求他把我带上，在空中俯瞰大海，该何等美妙。开始，他满口应承，可后来又改变了主意，说不行，他不能带我去。他告诉我,绕行佛依的旅程很艰难,得下飞机,睡在野地里,因此,他需要随身带一名土著仆人。我提醒他,他曾许诺要驾机带我遨游非洲上空。他说,不错,他说过此话。如果佛依真有大象,他了解了降落与宿营的地点后,会带我齐飞。这是戴尼斯仅有的一次不愿带我与他同机而行。

他在五月八日星期五离开庄园。

“下星期四出来接我,”他走时说,“我会及时赶回,与你共进午餐。”

他发动汽车,沿着车道下山,驶向内罗毕的机场,可一会儿又折回来,找一册他送给我的诗集,想把它带在身边。他站着,一脚踩着汽车踏板,手指头点着书页,向我念诵起我们那一阵经常赏析的一首诗。

“请听,你的灰天鹅。”他说着念起来——

我看见一群灰天鹅在草原上空飞翔
它们在高天充溢着活力
穿过一重重蓝天,引颈向上
怀着不屈的魂灵
为苍宇挂起灰白色调的徽章

起伏的山峦上

太阳辐射道道光芒

诵毕，他挥着手，驱车而去。

戴尼斯在蒙巴萨飞降时，撞断了一片螺旋桨。他电告内罗毕为他准备好他所需的配件。东非航空公司派一名当差把配件送到蒙巴萨。戴尼斯安装好后，又要登机飞行，并叫那个当差随他一起走，可那人不愿同行。他常常与许多驾驶员一起飞来飞去，在此之前也随戴尼斯飞过。戴尼斯是优秀的飞行员，不仅在驾驶员当中，而且在土著中享有盛名。但这一次，当差却不愿与他同飞。

事后很久，当差在内罗毕遇到法拉赫，闲聊中还对法拉赫说："那回就是出一百卢比，我也不跟贝达先生同飞。"命运的阴影——戴尼斯在恩戈庄园最后的日子里感觉到的先兆，此刻被一个土著更明显地察觉了。

于是，戴尼斯带上自己的仆人卡马乌飞往佛依。可怜的卡马乌很怕坐飞机。在庄园时，他告诉我，当他离开地面升到空中时，他的两眼始终盯着自己的脚，直至飞机降落地面。他只要扫一眼机侧，看见高空下的大地，就会吓得半死。

礼拜四，我出去接戴尼斯，心里计算着，他日出从佛依起飞，飞到恩戈庄园，也就是两个钟头光景。可是他没到。适逢我在内罗毕有事要办，便驱车进城去了。

我在非洲，不管什么时候，只要病了，或是为某件事担惊受怕，就总会被某种心血来潮的古怪意识所折磨。每逢这种关头，仿佛我周围的一切都岌岌可危或混乱不堪。在这种祸患之中，我本人不知怎么回事，总是处于错误那一边，人人都不信任我，惧我三分。

这些梦魇，实际上是一战的一些旧时回忆。那期间有一两年，在肯尼亚人们的心目中，我被认为是亲德分子，因此对我缺乏信任。他们的疑惧源出于这一情况：大战爆发前不久，我曾在那依万霞湖区为德属东非的弗莱顿将军买过一批马。还是六个月前，我们一起来非洲时，他托我给他买十四阿比西尼亚种的母马。可是初到肯尼亚，我有其他许多事情要操心，把这件事忘了。不久前，他接二连三写信给我，我这才动身去那依万霞为他买马。可是，紧接着，战争爆发了，母马再也运不出肯尼亚。尽管如此，我仍然摆脱不了这一事实——在战争爆发之际为德军购置马匹。不过，对我的怀疑并没有持续到战争结束。我兄弟志愿参加英军，在罗耶战区北部的亚明斯战役中荣获维多利亚红十字勋章。这一成功也洗刷了我的嫌疑。《东非旗帜报》还登载了这一消息，题为《一位东非十字勋章荣获者》。

那会儿我对自己的孤立处境不以为然，因为亲德与我并不沾边，如果必要的话，我能澄清事实真相。可是这种遭遇毕竟对我影响颇深，远超过我的感知程度。多年之后，每逢我过分疲乏或是发高烧时，这种受怀疑的孤独感又会萌生。在非洲的最后几个月里，当一切都不顺遂时，有时这种感觉会突然袭来，像一层黑雾笼罩，在某种程度上，这使我不寒而栗，恰似害怕某种精神错乱。

星期四我在内罗毕，这梦魇又不期而至，而且感觉十分强烈，我怀疑自己是否开始发疯了。不知怎么回事，内罗毕及我所遇见的人们，都透着一种深切的悲哀。而在这种氛围里，谁都回避我，没人停下来与我交谈。我的朋友们，远远见到我，就钻进他们的汽车，一溜烟开走了。甚至邓肯老先生——苏格兰杂货铺老板，我多年在他那里采购物品，还曾与他在政府大厦的大舞厅里跳过舞——见到我进去，恐惧地看着我，离店而去。我开始感到，在内罗毕，就像到了荒岛上那么孤单。

我将法拉赫留在庄园接待戴尼斯，我身边无人可以交谈。吉库尤人在这种情况下于事无补，原因在于他们对现实所执的观念以及他们面临的现实，都与我们相异。我要去乞罗莫参加麦克米伦夫人的午餐会，我满心以为到了那里我一定会找到可交谈的白人，恢复一下内心的平衡。

我开车来到乞罗莫一幢古色古香的房子前，那长长的竹林道尽头，便是午餐会的场所。可是乞罗莫的情况与内罗毕街头毫无二致，每个人都极度悲伤。我走进去的时候，人们的交谈戛然而止。我坐在我的老朋友布尔派特身边，他双目下视，寡言少语。我想拂去沉重地压着我的阴影，与他谈起他在墨西哥的登山壮举，可他似乎将这一切淡忘了。

我心想，这些人对我没什么价值，我回我的庄园去好了。戴尼斯这会儿该回来了。我们会有理智地交谈和正常地处事。我的神志会再度清醒，一切都会明了起来。

但是，午餐结束时，麦克米伦夫人请我与她一起到客厅去。在那里，她告诉我，佛依出了一桩事故。戴尼斯飞机的引擎失灵，机坠人亡。

一听到戴尼斯的名字，我豁然明悟。是的，真相大白了，一切我都明白了。

不久，佛依区区长写信给我，详告事故的有关细节。戴尼斯在区长家过夜，早晨从佛依机场起飞向庄园进发，随机的有他的仆人。起飞后，他很快又折回来，低空飞行，距地面两百英尺。突然间，飞机剧烈摇晃，开始旋冲起来，接着像一只猛扑而下的飞鸟直冲地面，一撞到地面，旋即着火。赶到机场的人们，因为高温而受到阻碍。他们抱来树枝，运来沙土，扑打火焰。火终于熄了，人们发现飞机已摔成碎片，两个人在坠落时丧生。

许多年过后，本殖民地的人们还感到戴尼斯之死是无可弥补的一大损失。在一般的殖民者对他的态度中，出现了一种良好的倾向，一种超乎他们理解的、对价值的尊重。他们谈论戴尼斯，最经常地将他当作运动家。他们评价他作为板球、高尔夫球运动员的探索精神。这些业绩我闻所未闻，只是在这时我才了解到他在一切运动项目上的盛誉。于是，当人们向作为运动家的戴尼斯致以敬意时，自然而然地加上一句评价：他是出类拔萃的人物。但人们真正纪念他的还是他那毫无自我的意识、毫无自私自利的意识。这种无条件的真挚忠诚，除了他以外，我只在白痴身上见过。在殖民地，这些品质一般来说，并非仿效的榜样，可在一个人死后，人们也许比在其他场合更真诚地钦佩他。

土著比白人更了解戴尼斯。对土著来说，他的死无异于丧失了一位亲人。

我在内罗毕听说戴尼斯遇难身亡时，曾设法赶往佛依。航空公司派遣汤姆·布莱克前往现场报告事故情况，我驾车到机场，请求他带我一起去。可待我赶到机场，他的飞机刚好起飞向佛依进发。

原先这段路程还能通车，但正值大雨季，我得了解一下公路状况。在我坐等路况报告时，我想起戴尼斯曾对我说过，他愿意死后葬于恩戈山。真怪，以前我怎么就没记起他的遗愿，而此刻，我的意念又决心无论如何一定要亲自为他安葬，就像有一幅图片提醒我似的。

在恩戈山区野生动物保护区的第一个分水岭，有一处地方，我一度曾想自己老死非洲时，将它作为我未来的墓地。我曾指给戴尼斯看过。一天傍晚，我们坐在屋子里向外眺望时，他表示过自己也愿葬在那儿。从那以后，有时我们驱车进山，戴尼斯会说："让我们开到我们的墓地去。"有一次，为了寻觅野牛，我们在山里宿营。下午，我们步行到山坡上，以便观察得更清楚。在那里，扑入视野的是渺无涯际的宏伟景象：落日的余晖下，两座名山——肯尼亚山与乞力马扎罗山，我们都见到了。戴尼斯躺在草丛里，吃着橘子，说他愿意长眠于斯。我选的墓地则在稍高处。从这两处，都能见到我掩映在遥远的东方丛林里的屋舍。当时我想，明天我们还要回到那里去，永远回到那里。尽管广为流传的理论是人人都要死的。

古斯塔夫·莫尔听到噩耗,从他的庄园赶到我的住宅,没见到我,又来内罗毕找我。不一会儿,修斯·马丁也来了,与我们坐在一起。我向他们讲了戴尼斯生前的遗愿,以及山上的安葬处。他们立即电告佛依的有关人士。在我返回庄园前,他们通知我,翌晨用火车将戴尼斯的遗体送来,这样,中午即可在山上举行葬礼。我必须在午前把他的墓地整修好。

莫尔随我回庄园,在那里过夜,第二天一早就帮我张罗。我们在日出前上山,确定墓址,及时开挖、修整。

雨彻夜不止。到早晨我们出发时,依然细雨蒙蒙,道上的车辙里灌满了水。开车上山,就像进入了云雾之中。右面,我们不见下方的草原;左面,不见山坡与山巅。随我们同来的坐卡车的仆人们,在我们后面十码,便看不见人影。路越往上,雾就越浓。从路旁的路标上,我们方知到了野生动物保护区的某一处,于是又行驶一两百码便下了车。我们将卡车与仆人们留在公路上,先去寻找我们所需的地方。早晨的空气冻得手指生疼。

墓址既不可离道路太远,地势又不能太陡,卡车还得上得去。我们几个徒步走着,议论着弥漫的大雾。走了一阵,我们又分道去选墓址,几秒钟之后便钻进大雾之中,互相看不见了。

山野时而显得开阔，时而又局促封闭，气候酷似北欧的雨天。法拉赫与我同行，提着湿淋淋的来复枪，我寻思我们有可能会闯入野牛群。周围的一切，蓦然从雾中展现在我们面前，显得格外大。灰蒙蒙的野橄榄树叶子、比人还高的野草，滴着水珠，散发冲鼻的气味。我穿着雨靴、雨衣，可不多一会儿便淋得透湿，仿佛在溪流里跋涉。山野里静极了，只是雨下大了，四周才传来一阵阵淅淅沥沥的声响。雾散开时，但见前后绵延茫茫的深蓝色，犹如一块巨大的石板——那该是远处的一个山峰吧——一会儿又被飘浮的灰色雨雾所吞没。我走啊走，最后驻足静默，在天气放晴之前，我在这里什么也干不了。

莫尔大声喊了我三四次，找到了我的位置，走到我跟前，脸上、手上淌着雨水。他告诉我，我们已经在雾中转悠了一个小时，要是还定不下基地，就来不及准备了。

“可我不清楚现在何处，”我说，“我们不能将戴尼斯葬在视野不开阔的地方。让我们再找一会儿。”

在高草丛中，我们静静地站着，我抽了一支烟。我正要扔掉烟蒂时，雾散了一些，我们周围苍白、凛冽的世界开始显露出来。十分钟后，我们能看清所在的地方。大草原就在我们的底下，我的目光可以沿着我们进山的道路扫视——它随着山坡蜿蜒，顺着山势上升，向我们奔来，拐个弯，又逶迤而去。在南边遥远苍茫的地方，变幻的云彩下，横亘着乞力马扎罗山断断续续的深绿色丘陵。当我们转身朝向地面时，天色更为明亮，刹那间，一道道柔和的光线在天空中斜射，肯尼亚山的肩头镶上了闪闪的银色条纹。在我们下方的东侧，近处一片灰色与绿色之中，倏然出现一个小小的红点，那是我房子的瓦顶挺立在森林里的开阔处。我们不必往远走了，我们所在处正是个好地方。没多久，雨又下起来了。

在我们上方约二十码处，有一块天然的窄窄的平台。我们标定了墓址，并用罗盘确定墓地为东西向。而后，我们招呼仆人们上来，分派他们用砍刀割草，开挖湿土。莫尔带领几个仆人去修卡车道——从公路到墓地。他们平整场地，砍下杂树枝铺在路上，地面很滑，极易摔跤。我们无法把路通到墓前，这里太陡了。此地宁静极了，仆人开始挖起来，我听到了山峦的回音。挥铲刨土的声响在山谷回荡，俨若一只小狗在吠叫。

几辆从内罗毕赶来的车出现了，我们派一个仆人给他们引路——在广袤的山野里，他们不会注意到灌木丛中墓地旁的几个人。内罗毕的索马里人也来了，他们将骡车停在大路上，步行缓缓而上，三五成群，以索马里的习俗表示哀悼，仿佛包裹着脑袋，从人生中摆脱出来。戴尼斯的一些内地的朋友，闻讯从那依万霞、吉尔吉尔及埃尔梅太塔驱车而来，他们的汽车在长途疾驰中溅满了泥浆。此时，天气更加晴朗了，恩戈山的四座顶峰展现在我们的上空，直指青天。

午后不久，人们抬着戴尼斯沿着去坦噶尼喀的老路，将他的遗体从内罗毕运至这里。车辆在泥泞的道路上慢吞吞地行驶。他们来到最后一个陡坡前，将狭长的覆盖着旗帜的棺木搬出汽车，抬着往前走。当灵柩安放在墓穴中那一刹那，整个旷野骤然变得像陵墓一般静谧，两者浑然一体。群山肃立，它们知道，也理解我们在其环抱中所做的一切。接着，它们自发主持仪式，这是它们与戴尼斯之间的交流。出席葬礼的人们在这旷野里反倒成了一小群旁观者了。

戴尼斯观察过也亲身走过非洲高原上的每一条道路。他比其他任何白人更了解非洲高原的土壤与节令、植物与动物、四面的来风、八方的气息。他考察过气候的变化、变幻的云朵、夜间的星星，还有高原的人们。就在这山野里，不久前我还见过他不戴帽子，伫立在午后的烈日下，眺望大地，带着他的望远镜，寻觅着山野的一切。他将自身融会于山野之中。在他的眼里、心里，山野变了，处处带有他个性的标记，成了他生命的一部分。此刻，非洲接受了他，又将造就他，他果然与这块热土合而为一了。

听说内罗毕的主教不想来参加葬礼，因为来不及在墓地举行祭奠仪式。不过，另一位教士赶来了，诵念葬礼的祭文。这祭文我是前所未闻的，在寥廓的苍宇间，教士的声音宛如山上的鸟鸣，尖细而清脆。我想，在这一切料理完毕后，戴尼斯会心满意足的。教士朗诵一段圣诗："我仰首注视苍山。"

我和古斯塔夫·莫尔，在其他人离去之后又坐了一会儿。所有的穆斯林，等我们走后，走向墓地，进行祈祷。

戴尼斯死后的几天里，和他一起狩猎的仆人们都来了，汇聚在庄园。他们没说为何而来，也不乞求任何东西，只是背靠在房子墙壁上席地而坐，手背摊在路面上，几乎终日默默无语，一反土著常态。马里姆来了，萨西塔来了，他们是戴尼斯的扛枪夫与打猎伙伴，精明顽强，勇敢无畏，一直陪伴戴尼斯出远门打猎。他们曾随王尔斯王子打猎，许多年后，王子还记得他们的名字，说他们都是坚不可摧的人物。而今这两位杰出的猎手，迷失了行动的方向，木然地坐着。卡努西亚，戴尼斯的摩托司机，曾在崎岖的山野纵横千里，而此时此刻，这位身材修长，双目如猴子一般敏锐的吉库尤青年，坐在房前，神情沮丧冷漠，犹如笼中之物。

贝里亚·伊萨，戴尼斯的索马里用人，从那依万霞赶来。他曾两次随同戴尼斯赴英国，并在那里就学，讲一口绅士英语。几年前，我与戴尼斯参加了在内罗毕举行的贝里亚的婚礼，排场很大，持续七天。在婚礼上，贝里亚——这位出色的旅行家与学者，恢复了古老的传统。他身着金色长袍，跪地向我们表示欢迎。他跳起剑舞，狂放、豪壮，洋溢着沙漠斗士的风采。贝里亚去拜谒他主人的陵墓，在墓地静坐良久。他归来后，寡言少语，继而又与其他人一起，背靠墙壁席地而坐，也把手背摊在地面。

法拉赫从屋里走出来，站着与哀悼者交谈。他自己也十分沉郁。他对我说："只要贝达还在这里，就是你要走，情况也不至于这么糟。"

戴尼斯的仆人们在庄园哀悼了大约七天，才一个个离去。

我时常开车到戴尼斯的墓地去。从我的住宅到墓地，直线距离不过五英里，可走盘山道，得十五英里。他的陵墓高出我宅邸一千英尺。这里的空气也大不一样，洁净如一泓泉水。你脱下帽子时，轻柔的风吹拂你的头发。在那几座峰顶上，云朵从东方飘游而来，在广阔、起伏的大地上不时投下移动的影子，然后又在大裂谷上空飘散、消逝。

我在小铺里买了一码白布——土著称之为“亚美里卡尼”[1]。我与法拉赫在陵墓的背面竖起三根杆子，将白布绑在上面，这样，从我宅院能清晰地辨认出坟墓的确切位置，宛如青山里的几朵白花。

大雨季雨水充沛，我担心野草疯长，掩盖墓地。一天，我们将汽车道旁刷白粉的石块全起了出来——就是卡罗梅尼亚费了不少力气拔出来，堆在房前的那些石块——装在车厢里，运到山上。我们砍倒坟墓四周的野草，将石头码成一个方形，作为标志。一切安置停当，墓地再也不会被湮没了。

我常带庄园的孩子们一起去墓地，连他们都十分熟悉那里。有外人来时，他们能帮着引路。他们还在墓地附近搭了一个小凉棚。在旱季，阿里·宾·萨利姆，戴尼斯的朋友，从蒙巴萨来这里，躺在墓地上，痛哭失声，按阿拉伯习俗悼念戴尼斯。

有一天，我在陵墓旁见到修斯·马丁，我们坐在草地上，谈了很久。戴尼斯的不幸遇难，使他内心极为悲痛。世上如果真有什么完全的隐居者，戴尼斯便是。可典范是奇异的东西，你既难以相信修斯·马丁对戴尼斯如此怀念，也想不到他心中的典

1　亚美里卡尼：意为“卡其布”。

范戴尼斯之死给予他的影响竟如失去了自己的重要器官一样。自从戴尼斯过世后，马丁老了，变化很大，脸庞上起了老年斑，皱纹也多了。尽管如此，他依然保持中国弥勒佛似的安详与微笑，似乎深谙在平凡之中蕴含着某种极乐的事物。交谈时，他告诉我，在一天深夜，他突然想起一句最合适的墓志铭。我猜想他是从一位古希腊哲人那里摘录的，他只引用了希腊文原句，然后翻译出来，让我理解其中含义。引文是：

冥冥之中，火与我的尘炎相溶，我却泰然如故，我的一切得到了解脱。

以后，戴尼斯的兄长、温切尔西勋爵在他墓前也立了一块方尖碑，上面有一段引自诗篇《古老的航海家》的铭文。戴尼斯非常崇拜这首诗，我却从未读过，我记得戴尼斯第一次给我朗诵此诗是在我们共赴贝里亚婚礼的途中。我没见到那块石碑，因为它是在我离开非洲后立的。

在英国，也有戴尼斯的纪念碑。他的老同学们为了纪念他，特在伊顿公学里间隔两个板球场的溪流上建了一座石桥。有一根栏杆上镌有他的名字以及他在伊顿就学的日期；另一根栏杆上则刻着:“板球场上著名的选手,许多人钟爱的挚友。”

在丰美的英格兰大地的河流与峻拔的非洲山梁之间,绵延着戴尼斯的生命之路。这条路在视觉中似乎萦回九曲,那是周围的环境扭曲之故。弓弦在伊顿石桥上松弛,弓箭在苍穹中勾画出轨道,直指恩戈山里的丰碑。

我离开非洲后,古斯塔夫·莫尔写信告诉我,在戴尼斯墓旁发生了一件怪事,类似之事为我前所未闻。“马赛依人,”他写道,“向恩戈区长报告,有很多回日出或日落时分,他们在戴尼斯的墓地见到狮子。有一对狮子长久地在那里盘桓,或蹲坐,或躺卧。一些坐火车去卡加多的印度人,路过时也见到那对狮子。您走后,陵墓四周的地面平整成一个大平台。我猜想,平地对于狮子不失为一块宝地,可以在那里放眼草原、牧牛及野生动物。”

狮子驾临戴尼斯陵墓,为他竖起一块非洲的丰碑,可谓合乎情理,顺乎礼仪。“让你的陵墓享誉人世。”我记得在伦敦特拉法加广场,内尔逊勋爵就有他的狮子守在雕像旁,尽管仅仅是石狮。

变卖家当

现在我在庄园孤苦伶仃。庄园不再属于我了,但买主优惠我,我仍可以住在房子里,愿住多久就住多久。出自法律上的原因,算是租给我的,租金一天两先令。

我正在变卖家具。我和法拉赫为此忙得不可开交。我们得把所有的瓷器和餐桌上用的大玻璃杯陈列在晚餐桌上。后来,桌子被买走了,我们便在地板上将它们摆成一排排的长队。自鸣钟的杜鹃居高临下地报着钟点,好不神气,不久,它也有了买主,远走高飞了。一天,我卖掉了大玻璃杯,可到了夜里,又怀念起它们。第二天一早,我驱车前往内罗毕,请求买玻璃杯的女士把它们退给我。我没有地方可存放这些杯子,但许多朋友的手指、嘴唇都接触过它们,我也用这些杯子品尝过友人们送我的美酒。杯子回荡着昔日餐桌上的欢快言谈,我不忍心失去它们。

但我想,玻璃杯毕竟是易碎物品。

我有一架古旧的屏风,上面绘有中国人和黑人,群狗在前面引路。这屏风摆在壁炉旁边。多少个夜晚,壁火正旺,在火光的映照下,屏风上的人物栩栩如生,就像我给戴尼斯讲的故事的插图。我对屏风凝视良久,下决心将它折叠起来,装在木箱里,屏风上的人物将暂时得以憩息。

那时,麦克米伦女士在内罗毕为她丈夫诺思罗普·麦克米伦爵士建造的纪念馆已近竣工。那是一座精美的建筑,内有图书馆和阅览室。她驾车前来庄园,坐谈往昔的日子,不胜悲凉。她买走了我从丹麦带来的绝大部分古旧家具,用以装备图书馆。我欣喜地看到,那些箱子、柜子也将一起留下,留在书籍与学者的周围。它们多像一小群女士,在变革的动乱年代,于一所大学寻到了避难之处。我对这些箱箱柜柜感情颇深,甚至感觉它们具有活泼、聪睿、好客的人格。

我把自己的藏书装进了木箱。我在上面就座,在上面进餐。书籍,在殖民地的生活中起的作用与在欧洲大为不同。你生命的整整一个方面,都由它们主宰。书与书也有差异,有的书使你对之感激不尽,有的则令你恨之入骨。这些情感的宣泄,远远超乎你在文明的国度里的表示。

书中那些虚构的人物，会与你的马并肩驰骋庄园，也会行走在玉米田里，就像机敏的士兵，自己会立即找到合适的位置。在彻夜阅读《克鲁姆庄园》[1]之后，第二天早晨——我从前没听说过这个作者的名字，这本从内罗毕书店信手拈来的书，竟使我像发现大海中新的绿岛似的欣喜若狂——当我骑马横穿野生动物保护区的峡谷时，一只小羚羊跳出来，刹那间变成一匹小马，恭候着赫科尔爵士和夫人，还有他的三十只黑色及鹿毛色的哈巴狗。王尔德·司各特笔下的所有人物也都在这里活跃起来，随处可见。同样，古希腊英雄奥德修斯和他的随从也都如此。奇怪的是，还有不少人物来自法国剧作家拉辛。彼得·谢莱米尔穿着七里格的皮靴[2]，徒步上山；克劳恩·亚格罕伯吟咏着："蜜蜂栖息在我河边的花园里。"

其他一些东西也被变卖了，打入箱子，发走了。在这几个月里，房子变得像自在之物那般高尚，成了冷清、宽敞的所在，说话都听得见回音。草坪上的草也长到了门口的台阶上。最后，所有的房间里都空空如也，而在我的心目中，这种光景似乎比以前更适于居住。

---

1 《克鲁姆庄园》：阿道司·赫胥黎的名著。

2 七里格的皮靴：神话中穿上它一步可跨七里的神鞋。

我对法拉赫说:“这才是我们不管什么时候都应该有的境遇呵。”

法拉赫知我甚深。所有的索马里人都具有某种苦行僧式的禀性。法拉赫在这个时期竭尽全力帮助我处理一切事务,同时他愈益显得像一个真正的索马里人,酷似当初我来非洲,他受命去亚丁接我那样。他对我的旧鞋颇为关切,他悄悄对我说,他准备天天祈祷上帝,愿这双旧鞋一直能让我穿到巴黎。

这几个月,法拉赫天天穿最好的衣服。他有许多好衣服,我送他的绣金线的阿拉伯马甲;伯克利·考尔送他的镶金边的制服马甲,色泽猩红,十分潇洒;还有那色调美丽的头巾。一般情况下,他将这些衣物珍藏箱中,只在重要的场合穿一下,而现今他穿的是最好的。在内罗毕的街头,他走在我后面一步,在政府机构、法律事务所,他守在肮脏的楼梯口等我。他穿得富丽堂皇,犹如所罗门[1]那般。

现在,我还得安排我的马匹、猎犬的命运。我一直决心让它们饮弹而逝,可是我的许多朋友写信给我,请求我让他们养这些犬马。读了来信之后,不论什么时候我骑马外出,带着狗同行,

1 所罗门:古以色列国王大卫之子,以智慧著称。

想到要让它们饮弹而尽,总感到似乎对它们是不公平的——它们的生命力还相当旺盛哩。我久久打不定主意,而在其他任何问题上我并非如此犹豫不决,反复掂量。最后,我还是决定将它们移交给我的朋友们。

我骑着心爱的马——罗杰进入内罗毕,我们走得很慢,时而环顾北方,时而眺望南方。我心想,罗杰一定十分惊异:沿着内罗毕大街进城,而且一去不复返。我费了好大力气才把它安顿在去那依万霞的列车马厩里。我站在马厩里,最后一次感受它那丝绸般的口鼻嗅抚我的双手和脸庞。罗杰,我不让你走,除非你赐福于我。我与你一起。走出了田头茅屋间通往小河的马道,在陡峭溜滑的下坡路上,你行走敏捷如骡子;在褐色的流水中,我看见我的头与你紧挨在一起。此刻,我祝愿你到了云雾山谷,在左面养精蓄锐,在右面饱餐石竹。

那时我养着两条小猎犬——戴维与迪那赫,帕尼亚的后代。我把它们送给庄园在吉尔吉尔附近的一位朋友,那里是狩猎的好地方。这两只小猎狗长得健壮、活泼。我将它们装在汽车里送走,它们神采飞扬,呼呼地喘着气,脑袋凑在一起,伸着舌头探出车子,好像在追踪新奇而堂皇的猎物。那敏锐的眼睛,那轻捷的四肢,那充满活力的心灵,告别了我的宅邸与草原,在新的土地上，愉快地呼吸、嗅闻、奔跑。

我的一些雇员开始离开庄园。不再种咖啡，也无需去加工厂，波莱·辛格感到无所事事，可是他不愿在非洲另谋职业，最后终于下决心返回印度。

波莱·辛格，虽精于五金矿产，可在打铁铺之外，却像孩子那般单纯。他一点儿也意识不到庄园的末日已经来临。他为庄园伤感，晶莹的热泪流下来，淌入那簇浓黑的胡须里。他一再设法挽留我，想出种种维持庄园的计划。他的这些努力，久久地令我不安。无论过去还是眼下，他一直为我们加工机械而感到自豪，这种自豪仿佛牢固地与蒸汽机、咖啡干燥机凝结在一起。机器上的每一个螺母，都被他那双柔和的黑眼睛所熔化。最后，他确信事情已无可挽回，便骤然放弃了一切努力。他依然十分伤感，却逆来顺受，有时我见到他，他就絮絮叨叨地述说自己旅程的安排。他离别时，随身什么行李也没带，只有一小箱工具和一套锡焊装备，似乎他已将自己的心和生命付诸大海，剩下的仅仅是他的锡料、他的焊盘，还有这谦逊、棕肤色的躯壳。

我想在他临别时赠他一件礼物。我希望在我的财物里有他所喜欢的东西，可当我向他提起这一想法时，他当即大喜，宣布他要一枚戒指。我没有戒指，也没钱买给他。那是好几个月前的事了，戴尼斯来庄园吃饭时，我向他讲了自己的这一处境。戴尼斯曾送我一枚阿比西尼亚的软金戒指，可以调节大小，适于任何手指。戴尼斯听了我的苦经后，估摸着我是在打这只戒指的主意，有心将它转送给辛格。他也常常抱怨，不论什么时候，也不论他送给我什么东西，我转身就会送给我的有色朋友。这回为了避免这类事发生，他把戒指从我手上取下，戴在他自己手指上，说在波莱·辛格离开之前，这枚戒指由他来保管。过了没几天，他便去蒙巴萨了，这样，戒指便成为他的陪葬物了。在波莱·辛格临行前，我卖了家具，凑足了钱，终于到内罗毕买了一枚他向往的戒指。这戒指是重金的，镶有一块红宝石，显得像玻璃似的。波莱·辛格高兴得又流下了眼泪。我相信这枚戒指帮助他度过了与庄园、与他们的机器难舍难分的时刻。在他离开前的最后一周，他天天戴着戒指，每回来我这儿，总要扬起他的手，含着温柔而欣喜的微笑，向我显示他的戒指。在内罗毕车站，我见到他的最后一眼，是他那只瘦长黝黑的手，那只以何等炫目的速度锻打铁件的手。这只手从土著车厢异常拥挤、闷热的窗口伸出来。波莱·辛格在车厢里，坐在工具箱上，上下挥舞着那只手。啊，再见了！手上的红宝石像一颗小星星在闪光！

波莱·辛格回旁遮普老家。他多年未见亲人了，但亲人们一直与他保持联系，寄照片给他。他将照片珍藏在加工厂近旁的小瓦楞铁屋子里，小心翼翼、充满自豪地拿出来给我看。我收到了他在赴印度的海轮上写来的几封信。这些信开头都是一样的：“亲爱的夫人，再见了。”然后向我报道他的消息和旅途纪事。

戴尼斯死后一周，一天早晨，我遇到了一桩奇事。

我假寐在床上，回想着近几个月来所发生的一切，我极力想理解这些事情的内涵。我依稀感到，在某种程度上，我一定是越出了人类生存的正常轨道，卷入了我永远不该进入的大漩涡。我走到哪里，哪里的地面就在我脚下塌陷，星星从天穹坠落。我记起了一首关于雷格奈罗克的诗，诗内描述了群星纷落的情景；我还想起了关于矮神的诗歌，这些矮神在山洞里长吁短叹，死于惊恐之中。所有这些，我想，不可能仅仅是境遇的巧合，即人们所谓的厄运的回环，内中肯定有某些贯通的原则。我若能发现这些原则，它们将拯救我。我觉得，要是我能观察到点子上，事物的连贯性将更为显而易见。我想，我该起床，捕捉一下有关的先兆。

许多人认为，寻找先兆是非理性的。此种观点源于这一事实：要能做到这一点，必须具有特别的心境，并非很多人感知到自己处于这样的境地。你若怀着这种心理状态去寻觅先兆，答案不会使你失望的，它随需求的自然结果而至。同样道理，一个具有灵感的牌手在桌上摸十三张碰运气的牌，占有一把搭配协调的牌。当其他牌手看不出任何叫花色的可能时，他却蓦然瞥见大满贯就在面前向他微笑哩。牌中有大满贯么？有的，对于独具慧眼的牌手的确是有的。

我步出屋子去寻觅先兆，不知不觉中走向仆人们的茅屋。一群群鸡刚放出来，在茅屋之间四处跑动。我停下脚步，凝视着它们。

法西玛的大白公鸡在我眼前高视阔步。突然，它停下来，左顾右盼，鸡冠耸立。在小路的另一侧，一条灰色的变色龙从草丛里爬出来，和公鸡一样，开始早晨的搜索活动。公鸡径直向小变色龙走去——鸡常吃这类爬虫——得意地“咯咯”叫了几声。一见到公鸡，小变色龙立即停止前进，如死了一般。它受到了惊吓，可又很勇敢，四肢紧抓地面，嘴巴张得大大的，想吓退它的敌手。它闪电般地向公鸡射出细棍状的舌头。公鸡愣了一秒钟，似乎吃了一惊，继而它那锤子般的尖喙迅捷有力地啄下去，扯下小变色龙的舌头。

两者的遭遇战进行了十秒钟。我把法西玛的公鸡轰走，捡了一块大石头，砸死了变色龙——没有舌头，变色龙就活不成，它们全凭舌头捕食昆虫。

这情景真使我害怕，虽然场面不大，却令人厌恶、惊心。我离开现场，在房边的石块上坐下。我枯坐许久，法拉赫把茶水给我送来，放在桌上。我低头盯着地上的石块，不敢往上看，我似乎感到整个世界就是如此的险恶。

在以后的几天里，我渐渐明悟，我寻得了最切合我需要的精神上的答案。我以奇异的方式获取了尊严与荣誉。我渴求的神灵就伫立于我的尊严之上，而不在于我自身的孜孜追求。难道还有其他答案可以赐予我么？显然，神灵并非对我溺爱，它们只是对我的召唤予以默契。神灵笑我，笑声回荡山野。在号声中，在公鸡与变色龙之间，神灵笑道："哈！哈！"

我十分喜悦，那天早晨我外出正是时候，将变色龙从缓慢、痛苦的死亡之中解脱出来。

大概在这个时候——我将马匹送出以前——英格丽特·林斯特朗从恩乔罗庄园赶来，陪我小住。这是英格丽特交情的表示。要知道，她离开自己的庄园谈何容易。她的丈夫，为了挣钱支付他们在恩乔罗的这片土地，远行坦噶尼喀，在一家剑麻大公司谋职，终年在海拔两千英尺的高地茹苦含辛，就像英格丽特为了庄园的生存，把他租赁出去承受苦役。丈夫外出，英格丽特就自己经营庄园，扩大饲养场、花圃，养猪、养火鸡，忙得不可开交，要抽出几天工夫的确很难得。尽管如此，为了我，她还是把庄园委托给仆人凯莫萨照管，急匆匆赶到我这里，就像朋友的房子着火，跑来救火似的。这回她没带凯莫萨来，也许对于法拉赫是个福音——眼下的处境，何以款待他的好友呢？英格丽特以其自身的感受力从内心深处明白、理解一个庄园女主人要放弃庄园、离开这片热土，该是何等的心境。

她和我待在一起时，我们不谈过去，不谈未来，也不提及我们的朋友或熟人。在灾难的时刻，我们的心灵闭关自守。我们在庄园里携手而行，从这一处到那一处，走到哪里，就点一下那里植物的名字。仿佛我们在心里点存我们的损失，又好像英格丽特在为我搜集素材，写一本对命运的抗议之书。她从自己的经验中深知不可能有这样的书，然而，对命运的抗争的确是女人生活的一个组成部分。

我们来到牛圈，坐在篱笆上，点着归圈的牛群。我无言地向英格丽特指点："这些牛啊。"她也默默地作答："唔，牛啊。"将它们载入她的书中。我们转到马厩里，喂糖给马儿吃。它们吃完了，我摊开黏糊糊、淌满口涎的手掌递给英格丽特看，口里叫道：“这些马啊。”她也哽咽着叹息道：“唔，马啊。”又记录在册。在河边的花园里，她得知我不得不将那些从欧洲引来的花木遗弃，内心十分不平静。她的双手紧紧攥住薄荷树、洋苏叶、薰衣草，之后又一再谈起这些花木，她似乎在考虑某种计划，好让我安排一下，把花木带走。

我们花了整整一个下午，对我那一小群正在草地上吃草的驼牛凝视冥想。我重温了这些牛的年岁、个性及牛奶产量。英格丽特则对它们的命运长吁短叹，大鸣不平。她一头一头地细细打量，但不是以做买卖的眼光——因为我的牛准备留给仆人们——而是在估算、掂量我的损失。她搂着柔软、散发着乳香的小牛犊。她在自己的庄园里经过长期奋斗，养了几头生牛犊的母牛。我遗弃牛犊，与一切理性背道而驰，也违背了她的意愿，她那嗔怪的双目扫了我几眼。

假如一个男人，与一位居丧的友人同行，他的内心一直会重复一句话：“感谢上帝，幸亏不是我。”我相信，他本人会反感，并企图抑制这种感觉。可是在两个建立起友谊的女人中间，情况就大不一样了：其中一位对自己朋友的灾祸深表同情，不言而喻，幸运的一个不免在心中会重复同样的话：“感谢上帝，幸亏不是我。”这在她们当中不会引起反感，而恰恰相反，这将使她们更为亲密，并在礼节上增添个人的色彩。男人，我想，不会轻易地相互忌妒，也不会和谐地竞争。新娘自然远胜于女傧相，留宿的客人也会忌妒孩子的母亲，这自不待言，然而这对各方都不会引起不快。失去孩子的母亲会把孩子的衣服拿给朋友看，明知朋友的心中在重复一句话：“感谢上帝，幸亏不是我。”这对她们俩都是颇为自然而合适的。英格丽特与我正是如此。当我们漫步庄园时，我知道她在惦念自己的庄园，庆幸自己走运，尚未失去庄园，正在全力掌握着庄园的命运，对此，我们俩可谓心有灵犀一点通。除了旧卡其外衣与长裤，我们实际上是一对神奇的女子，各自包裹在白与黑之中，是一个整体，是非洲务农生活的守护神。

几天以后，英格丽特向我告辞，搭乘火车回恩乔罗了。

我的马匹送了人，我再也不能骑马外出；没有了猎犬，徒步行走也非常沉闷、寂寞。不过我还有汽车，这是颇值得庆幸的，在这几个月中，我有不少事须办。

庄园佃农的命运如重负压在我心头。庄园的买主们计划清除咖啡树，将土地重新划分，当作房地产出售，他们用不着佃农。

变卖庄园的事一成交，买主们便向佃农发出预告，限他们六个月内离开庄园。这对佃农来说，是一个出乎意料、窘迫为难的决定，因为多年来他们始终生活在一种幻觉之中——土地是他们的。许多人生于庄园，还有些人从小就随父辈来到这块土地上。

佃农们知道，为了能在这里居住，每年须为我工作一百八十天，每三十天拿十二先令。这些款项都在庄园办公室里落账。他们也知道，他们须向政府缴纳茅屋税，每幢十二先令，这对一个当家男人是个沉重的负担。在这个世界上，他别无多少来源可支撑两三幢茅屋——根据其妻子的数目而定，因为作为吉库尤丈夫必须给每个妻子一幢茅屋。我的佃农们常因违反法规受到威胁，要他们离开庄园，他们肯定会在某种程度上感到其地位并非完全无懈可击。他们非常讨厌茅屋税。我在庄园里替政府收税款时，他们真叫我费劲操心，还得耐着性子听他们满腹的牢骚。不过，尽管如此，他们依然将这些事情视作艰难人生的家常便饭，从不放弃以某种方式来逃避纳税的希望。他们从未想象过，世上竟然存在一条普遍的基本原则，对他们所有的人无一例外，更不知晓这原则将以致命的粉碎性的方式，在适当的时机自行宣告。他们有时还宁可将庄园新主人的决定视为吓唬人的玩意儿，不予理睬。

在某些方面，虽然不是在所有情况下，白人在土著心目中的位置，恰恰是上帝的意愿在白人心目中所占据的地位。我曾与一位印度的木材商签订一份合同，内中有一句条文：上帝的行为。我不太了解此词的含义，起草合同的律师曾向我作过解释。

"不，不，夫人，"他说，"你还不理解此词的含义。凡是不可预见的、与任何条文、理由相悖的东西，都是上帝的行为，意即不可抗拒之力。"

后来，佃农们终于明悟到庄园新主人要他们撤离的预告并非一纸空文，于是，他们垂头丧气、成群结队来到我的住处。他们认为这是我离开庄园的后果——我的厄运有增无减，现在又波及他们。他们并不为此指责我，因为我早就向他们解释清楚了。他们只是问我，他们何去何从？

我从多方面感到难以回答他们。依照法律，土著自己不得购买任何土地，据我所知，也没有其他庄园足以全部接受他们。我告诉他们，我在询问此事时，别人告诉我，他们必须迁往吉库尤保护区，去那里找土地。对此，他们很认真地问我，在保护区能否找到大片无人占有的土地足以容纳他们和所有的牲畜？他们还问，他们能否在同一地方找到土地，以便来自庄园的人都留在一起，不必分离。

他们共同生活的决心如此之大，真令我吃惊。在庄园里，他们很难和睦相处，互相间说好话的也不多。然而，此刻他们却一起来了，自高自大的大牧主，诸如卡赛古、卡尼努和马乌盖，和那些贫贱的、既无份额土地也无一头羊的帮工，诸如瓦维鲁和乔萨，携手而来——不妨这么说，同心同德，坚持保留牲口，坚持互不分散。我感觉到他们不但是向我要一块地方居住，更是要求生存的权利。

你从人民那里夺取土地，又岂仅是土地？你夺走了他们的历史、他们的尊严、他们的根。如果你掠取他们见惯的、期望见到的东西，在某种意义上，你就是剜掉了他们的眼珠。这一点更适于尚未开化的人们。就连动物，也会长途跋涉，历尽险阻，饱尝苦难，回到他们熟悉的环境，恢复失去的尊严。

马赛依人从铁路线北面——他们的故土搬迁到现在的保护区时，将故乡的山、河、平原的名字也一起带来，重新命名新地方的山河平原，这习俗使旅游者左右为难。马赛依人随身带着草药，在漂泊的生涯中，极力保持自己的传统。

这会儿，我的佃农们团结一致，出自同一自我维护的天性，他们若是要离开自己的土地，周围必须有了解故土的人，以便验证他们的尊严。这样，在今后若干年里，他们仍可谈论庄园的地理、历史，即使一个人忘记了，他人也会记起。基于此，他们不能不感到消亡的耻辱正在降临。

“去吧，姆沙布，”他们对我请求，“为我们找一找政府吧，让他们同意我们把全部牲口带上，到新的地方去。走到哪里，都让我们待在一起。”

为此，我开始了漫长的朝圣，或谓乞讨的旅程，足足耗尽了我在非洲最后几个月的时光。

受吉库尤人的派遣，我先去内罗毕和基亚布两个区的区长那里，然后又去土著局与土地办公室，最后去找总督约瑟夫·伯恩爵士——适逢他刚刚从英国来此地上任，我都忘记了自己奔波的目的。我像是被潮汐冲击，时进时退。有时我一整天泡在内罗毕，有时则一天去两三次，每逢我返回庄园时，总有一群佃农等候在我的宅前，可他们从不打听我有什么消息。他们一直守候在这里，为的是向我表示他们办事的持久力。

政府官员都是有耐心、乐于助人的，这件事的困难并非他们造成的，在吉库尤保护区的确难找到一块足以接纳庄园所有的人与牲口的空地。

绝大部分官员在本殖民地多年，对土著非常了解。他们只是含蓄地建议我使吉库尤人明了出售部分牲畜的好处，虽然他们深知吉库尤人在任何情况下都不会这么做的。而将所有的牲口安排在一块小地方，又势必将造成在未来的岁月里保护区里邻近土著无休止的纠纷，要惊动其他区的区长们前去处理、平息。

可是，当我们讨论佃农们的第二项要求，即继续住在一起时，当局人士却说无此必要。

“唉，何必问有无必要，”我想，“最卑贱的乞丐也有他不值钱的身外之物。”如此等等。我平生历来认为你尽可以根据人们对李尔王的态度将他们分类，但你不能去与李尔王论理，也不能与吉库尤老人论理。从一开始，李尔王就向每个人索取过多，但他是一个国王。非洲土著并非落落大方地将自己的国家拱手交给白人，这是确实的，因而问题在某些方面异于老国王及其女儿，白人是作为保护国接管殖民地的。然而，我印象颇深的是，在不太遥远的年代，一个可以记起的年代，土著无可争议地占有他们的土地，也从未听说过白人及其法规。他们的生存环境总的来说不太安全，但土地之于他们却仍然是不可动摇的基石。他们中有些人被奴隶贩子抓去，在奴隶市场出卖，但有些人一直留在故土。那些被贩运出去的土著，在整个东部世界里流放、受奴役，却渴望返回高原，因为那是他们自己的土地。那年迈肤黑、眼睛明亮的非洲土著，与年迈肤黑、眼睛明亮的大象何等相似。你看他们伫立在大地上，沉稳而魁伟，周围的世象在他们暗淡的心灵上缓缓地积累、堆砌，他们本身就显示出这块土地的特色。他们两者中任何一个都为周围正在发生的巨变而感到困惑不解，都可能会问你他身在何处，而你得用一句名言回答："先生，在你自己的王国里。"

到最后，正当我开始感到自己得驱车来回奔波于内罗毕与庄园之间，在政府办公室详谈我的生活时，我突然收到通知，我的申请获准了，政府同意在达戈莱蒂森林保护区拨出一块土地给我庄园的佃农。在那里，他们可以组建新的定居点，而且离老地方不远。在庄园消逝后，他们还能作为一个社团，不忘各自的面容，永志各自的名字。

这一决定的消息在庄园传开，人们怀着深重、沉默的情感接受之。从吉库尤人的脸庞上，看不出他们是否始终对此事抱有信念，也看不出他们是否已经绝望。事情一定下来，他们就提出五花八门的要求与建议，被我一一婉辞。他们仍在我屋舍附近逗留，以新奇的眼光注视着我。土著对于运气的感觉与信念是这样的：一次成功之后，一切将顺遂。他们居然还相信，我将在庄园待下去。

至于我，佃农命运的圆满解决，于我是极大的满足，我很少这么心满意足过。

两三天后，我感到自己在肯尼亚的事务已告终，现在我可以走了。庄园的咖啡收完了，碾面厂里静悄悄的，住宅空空如也，佃农们已得到了土地。雨季结束了，草原、山丘上的新草长得老高老高的。

当初我所抱的宗旨是，将一切小事都置之度外，集中精力处理一些大事，这种设想实际上已失败了。我心甘情愿将我的财物一一赠送出去，作为我自己生命的某种赎金。可当我一无所剩时，我又成了命运中最微不足道的东西了。

在那些时日里，圆月的月光射进空荡的屋内，在地板上投下窗棂的图案。我顿生奇想：月亮也许是在窥视，并想知道在这一切都离去的地方，我打算再耽延多久。“唔，不要多耽搁了，”月亮说，“时不汝待呀。”

我极愿再耽延一阵，好亲眼看到佃农们在新的土地上安顿下来。但勘察土地颇费时日，很难确定他们何时才能搬入新居。

辞别

那时候,有消息传来,说是邻近的土著老人决定亲自举行恩戈马盛会,为我送行。

在往昔,这些古老的土风舞兼有多种重要职能,而现今极少举行这类舞会。我在非洲这么久,从未观赏过一次。我自然很向往一饱眼福,就连吉库尤人自己,也十分看重。老人们的舞蹈盛会要在庄园里举行,这是莫大的荣耀,庄园里的人们在舞会前很长时间就兴致勃勃地谈论着。

甚至法拉赫,他一般看不起土风舞,这回却被土著老人们的决定深深打动。“这些都是老人,姆沙布,”他说,“非常、非常老的人。”

狮子般勇猛的吉库尤年轻人,谈论起即将举行的老年土风舞表演,那敬畏的神情令人感到好奇。

关于这些土风舞，有一点我一直百思不解，即这些舞蹈何以被政府禁止。我不明白禁舞的道理。吉库尤人一定知道禁令，但他们宁可置若罔闻。他们要么认为在多难的时代，平常不能干的，这会儿都可以干；要么是在土风舞狂热的情绪中早已将禁令抛于九霄云外了。在恩戈马盛会之前，他们怎能无动于衷呢！

老舞蹈家们来到时，情景之壮观极为罕见。他们上百人，浩浩荡荡同时到达，一定是在途中某个地方集合的。土著老人们平时沉默、冷峻，整天用皮毛、毯子裹着身子，而此刻，他们却赤身露体，仿佛在严肃地宣告某种令人生畏的真理。他们不事浮华，通常的武士文身也不多见，只有少数人光秃秃的前额上戴着黑色鹰翎的头饰，这头饰常见于青年跳舞者的头上。老人无需任何装饰，单单是他们本身就足以令人印象深刻。他们并不像欧洲舞厅里的那些"老来俏"，竭力使自己的容颜年轻动人。无论对于他们自己，还是观众，他们舞蹈的分量与吸引力恰恰就在于高龄。他们身上涂有我从未见到过的标志，一条条白色的条纹顺着弯曲的四肢延伸，似乎在毫无掩饰的真实中渲染、突出那黝黑的皮肤下硬直、脆弱的骨骼。当他们缓缓地步入舞场时，那动作、那姿态，如此怪诞，我简直想不出自己将要观赏的是什么样的舞蹈了。

我伫立着，凝视着他们，一种曾萦绕在脑际的幻觉又浮现出来：要离开的不是我。在我的感知中，我没有离开非洲，而是非洲正在缓缓地、庄重地从我身边离去，俨若退潮时的大海。经过我面前的队伍，实际上是昨天、前天的那健美、充满活力的年轻舞蹈家在我眼前衰老，一去不复返了。老人们以特有的风度，从容地进入舞台。他们曾与我在一起，我曾与他们在一起，大家都称心如意。

老人们没有发表讲话，互相间也不交谈，他们在为即将开始的舞蹈养精蓄锐。

舞蹈者刚刚摆开阵势，一名当兵的从内罗毕赶来送信给我，内称恩戈马舞会不得举行。

我很不理解，这完全出乎我的意料，我只得将来信一读再读。送信来的士兵本人也深知他扰乱的舞会有多么重要，他一反常态，既不趾高气扬，也不大摇大摆——当兵的历来乐于显示他们对其他土著的威势。他在老人们和我的仆人面前一语不发。

我在非洲的所有日子里，还未曾有过如此痛苦的时刻，我从未感到过我的心在突如其来的风暴中如此激跳起伏。我哑口无言，此时的无声，我心领神会了。

吉库尤老人们呆立着，像一群老绵羊。皱巴巴的眼皮下，所有的眼睛都盯着我的脸。他们不可能在一秒钟之内放弃向往已久的东西。有人在稍稍摆动双腿。他们是来跳舞的，他们一定要跳的。可最终我告诉他们，我们的恩戈马舞会取消了。

这一消息，无疑在他们心目中激起迥然相异的反响，至于更具体的，我也不得而知。也许他们立即意识到，恩戈马将完全消失了，理由是：他们还跳给谁看呢？那里不再有我了。也许，他们想，在实际上，舞会已举行过了。那是无与伦比的恩戈马，那是具有某种神力的恩戈马，它使其他一切都毫无价值。一旦恩戈马结束，一切将随之告终。

草坪上，一只农家小狗趁着这片刻的寂静，汪汪地狂吠起来，其回声在我心中流荡：

一只只小狗——
"圆盘""白毛"，还有"小贝贝"
瞧，它们都在对我吠叫

卡曼坦，原定由他负责在舞会后分送鼻烟给老人们，他一向沉静、机敏，这时意识到该把鼻烟送上了。他手里拿着一只装满鼻烟的大葫芦走过来。法拉赫挥手让他回去，可卡曼坦是吉库尤人，他深通老人们的心，仍然径直走来。鼻烟是实惠的。我们将烟叶分给来这儿的老人们。不久，他们都快快地归去了。

庄园里的人们中，对我的离别最伤感的，我想，莫过于那些老太太们了。吉库尤老妇们的生平都是坎坷艰难的，在生活的重压下，她们变得十分倔强，就像老骡子，惹急了会咬你一口。在给她们治病的实践中，我体会到，她们要比男人更能抵抗病魔的纠缠。她们比男人更为犷放，更不崇拜他人。她们生儿育女，眼睁睁看到许多儿女夭亡。她们无所畏惧。她们头顶沉沉的木柴——前额盘有一圈绳索，用以固定木柴——在三百多磅木柴的重负下，她们摇摇晃晃，却从不退却，她们在自己“夏姆巴”的硬地上埋首劳作，从清早到夜晚。“此后，她寻求猎物，她的双目远眺。她的心坚如磐石，硬似磨盘。她嘲笑胆小。她升入空中，傲视马匹及其驭手。她难道会向你哀怜乞求吗？难道会对你喁喁细语吗？”庄园老妇精力充沛，活力横溢。对庄园里发生的每一件事，她们都有浓厚的兴趣。她们会步行十英里，去观赏年轻人的恩戈马。一个笑话，一杯土酒，能令她们皱纹纵横的脸和牙齿脱落的嘴都舒展于开怀的笑声之中。这种生气，这种对生活的热爱，在我看来，不仅仅令人肃然起敬，而且是一种荣耀、一种魅力。

我与庄园里的老妇一直是很好的朋友。她们亲昵地叫我叶丽埃,男人与孩子们——除了年纪很小的以外,从不如此称呼我。叶丽埃是吉库尤妇女的名字,具有特殊的内涵——在吉库尤家庭里,最小的女孩,且与其哥哥姐姐的年龄差一大截的,才取这个名字。我估计,这名字里蕴含着丰富的情感。

老妇们此时都舍不得我离开。在临行前夕,我的脑海里仍然闪现一位吉库尤妇女的形象,我不知道她的名字,我跟她不熟。我想,她大概是卡赛戈村的,是卡赛戈的一个儿媳妇或寡妇。在草原的一条小路上,她朝我走来,背着一大捆长长的细竿子——吉库尤人用来搭屋顶的,这是妇女的活计。这些竿子可能有十五英尺长,背之前,将一端绑住,人就背着这种圆锥体的重物,行走在野外,整个背影恰似史前动物或一只长颈鹿。这位妇女背的竿子都是又黑又焦,那是被茅屋里多年的柴火烟熏的。看来她拆除了旧屋,正将这些材料运往新的屋址。我们相遇时,她愣在那里,堵住我的去路,目不转睛地看着我。那神情宛若你在旷野里见到的长颈鹿,其生活、饮食、思维的方式都不得而知。过了一会儿,她突然哭泣起来,泪水从脸上淌下来,就像草原上的一头母牛伫立在你的面前。我与她相对无言。几分钟后,她让开路，我们分手，各奔东西。我庆幸她总算有材料可以开始营造新屋，我想象着她怎样开工，怎样捆扎竿子，自己搭屋顶。

庄园里的小牧童，在他们的生活中，还没有过我不住在这幢房子里的时候，一想到我要远行了，他们就情绪波动，坐立不安的。也许，对于他们来说，要想象没有我的世界是十分困难、极需勇气的，似乎唯有天意才令人退位。当我在草原上经过时，他们会突然从草丛里冒出来，叫喊着问我：

"姆沙布，你什么时候离开我们？还有几天？"

这一天终于来了——离别庄园。我学到了一种奇异的经验，事情总会发生的，而我们自己不可能想象到，无论在事情发生前、发生中，还是在发生后我们回顾的时候。环境具有一种动力，凭借这一动力，它们造成事件，无须借助人类的想象或明悟。在这些情形中，你自己时时刻刻与正在进行的一切保持接触，恰似盲人被别人引着，一只脚跨到另一只脚前面，小心翼翼，却又心中无数。事情在你面前发生了，你感觉到它的发生，但除此之外，你与事情没有什么联系，你也没有钥匙来解开其根因与内涵。马戏团里做表演的野兽，我认为也是以同样的方式完成它们的动作的。那些经历过这类事件的人，在某种程度上可以说，他们经历了死亡——想象力范围以外的渠道，但仍在人的经验范围之内。

古斯塔夫·莫尔一大早便驱车来庄园，陪我去车站。这是一个清冷的早晨，天空、大地只有淡淡的一层色彩。莫尔心猿意马，显得脸色苍白。我想起在南非德班的一位挪威捕鲸船老船长告诉我的，挪威人在任何风暴中都镇定自若，可他们的神经系统就是忍受不了平静。我与莫尔一起在磨盘石桌上喝茶，以前我们经常在这里喝茶。西面，山峦耸立，一小片灰色的雾浮动在窄窄的山道上。千百年来青山巍巍，风采依旧。我感到很冷，仿佛自己刚刚从山巅下来。

我的仆人们都在空空的房子里，不过，他们的生存空间已移往别处，他们的家庭、财物都迁往新居。法拉赫家的妇女们，连同莎乌菲在前一天已坐卡车到内罗毕的索马里村去，法拉赫本人一直陪我到蒙巴萨。朱玛的小儿子杜姆波也送我到那里，这是他最向往的——作为临别的馈赠，我让他选择：要一头牛还是到蒙巴萨送我。他选择了后者。

我向每一个仆人道别。我谆谆叮嘱他们把所有的门都关上，可当我走出屋子时，他们在后面却大门洞开。这是典型的土著作风，仿佛预示我将重返庄园，或者，他们这么做是想强调，房子里已空空如也，再不必紧闭门户，而该敞开天门，迎接八面来风。法拉赫为我开车，车走得慢极了，就像骑骆驼似的，缓缓地沿着车道绕行。渐渐地，我的屋舍从视野里消失了。

车到池塘近旁时，我问莫尔有没有时间稍稍停留一会儿。我们下了车，在岸边点支香烟。水中游鱼往来，啊，这些鱼将要被那些不认识老克努森的人们捕捞、吃掉了。在池边，我见到了佃农卡尼努的小孙子西龙加——他患有癫痫病，他向我最后道别。在我临行的那几天里，他老是在我房子周围转悠。我们上车继续赶路，他紧随车后，竭尽全力地飞跑，俨若被风卷进尘土中。他的个头太小了，恍如从我的火堆中飞溅出的最后一点火星。他一直跑着，跑到了庄园便道与公路的交接处。我担心他还会在公路上追着我们奔跑，仿佛整个庄园已被旋风刮得七零八落，犹如玉米那一层层外皮一般。可是，西龙加在拐弯处停了下来，不管怎么样，他依旧属于庄园。他呆立在那里，目送着我们，一直到便道上的那个拐弯处从我们眼中消失。

赴内罗毕途中，我们在草丛、路旁见到一群蝗虫。有几次被风兜进车内，看来蝗虫好像要再一次光临这个国家。

许多朋友来车站为我送行。修斯·马丁来了，体态臃肿，神情淡漠。他上前与我话别时，我又见到了“邦葛罗斯博士”。他是一个孤独者，一个英雄人物，他倾家荡产，换来的只是孤独。他简直成了非洲的象征。我们友好地分手，谈笑风生，话锋充满智慧。迪莱米亚勋爵，比起战争爆发之初，我带着运输队进入马赛依保护区，与他一起喝茶那个时候，显然更老、更白，头发理得更短，但依旧是那么彬彬有礼，和蔼可亲。内罗毕大部分的索马里人也来站台送行。牲口商老阿卜达拉赶来，送我一枚银戒指，上嵌绿松石，祝愿我交好运；贝里亚，戴尼斯的仆人，很认真地请我转达他对在英国的戴尼斯兄弟的问候——他以前曾在戴尼斯家里住过。法拉赫在上火车时告诉我，索马里妇女们乘着人力车赶到车站，可一见到站台上那么多的索马里男人，又失去了勇气，怏怏地回去了。

我从车厢里伸出手，与古斯塔夫·莫尔握别。现在火车即将起程，已经往前挪动了，他的心灵才恢复平衡。他多么希望我鼓起勇气，直面人生。他激动得满脸通红，仿佛在燃烧，那双明亮的眸子冲着我闪光。

在中途的沙布鲁车站，机车加水时，我下了火车，与法拉赫在站台上徜徉。

从站台向西南方遥望，我又见到了恩戈山。巍巍的山峰，像波涛起伏在平展展的大地环抱之中，一切都呈现出天蓝色。它们是那么遥远。四座峰巅显得那么渺茫，令人难以分辨。这景象与我从庄园里见到的迥然不一。迢迢旅途，犹如一只神手，将恩戈山的线条磨圆了，磨平了。

图书在版编目（CIP）数据

走出非洲 /（丹）卡伦 · 布里克森（Karen Blixen）著；周国勇，张鹤译.—南京：译林出版社，2021.1（2025.2重印）
书名原文：Out of Africa
ISBN 978-7-5447-8393-4

Ⅰ.①走… Ⅱ.①卡… ②周… ③张… Ⅲ.①自传体小说－丹麦－现代 Ⅳ.①I534.45

中国版本图书馆CIP数据核字（2020）第167802号

走出非洲 ［丹麦］卡伦 · 布里克森 / 著 周国勇 张鹤 / 译

责任编辑 宗育忍 鲍迎迎
特约编辑 宣慧敏 王越冬
装帧设计 王 旭 陈忆航
校 对 孙玉兰
责任印制 颜 亮

原文出版 Penguin Books, 1981
出版发行 译林出版社
地 址 南京市湖南路 1 号 A 楼
邮 箱 yilin@yilin.com
网 址 www.yilin.com
市场热线 025-86633278
排 版 南京展望文化发展有限公司
印 刷 安徽新华印刷股份有限公司
开 本 850 毫米 × 1168 毫米 1/32
印 张 10.75
版 次 2021 年 1 月第 1 版
印 次 2025 年 2 月第 4 次印刷
书 号 ISBN 978-7-5447-8393-4
定 价 35.00 元